Der Roman einer Nonne

Benito Perez Galdos

Der Roman einer Nonne

Reproduktion des Originals.

1. Auflage 2022 | ISBN: 978-3-36826-520-5

Verlag: Outlook Verlag GmbH, Zeilweg 44, 60439 Frankfurt, Deutschland
Vertretungsberechtigt: E. Roepke, Zeilweg 44, 60439 Frankfurt, Deutschland
Druck: Books on Demand GmbH, In de Tarpen 42, 22848 Norderstedt, Deutschland

1.

Auf dem rechten Ufer des Ebro, fünf Meilen von Saragossa, befindet sich eine alte Stadt, die zu Zeiten der Römer, welche sie gegründet hatten, Juliobriga genannt wurde, wie dies aus mannigfachen historischen Dokumenten und aus aufgefundenen Steininschriften ersichtlich ist. Im Laufe der Zeiten ward der stolze Name in das bescheidenere Fuentes del Ebro (Ebroquellen) abgeändert und so blieb er durch Hunderte aragonesische Generationen bis auf unsere Zeit erhalten.

Obgleich Fuentes del Ebro unter den Mauren ein wichtiger Platz gewesen war, obgleich es zur Zeit der Unabhängigkeitskriege eine bedeutende Rolle spielte, und obwohl es eine reiche Fabrikstadt geworden, wo der größte Teil der im Norden Spaniens gebrauchten Beuteltuche erzeugt wird, ist weder seine Antiquität, noch sein Reichtum, noch aber die wirklich sehr schöne gotische Kathedrale dieser Stadt die Ursache, dass der Name Fuentes del Ebro am Anfange dieser Erzählung steht, und wenn wir den Leser hinführen, so geschieht dies nur, um ihn mit dem Gasthause des Viscarrués bekannt zu machen.

Dieses Gasthaus, das auf dem großen Quellenplatze, neben dem alten »Königsbau« liegt, erfreute sich zur Zeit, als unsere Erzählung beginnt, in der ganzen Umgebung großen Ansehens. Es war der Zusammenkunftsort der Maultiertreiber, Kärrner und Reisenden, die von Saragossa nach der Provinz Valencia zogen. Der gesamte Handel von Alcanniz, Maestrazgo, Vinnaroz und des Rio Martin-Thales hatte hier seinen Knotenpunkt.

Der Gasthof enthielt große Stallungen, in welchen sich dem alten spanischen Brauche entsprechend Maultiertreiber und ihre Tiere Seite an Seite aufhielten; im ersten Stockwerke befanden sich die für vornehmere Reisende bestimmten Zimmer, in welchen es auch – eine recht seltene Sache zu jener Zeit! – wohlversehene Betten gab; um aber der Wahrheit treu zu bleiben, muss man sagen, dass es in den meisten Zimmern nur auf dem Boden ausgebreitete Strohsäcke gab.

Die Küche war von riesiger Ausdehnung; ein monumentaler Kochherd nahm den Hintergrund ein und beschützte mit seinem breiten Mantel die rechts und links vom Feuer placierten Bänke, während zwei große Tische, an denen zwanzig Personen bequem speisen konnten, die Seitenwände einnahmen. In gewöhnlichen Zeiten vermochte es Viscarrués, von seiner Familie und einem Dienstboten unterstützt, seine zahlreichen Gäste zu bedienen, die in seinem Gasthofe sich versammelten; aber es kam ein Tag, wo der Wirt, seine Frau, seine Töchter und sein Dienstbote unfähig waren, den Anforderungen der Menschen und Tiere zu entsprechen, die zu gleicher Zeit die Schwelle des Gasthofes übertraten und hungernd und dürstend nach Brot und Wein schrien, nach Hafer für die Tiere und nach Stroh für ihre Lagerstätte.

Dies ereignete sich am Nachmittag eines schönen Februartages des Jahres 1837, und wütend darüber, dass er nicht über ein zehnmal größeres Lokal verfügte, riss Viscarrués sich die Haare aus, sobald seine Gäste ihm dazu Zeit ließen. Mit großer Mühe und vielem Drängen gelangte er dazu, die Gäste zu beherbergen, indem er in jedes der oberen Zimmer acht Personen führte, und die Übrigen gruppenweise, in Serien und wirren Massen in die Ställe schob. Nachdem dies geschehen, wurde das Mahl serviert, wobei viele der Teilnehmer auf dem Boden sitzen mussten, da es an den Tischen keinen Platz mehr gab. In Ermanglung von Gläsern wurden die Weintöpfe von Mund zu Mund gereicht; die Schüsseln machten die Runde, wobei die Soßen herabrieselten; von allen Seiten ertönten Stimmen, die ihre Portionen forderten; hier klapperten die Löffel auf dem Tische, dort klirrten die Messer an den Gläsern. Glücklicherweise war der Wein ausgezeichnet und viel davon vorhanden, und das tröstete über die unzureichenden Speisen hinweg; denn Viscarrués hatte einen Carinnena, der zwanzig Meilen die Runde berühmt war, und so kam es, dass, während man auf der einen Seite dem Wirt der Kargheit des Mahles wegen fluchte, man ihn auf der anderen Seite für den Wein mit Lob überschüttete. Bald nannte man ihn den verabscheuungswürdigen Gastwirt, bald den bestversehenen Schankwirt.

– Nachsicht, meine Herren! Wiederholte Viscarrués ohne Unterlass, indem er bald seinen Kopf kraute, bald mit den bis an den Ellbogen nackten Armen den langen Gürtel, den er nach aragonesischer Mode um den Leib trug, hinauf und hinunter schob. – »Nachsicht meine Herren!« schrie er, während er und sein Dienstbote mit einem Eifer herumschossen, dass der Schweiß von ihren Gesichtern in die – Schüsseln rann.

Diese ganz unverhältnismäßige Ansammlung von Gästen ergab sich aus dem Zusammentreffen zweier großen Reisendentruppen, deren eine, den Kriegsschauplatz fliehend, von Osten kam, während die andere, aus dem Westen kommend, nach dem Schlachtfelde eilte, wo zwischen den Carlisten und den Isabellisten der Kampf tobte. Die erste Truppe bestand aus neutralen Familien oder solchen, die es werden wollten, aus Kranken und Verwundeten, während die andere zumeist aus Offizieren und Mitgliedern der Nordarmee sich rekrutierte, die zu der Brigade des Borso die Carminati zogen. Viscarrués ließ frische Bohnen in die Töpfe geben und seine Gäste fanden sie ausgezeichnet, mit Ausnahme einer jungen Frau aus Ribera, die den Bohnen aus Cientrenigo den Vorzug gab. Was einen Tafelgenossen veranlasste, nachdem er sein Glas höflich erhoben und geleert und sich mit der Handfläche den Mund abgewischt hatte, zu erklären, dass er die Frauen dieser Gegend mehr verehre, denn ihre Bohnen, die Frauen, von deren vollendeter Schönheit die Sprecherin ein Beispiel gebe, die durch ihre Anmut jedermann entzücken müsse.

Die junge Frau aber antwortete, dass sie nur einem Manne, ihrem Gatten und Gebieter, Komplimente gestatte, der aber derlei Scherze nicht liebe. Bald verbreitete sich in der Gruppe die Mitteilung, dass sie die Gattin eines jüngst zum Souslieutenant erhobenen Wachtmeisters sei, der den Gasthof in dienstlichen Angelegenheiten verlassen hatte und den sie zur Armee begleiten wolle.

Nachdem das Gespräch schon einmal angebahnt war, begann die junge und hübsche Frau, die sich Salome Ulibarri nannte, in einer pittoresken Art Episoden aus dem Feldzuge im Norden zu erzählen, besonders die Heldentaten ihres Mannes, die dieser auf Geheiß des Chefgenerals Don Baldomero Espartero vollbracht hatte. Sie ließ verstehen, dass das Avancement ihres Baldomero - ihr Mann hatte den nämlichen Taufnamen - nur eine geringe Belohnung war für solch bedeutende Dienste. Die Neugierde der Zuhörer ward lebhaft erweckt und die Erzählung von dem Angriff auf Bilbao und die Verteidigung dieser Stadt zog sich sehr in die Länge, da die Zuhörer mit ebenso viel Vergnügen zuhörten, als die junge Frau erzählte.

Plötzlich aber erhob sich Salome und verließ brüsk den Tisch.

Nach der Gasthoftreppe blickend, hatte sie einen vornehmen, von zwei Dienern begleiteten Greis erblickt, der sich bitter beklagte, dass er keinen annehmbaren Schutz, der mit seiner sozialen Stellung in Einklang wäre, finden konnte, und eben daran war, auf den Arm seines Dieners gestützt, wieder nach der Straße zu gehen.

Das abgemagerte Antlitz, die müden Glieder des Greises und seine bestaubten Kleider verrieten, dass er einen langen Weg zurückgelegt hatte. Salome folgte ihm, und als er in der Türe stehen blieb, pflanzte sie sich vor ihm auf, als wollte sie ihn überraschen. Der Unbekannte aber tat, als würde er sie nicht erkennen. Ungeduldig und verlegen, aber gleichzeitig von Mitleid erfüllt, berührte die junge Frau sanft den Arm des Edelmannes und sagte:

- Wäre es möglich, dass Don Beltran, Marquis von Urdaneta mich nicht erkennt oder nicht erkennen will?

- Ah, Salome, liebes Kind! Du hier? Ich erkannte Dich an Deiner Stimme, denn, ach, Du weißt es nicht ... ich beginne zu erblinden! Aber gehen wir hinaus, damit ich im Freien Deine hübsche Gestalt bewundern kann.

- Aber, Don Beltran, wo wollen Sie denn hin in so unvorsichtiger Weise?

- Ah, meine Teure, das ist eine lange Geschichte, antwortete der Marquis mit einem tiefen Seufzer. Ich sterbe vor Müdigkeit und Hunger und dieser grobe Wirt kann mir keine Unterkunft geben. Ich kann nicht weiter, ich bin müde an Leib und Seele.

- Alles ist besetzt. In jedem Zimmer sind sieben bis acht Personen wie Heringe aneinander gepresst. Ich selbst bin ohne Zimmer.

- Lass' mich Dich betrachten, sagte der alte Edelmann, indem er sich zu ihr hinneigte. Ja, ich erkenne Dich, Du bist noch schöner geworden! Wäre es nicht ein Verbrechen, vorauszusetzen, dass Gott irren könnte, so würde ich fragen, warum Du nicht von vornehmerer Geburt bist, Du würdest eine wahre vornehme Dame abgegeben haben, eine ...

Salome, der es erwünschter war, dem alten Edelmann zu helfen, als seine Komplimente anzuhören, unterbrach ihn und sagte, es wäre am wichtigsten, ihm ein Mahl servieren zu lassen; dann führte sie ihn in die Küche, wohin sie den Wirt mit lauter Stimme rief:

- Wie wenig Schicklichkeitsgefühl habt Ihr, so viele Ihr auch seid! Sagte sie zu Viscarrués. Wie konntet Ihr auch in dem Herren nicht einen der edelsten Männer Aragoniens erkennen? Habt Ihr denn nur für die Tiere Rücksicht, die Ihr beherberget?

Der Gastwirt, gerührt durch diese Vorwürfe, stotterte einige Entschuldigungen und beschwor, dass er den Marquis von Urdaneta nicht erkannt habe. Herr und Diener beeilten sich nun, herbeizuschleppen, was ihnen zur Verfügung stand. Salome half mit, den Greis zu bedienen, dann setzte sie sich an seine Seite, um zuzusehen, wie er mit guter Esslust aß und trank. Schließlich nicht so sehr von weiblicher Neugierde, denn von echter Anhänglichkeit gedrängt, fragte sie ihn aus:

- Kommen der Herr Marquis aus Saragossa oder wollen Sie dahin zurückkehren?

- Das ist's, Teure, das ist's! Ich verließ Cientrenigo mit der Absicht, niemals dahin zurückzukehren. Ein Wuthanfall ... Stolz ... oder besser gesagt Würde ... Ich bin schon so, ich ertrage keine Erniedrigung. Nicht die Unverschämtheiten, die Grobheiten meines Enkels Rodrigo und seiner Bisgurn Mutter ... und diese sind schon derart geworden, dass ich sie nicht mehr ertragen konnte. Ich verließ das Schloss Idiaquez wie ein Student, der durchbrennt. Lieber unterstandslos sein, lieber das Elend, den Tod, als die Sklaverei und den Despotismus meiner Schwiegertochter und ihres Sohnes. Ich hab' genug davon! ... Ich hab' genug davon! ... - Ich glaube, Herr Marquis waren auch in Medina del Pomar.

- Bei meiner Tochter und meinem Schwiegersohn ... ja ... Man empfing mich nicht, wie ich erwartete. Es gibt keine Kinder mehr, keine wirklich guten Kinder mehr. Sie sind ausgestorben. Diese verdammten Bürgerkriege scheinen alles Menschlichkeitsgefühl vernichtet zu haben, ebenso wie die heiligsten Rechte der Familie und des Vaters. Kurz, ich sage Dir, dass ich nach meinem Aufenthalt in Mena, wo ich bei meiner Tochter und meinem Schwiegersohn mehr Egoismus vorfand als echte Pietät und Rücksichten, die mir ans Herz gegangen wären, mich nach Idaquez begab, wo man mich in einer ganz unschicklichen Weise empfing. Überdrüssig endlich dieser Schülerdisziplin, der man mich unterwerfen wollte, befand ich mich in der harten Lage, das Elend der Sklaverei, die Freiheit jenem Mönchsregime vorzuziehen, das im Schlosse zu Cientrenigo herrscht. Meine Schwiegertochter ist mir verhasst geworden, um sie nicht mehr zu sehen, ging ich barfuß und bettelnd bis ans Ende der Welt. Was willst Du, mein Kind? Ich wurde als Edelmann geboren, ich ward als Edelmann erzogen, ich habe als solcher gelebt und ich kann mich nicht entschließen, in meinem Alter Erniedrigungen zu dulden. In welcher Lage ich mich auch immer befinden werde, ich werde meine Würde bewahren. Salome lauschte mit aufrichtigem Kummer der Erzählung Don Beltran's. Sie wagte es nicht, ihm zu raten, dorthin zurückzukehren, woher er kam, erstens, weil sie vor dem Alten Marquis wirklich Respekt empfand, und dann aus Mitleid, das sein Unglück ihr einflößte. In dem Wunsche, seine momentanen Bedürfnisse zu befriedigen, sagte sie ihm, dass es notwendig sei, mit dem Stall vorlieb zu nehmen, da ein Zimmer eben nicht zu haben sei. Sie verpflichtete sich übrigens, ihm in diesem bescheidenen Obdach ein bequemes Lager zu bereiten, dank der Strohbündel und der zahlreichen Decken, über welche sie verfügen konnte. So würde er dann keine Ursache haben, die Strohsäcke der Gastzimmer zu bedauern. Don Beltran war mit allem einverstanden. Er dankte gerührt und sagte:

- Unser Heiland gab uns das Beispiel der Demut, indem er in einer Krippe zur Welt kam. Ein einfacher Edelmann, der nichts Göttliches an sich hat, kann sehr gut auf Stroh schlafen und sterben inmitten niedriger Leute und ländlicher Tiere!

Benützen wir die Pause, die in dem Gespräche der Beiden eintrat, um mit dem Marquis nähere Bekanntschaft zu machen und den Respekt zu erklären, welchen die Gattin des Souslieutenants Baldomero Gelan ihm in so zweckdienlicher Weise erwies.

Salome oder Saloma Ulibarri war die Tochter eines wohlhabenden Ökonomen aus Ribera, der Pächter Don Beltran's und Bürgermeister seiner Gemeinde war. Er war in dieser Stellung in dem Augenblicke, da Don Carlos zu den Waffen rief, um seine Rechte auf die Krone Spaniens zu unterstützen, welche seiner Nichte Isabella II., der Tochter Ferdinands VII., zugesprochen wurde. Der Krieg, der sich auf mehrere Jahre erstrecken musste, begann durch den Aufstand der nördlichen Provinzen Biscaya, Navarra und Aragon, und man weiß, mit welch wilder Energie er von beiden Parteien geführt worden ist.

Wie es der Zufall des Kampfes wollte, waren die Besitzer, die Gemeinden, die Bewohner der Städte und Dörfer, selbst Frauen und Kinder abwechselnd bald von den Anhängern Don Carlos', bald von denen Isabellens bedroht und gebrandschatzt, weil sie die Führer der feindlichen Banden nicht verraten hatten, oder verraten wollten, weil sie die Befehle der Einen oder der Anderen nicht erfüllen wollten oder weil sie den Ansprüchen der diversen Truppen nicht entsprochen hatten.

Adrien Ulibarri hatte in seiner Eigenschaft als Bürgermeister dem Befehle des Provinzgouverneurs gehorchend, dem Postenführer in Tafelle die Ankunft eines Carlistenkorps und Einzelheiten, die er sich über ihre Zahl und Organisation zu verschaffen wusste, angezeigt. Der Bote fiel in die Hände der Carlisten und der Brief ward an ihren Chefgeneral Zumala Carregin geschickt, der ohne weiteres Verfahren den Befehl gab, sich des Bürgermeisters zu bemächtigen und ihn sofort hinzurichten. Der Befehl ward am nächsten Tage pünktlich ausgeführt. Nach dem Tode ihres Vaters und nach einer Menge von Abenteuern, die zu schildern zu langwierig wäre, flüchtete Salome zu einer Tante, der Schwester ihrer Mutter, die von der Familie Ildiaquez einige Grundstücke in Pacht hatte und einen alten Turm bewohnte, der nahe an dem herrschaftlichen Schlosse gelegen war. Salome war von auffallender Schönheit und der Schlossherr, seinen ritterlichen Gewohnheiten treu, zeigte sich ihr gegenüber von einer Liebenswürdigkeit und Güte, die übrigens durch das Unglück des Mädchens und die Ergebenheit Ulibarri's hinlänglich gerechtfertigt waren.

Zu dieser Zeit empfing Don Beltran häufig den Besuch eines jungen Soldaten, Baldomero Galan, der sechs Jahre lang sein Kammerdiener war und später in der inneren Verwaltung seiner Güter eine Vertrauensstellung hatte. Er war ein hochgewachsener, brauner, kräftiger Bursche, sehr ergeben und ehrlich, aber starrköpfig, wie es ja jeder gute Aragonese ist. Sein Gebieter liebte ihn sehr und bedauerte es aufrichtig, als er ihn verließ, um zum Militär zu gehen. Er ward ein guter Soldat, wie er ein guter Diener war; so avancierte er zum Wachtmeister, und so oft sein Bataillon in die Nähe von Cientrenigo kam, besuchte er seinen früheren Herrn, der ihn immer mit lebhaftem Vergnügen empfing. Im Laufe eines dieser Besuche lernte er Salome kennen, in die er sich verliebte; er bestimmte sie, ihm zu folgen, und bald darauf heiratete er sie. Das erklärt das Verhältnis zwischen Salome, Baldomero und Don Beltran, und es ist nur noch hinzuzufügen, dass, wenn Spanien das Land in Europa ist, wo die Ungleichheit der sozialen Klassen, was die Formen und den Verkehr zwischen Hoch und Nieder betrifft, sich am unerschütterlichsten behauptet hat, so ist es doch wieder das Land, wo die Gleichheit, was das familiäre Wohlwollen betrifft, zwischen allen Klassen der Gesellschaft herrscht.

Don Beltran de Ildiaquez Marquis von Urdaneta war zur Zeit, als unsere Erzählung beginnt, achtundsiebzig Jahre alt. Wie Salome es dem Gastwirt Viscarrués gesagt hatte, gehörte er einer der reichsten und ältesten Familien des Landes an, deren umfangreiche Besitzungen in den verschiedenen Provinzen von Aragon, Navarra, Biscaya gelegen waren. Durch das Ableben seiner Eltern sehr früh in den Besitz eines sehr großen Vermögens gesetzt, wollte Don Beltran, der mit einem heiteren Gemüt und schönen Äußern begabt war, vom Leben nur dessen Vergnügungen und Annehmlichkeiten genießen.

Wie es zu jener Zeit gebräuchlich gewesen, heiratete er früh, um seinem Namen einem Erben zu sichern. Die Familie verursachte ihm keine großen Sorgen. Nicht als ob er die Marquise unglücklich gemacht hätte oder seinen Sohn und seine Tochter, die sie ihm geschenkt hatte. Aber er lebte, wie damals alle Ehemänner der höheren Stände, indem er seiner Frau alle Freiheiten ließ und die Erziehung seiner Kinder Erziehern und Erzieherinnen überantwortete.

Frühzeitig Witwer geworden, ging er auf Reisen. Er besuchte Frankreich, Russland und Italien, wo er dank seinem Namen und seinem Vermögen überall herzlichen Empfang fand. Vor der Revolution wohnte er in Paris, zu jener Zeit, die Talleyrand so gut charakterisierte: »Wer sie nicht gekannt, weiß nicht, was es heißt leben.« Liebenswürdig, reich, feurig, hatte der Marquis von Urdaneta in dieser reizenden, frivolen Gesellschaft alle Erfolge, die er wünschte, deren Folgen, was das Schmelzen seiner Güter betrifft, nicht ausblieben. Nach Spanien zurückgekehrt, war er verschwenderisch, wie er es im Auslande gewesen, und eines Tages stand er ohne Hilfsquellen, ohne die Möglichkeit, neue Anleihen zu erhalten, da er den größten Teil seiner Güter mit unglaublichem Leichtsinn verpfändet hatte. Und doch waren seine Besitzungen so umfangreich, dass, würde er in diesem Augenblick eingewilligt haben, dem Spiel zu entsagen und sich einzuschränken, einige Jahre von dem Notwendigsten zu leben und sein Einkommen zur Tilgung seiner Schulden zu benützen, er sich leicht hätte aus der Affaire ziehen und die Güter seiner Vorfahren in ihrer Gänze bewahren können.

Das widerstrebte aber seiner verschwenderischen und großmütigen Natur, denn man muss gestehen, dass, wenn er auch ohne zu zählen das Geld ausgab, um seine persönlichen Passionen zu befriedigen, er auch nicht kargte, wenn es galt, Anderen zu helfen. Niemals hatte ein Armer vergebens seine Hilfe angerufen; niemals hatte er einen rückständigen Pächter gedrängt. Oft hatte er unglücklichen Schuldnern seine Forderung erlassen, ja noch mehr, auch seine Börse in dessen Hände geleert, wenn es galt, den durch eine Epidemie vernichteten Viehstand oder die vom Hagel und Frost betroffene Ernte zu ersetzen. Seine Mildtätigkeit war sprichwörtlich geworden und so kannte man Don Beltran zwanzig Meilen in der Runde; seine Diener beteten ihn buchstäblich an, sie würden für ihn in den Tod gegangen sein.

Wie es auch kam, durch Geldnot bedrängt, ohne die Kraft ärmlich zu leben, ward Don Beltran gezwungen, oft zu erbärmlichen Preisen zu verkaufen, wenn es galt, Spielschulden zu bezahlen. Nach und nach gingen seine Besitzungen aus seinen Händen in jene seiner Gläubiger und hauptsächlich seiner Pächter über.

Einer jener, die durch diese Unordnung am meisten profitierten, war ein gewisser Juan Luco, der Stück um Stück Eigentümer ward jener umfangreichen Domänen, die er gepachtet hatte und die das schönste Juwel im herrschaftlichen Schatzkästchen der Urdaneta bildeten. Die mehr als vorteilhaften Bedingungen, unter welchen die meisten dieser Erwerbungen erfolgt waren, flößten Juan Luco, wenn auch nicht Gewissensbisse, so doch häufig Scham ein, denn im Grunde genommen, war er obwohl egoistisch, wie nur ein Bauer es sein kann, doch ein braver Mann. Fügen wir aber hinzu, dass er die Stimme seines Gewissens beschwichtigte, indem er sich sagte, dass er eine zahlreiche Familie habe, und dass, wenn er aus dem Leichtsinn Don Beltran's Gewinn zog, er dies nur tat, um das Glück seiner Kinder zu sichern.

Der Sohn des Marquis Urdaneta führte den Titel Sarinnan; in der Schule seines Vaters erzogen, hätte er gern dessen verschwenderischen Passionen nachgeahmt, aber auch er verheiratete sich früh mit einem sehr reichen Mädchen aus vornehmem Hause, mit Donna Juana Teresa Marquise von Sarinnan, die ebenso sparsam, ebenso berechnend war, wie sein Vater verschwenderisch. Trocken an Seele und Körper, beherrschte sie bald ihren Gatten und sie zwang ihn auch in die Grenzen weisen Betragens, Sie vermochte es, ihn von jeder unnützen Ausgabe abzuhalten und ihm alles zu verbieten, was Don Beltran de Urdaneta mit Wonne trieb. Als sie einen Sohn hatte, befasste sich die Marquise selbst mit seiner Erziehung und sie flößte ihm alle weise Mäßigung, alle Sparsamkeitstugenden ein, die sie selbst besaß. Es wäre überflüssig, zu sagen, dass der Pomp liebende, verschwenderische Don Beltran mit seiner Schwiegertochter keineswegs sympathisierte, und ohne mit ihr, die er gern eine Bisgurn nannte, alle Verbindungen abzubrechen, hatte er diese doch so wenig intim gestaltet, als es nur immerhin möglich war.

Die Tochter Don Beltran's, jünger als ihr Bruder, war, als ihre Mutter starb, noch ein kleines Kind. Sie ward mit großer Sorgfalt durch eine mütterliche Tante in einem vornehmen Ursulinerinnenkloster zu Saragossa erzogen. Sie war ein reizendes Kind, und die Erziehung entfaltete in ihr alle glänzenden Qualitäten ihres Vaters, dem sie auch körperlich sehr ähnlich war. Es wäre unmöglich, zu sagen, ob sie nebst der physischen Ähnlichkeit von ihrem Vater auch dessen Fehler geerbt hatte, aber in jedem Falle, wenn diese Keime auch in ihr gelegen wären, so hatte die religiöse Erziehung diese erstickt und vernichtet. Nachdem sie das Kloster verlassen hatte, heiratete sie einen jungen Edelmann, der ohne großes Vermögen auf seinem Landgute lebte; sie liebte den Grafen Villarcayo und dieser liebte sie. Sie hatten mehrere Kinder, welche das Band zwischen den Eltern nur noch inniger befestigten.

Die glücklichen Ehen haben keine Geschichte, wir begnügen uns daher zu sagen, dass der Graf und die Gräfin Villarcayo zu Beginn unserer Erzählung, trotz des bescheidenen Maßes ihres Vermögens, glücklich und zufrieden lebten, ihre Kinder anständig erzogen und Don Beltran warm empfingen, wenn dieser sie besuchte. Das geschah genug selten, denn der Graf ermangelte nie, ihm Moralpredigten zu halten, ihm seine luxuriöse Lebensweise, die jetzt weit über seinem Vermögen stand, zum Vorwurf zu machen, was den Greis erbitterte, der seine Kinder zumeist nur dann besuchte, wenn er sich eines Gläubigers entledigen wollte und die Hoffnung hatte, bei seinem Sohn oder seiner Tochter ein Anlehen zu erhalten.

Die Geldforderungen Don Beltran's waren, obgleich sie von den Villarcayos keineswegs mit Vergnügen aufgenommen wurden, doch häufig mit Erfolg gekrönt, wenn seine Tochter und sein Schwiegersohn eben Geld hatten. Aber bei den Sarinnans war es nicht so. Donna Juana übernahm es immer selbst, ihrem Schwiegervater zu antworten, und wenn er auch sein Geld erhielt, so war er sicher eine Rede zu hören, die von seiner Torheit, seiner Verschwendungssucht und der Schande seiner weißen Haare handelte, was natürlich die Verzweiflung des alten Verschwenders auf die Spitze trieb. Das alles war aber nichts im Vergleiche zu dem, was den armen Urdaneta noch erwartete.

Nach kurzer Ehe starb sein Sohn infolge eines Jagdunfalls und Donna Juana, die mit der Vormundschaft über ihren Sohn betraut wurde, verhielt Don Beltran, Rechenschaft zu legen über das mütterliche Erbteil seines Sohnes und über das Majorat, von dem Urdaneta nur die Nutznießung zukam. Don Beltran konnte nun wohl die Existenz der von seiner Gattin hinterlassenen Güter und auch des Majorats beweisen, er war aber genötigt, zuzugestehen, dass er deren Erträgnis auf eine lange Reihe von Jahren hinaus bereits verpfändet hatte.

Donna Juana ergriff nun unverweilt alle Maßnahmen, um die Hände ihres verschwenderischen Schwiegervaters zu binden, und über Nacht befand sich der alte Edelmann nicht nur ohne Geld, aber auch ohne die Möglichkeit, sich welches zu verschaffen. Er war genötigt, eine Vereinbarung zu unterschreiben, nach welcher er sich mit einer bescheidenen Pension begnügen musste, deren eine Hälfte seine Tochter, die andere aber seine Schwiegertochter im Namen ihres minderjährigen Sohnes beisteuerten, und da diese Pension es Don Beltran nicht gestattete, einen eigenen Haushalt zu führen, wurde vereinbart, dass Don Beltran bei seinen Kindern leben werde, und zwar sechs Monate bei den Sarinnan und sechs Monate bei den Villarcayo.

So ward der Verschwender auf eine mäßige Portion reduziert und überdies noch gezwungen, die Ermahnungen und Vorwürfe seiner Schwiegertochter über sich ergehen zu lassen, die ihm jetzt mehr als früher zur »Bisgurn« wurde. Man sah, wie sehr er unter diesem Joche litt, und er genierte sich auch nicht, sich über seine elende Lage zu beklagen. So erhielt auch Juan Luco Kenntnis davon, und dieser fühlte, dass er verpflichtet sei, dem Manne zu Hilfe zu eilen, der ihm in der Zeit seines

Reichtums so viele Dienste erwiesen hatte. Er fand Mittel, ihn zu verständigen, dass er geneigt sei, im Einverständnisse mit ihm, Maßnahmen zu treffen, um ihn aus seiner elenden Lage zu befreien; sei es, indem er ihm die Einkünfte der zu vorteilhaft erworbenen Güter auf Lebenszeit überließ, oder aber, indem er ihm die gewisse Summe bar vergütete. Diese Nachricht erhielt Don Beltran in dem Augenblick, da er mit seiner Schwiegertochter und seinem Enkel Rodrigo einen Streit hatte, der ihn sehr verletzte, und unter der Herrschaft der Aufregung entschloss er sich, um jeden Preis Juan Luco aufzusuchen, dessen Wohnsitz sich inmitten des Kriegsschauplatzes befand.

Nun können wir den Faden unserer Erzählung wieder aufnehmen.

- Ich wusste, sagte der alte Edelmann zu der jungen Frau, dass Du Baldomero heiratetest. Verteufeltes Glück für solch einen Mann, ein so hübsches Mädchen wie Du zu bekommen.

- Danke, mein Herr, aber Sie wissen vielleicht, dass Baldomero zum Souslieutenant ernannt wurde.

- Was! Souslieutenant! Holla! Da ist er ja Offizier. Er ist ein guter Junge, starrköpfig aber tapfer. Bravo! Ist er mit den Truppen von Norden gekommen?

- Ja. Er wird glücklich sein, Ew. Exzellenz zu sehen. Er wird bald zurückkehren.

Sie wandte sich zu einem der Diener Urdaneta's, die an einem Nebentische saßen und befahl ihm, den Souslieutenant Galan aufzusuchen und ihn von der Anwesenheit seines früheren Gebieters zu verständigen. Seine Mitheilungen wieder aufnehmend, versuchte Don Beltran seiner Freundin verständlich zu machen, dass er nicht der Abenteuer wegen durch das Kampfgebiet streife. Es war ihm darum zu tun, einen Plan, der seinen Interessen diente, zu verwirklichen und seine traurige Lage zu verbessern.

- Ich werde Dir das erklären, wenn ich ausgeruht habe, denn ich vermute, wir werden wieder ein Stück Weges zusammen zurücklegen. Für den Moment beschränke ich mich darauf, Dir zu sagen, dass die Mittel, die ich aus Cientrenigo mitnahm, weit unter meinen Bedürfnissen sind. Ich werde mir verschiedene Entbehrungen auferlegen müssen. Was mich aber am meisten beunruhigt, das ist, dass mir die Truppen Cabrera's oder die Kompanien seiner Anhänger den Weg abgeschnitten haben.

Während dieses Gespräches kam Baldomero Galan, der entblößten Hauptes Don Beltran die Hand küsste, und wenig hätte gefehlt, da wäre er vor ihm in die Knie gesunken. Diese Respektsäußerungen waren aufrichtig, sie kamen aus dem Herzen, denn er liebte tief seinen früheren Gebieter.

- Salome und ich wir stehen Ew. Exzellenz zur Verfügung für alles, was Sie uns befehlen wollen; wir werden Sie wie einen Vater beschützen.

Don Beltran erhob sich und als hätte die Stärkung seiner physischen Kräfte auch die Kräfte seines Geistes und seiner Hoffnung gehoben ging der Greis am Arme Baldomero's nach dem Stalle. Und bei jedem Schritte innehaltend, sagte er:

- Nein, nein, der Marquis Urdaneta kann seine Tage nicht in der Erniedrigung beschließen. Glaubst Du, Baldomero, dass es leicht sein wird, das Gebiet von Terruel zu erreichen? Wenigstens die Gebirge von Gudar?

- Exzellenz, die Truppen Cabrera's beherrschen fast das ganze Land, und insolange wir das Land von diesen brudermörderischen Feinden nicht gesäubert haben, würde ich nicht raten, weiterzugehen, insoferne sie nicht einen Geleitschein des Prätendenten besitzen.

- Gut, gut, wir werden schon sehen, denn ich besitze einige Freunde unter den Führern der Aufständischen.

Mittlerweile hatte Salome den am meisten geschützten Winkel im Stalle ausgesucht, wo es weder Luftzug noch Maultiergeräusch gab, und dort bereitete sie dem edlen Greis ein weiches Lager. Allerorten sammelte sie Stroh, sie reinigte den Platz und vertrieb die Hühner, die sich dort eingerichtet hatten, und bald war Alles zur größten Zufriedenheit des Alten in Ordnung gebracht. Sie widmete dem leiblichen Wohl Beltran's alle Decken, die ihr zu Gebote standen. Galan zog ihm die Stiefel aus, bedeckte seine Füße mit Plaids, während Salome ihm ein Seidentuch um den Kopf wand und ihn seiner Kleider entledigte.

So eingehüllt, bot der alte Edelmann eine sonderbare Figur, über die er selber zuerst lachte, als er sich auf dem Stroh ausstreckte. Salome improvisierte aus einigen Spitzentüchern ein Kissen, dann lehnte sie sich auf die Mauer, sodass sie eine Art Bettschutz bildete und mit den Knien das Kissen stützte, sodass der Kopf Beltran's ruhig lag. Und um das Meisterwerk zu krönen, installierte sich Galan zu Füßen seines früheren Gebieters, um ihn von dieser Seite gegen die Kälte zu schützen. Urdaneta war verschnupft, doch da er gut eingepackt war, fühlte er sich bald durchwärmt. Seine gute Laune und seine expansive Fröhlichkeit kehrten bald wieder zurück. Er fand seine Lage ausgezeichnet und inmitten der traurigen Ereignisse empfand er sie als eine besondere Gunst der Vorsehung.

Es gab auch noch andere Gruppen in der Nähe, und je weiter die Nacht fortschritt, desto mehr Gäste füllten den Stall. Inmitten der Strohhaufen unterschied man vage Menschengruppen und man hörte hier den Lärm der Gespräche, dort stürmische Dispute, weiter das Geräusch der Schnarchenden.

- Lieber Baldomero, sagte Don Beltran, von dem man nur die Nase sehen konnte; ich hörte einige Worte von jenen Leuten, die zu Deinen Füßen liegen; ich glaube, sie sind aus Rubielos. Frage sie, ob sie den reichen Grundbesitzer Juan Luco kennen?

Einige Augenblicke später näherte sich ein Mann von gigantischer Gestalt in der reinsten aragonesischen Tracht; ein Taschentuch auf dem Kopfe, ein weit abfallender brauner Gürtel um die Lende geschlungen, war er in eine schlechte Decke gehüllt. Er schien verwundet oder krank, den Arm in der Schlinge, das Gesicht hart und gebräunt, mit misstrauischer Miene. Er hinkte und hatte das eine Bein in Leinwand und Lumpen gehüllt, was ihm ein Elefantenbein machte. Als er der Gruppe sich näherte, schien er verwirrt.

- Der Herr Offizier ruft mich! Ah, was sage ich? ... Großer Gott ... Ich sah gar nicht Se. Exzellenz ... Ah, so eingehüllt auf dem Stroh ...

- Setze Dich. Du bist aus Terruel, Du kannst es nicht leugnen, sagte Don Beltran, ohne sich zu bewegen. Setze Dich und erhole Dich, Du scheinst es nötig zu haben.

Langsam und Seufzer ausstoßend, die der Schmerz ihm erpresste, setzte sich der Aragonese an die Seite Galons, und als er in die richtige Lage kam, sagte er, er sei nicht aus Terruel selbst, aber aus Cuatrodineros. Doch kenne er das ganze Land zwischen Ademuz und Puerto Beceite wie seine Handfläche.

- Ah, rief Salome aus, jetzt weiß ich, wer Du bist. Ich sagte mir gleich: »Ich kenne diese Gestalt!« Du bist Joreas der Maultiertreiber und Du hieltest es mit den Aufständischen.

- Mit der Erlaubnis der Frau Lieutenant und der Gesellschaft werde ich die Wahrheit sagen. Ich heiße Tanasio Joreas, und wenn ich zu den Aufständischen hielt, so geschah dies, weil ich es natürlich fand, die göttlichen Rechte Don Carlos' zu verteidigen. Aber Sie sehen mich enttäuscht, da ich mehr Schläge erhielt, als ich Haare auf dem Haupte zähle. Ich sterbe vor Hunger, mein Haus, meine Familie sind verschwunden. Eines meiner Landhäuser ward durch die Liberalen, das andere durch die Carlisten vernichtet. Meine Kinder wurden erschlagen, meine Habe eingeäschert. Ich bin zu drei Vierteln tot! Was die Legitimisten mir ließen, haben die Usurpatoren mir genommen. Müde zu kämpfen, zu leiden, schrecklichen Dingen beizuwohnen, floh ich und gehe nun nach Saragossa, wo der Friede herrscht, wo es Menschen gibt, die Christen und nicht Todschläger sind, wo ich mein Brot verdienen kann und es verzehren, ohne es mit Blut zu mengen.

Alle schwiegen unter der Macht dieser düsteren Worte. Endlich unterbrach Don Beltran die peinliche Stille.

- Armer Joreas, man muss Deine Reue loben. Wollte Gott, dass alle zu Deiner Überzeugung gelangen und denselben Weg folgen. Aber kennst Du Juan Luco?

- Einer der besten Menschen in Aragonien ... ja, mein Herr und eine wichtige Persönlichkeit und sehr reich. Er besaß die zwei größten Güter von Rubielos, und auf seinem Besitztum gab es einen Viehstand von mehr als tausend Köpfen. Ein anständiger Mann ... ein guter Freund ... und den Armen ein Vater ...

- Du sprichst, als würde Luco nicht mehr leben. Sei deutlicher. Ist er gestorben?

- Mein Herr, seien Sie mir nicht böse, ich war nur ein Werkzeug. Er begegnete uns an der Spitze von vierzehn bewaffneten Männern. Die Truppen des Peinado nahm ihn gefangen - ich war auch in derselben - und wir mussten ihn füsilieren.

- Schrecklich!

- Das ist der Krieg, mein Herr, das ist der Krieg. Und sobald wir ihn begraben hatten, zogen wir aus, um sein Besitztum einzuäschern.

- Und ihr habt es eingeäschert.

- Es war unmöglich, denn die Anderen hatten das schon am Tage vorher besorgt. Die Truppen des Obersten Buil, ein elender Hund, der auch meinen Sohn Augustin erschießen ließ.

- Aug um Aug! Zahn um Zahn! Die Söhne Luco's werden ihren Vater rächen.

- Nein, mein Herr, kannten Ew. Exzellenz sie?

- Ja, und ich weiß, dass sie tapfer sind.

- Sie waren es.

- Wie, auch sie sind tot?

- Nicht ich bin schuld, aber Rogueras, dieser brutalste unter den Brutalen der Usurpatoren.

- Sie waren also Carlisten?

- Bruno hatte sich unter das heilige Banner gestellt. Er verließ Vater und Bruder, die Isabellisten waren.

- Ein Bruderkrieg!

- Und ein Krieg zwischen Vater und Sohn, zwischen Weib und Mann. Cinto Luco und seine Frau wurden gefangen genommen.

- Und auch erschossen? Welche Feigheit?

- Nein. Man entblößte sie der Kleidung, ohne ihnen auch das Hemd zu lassen. Dann wurden sie mit Lanzenstichen durchlöchert.

- Schweige! Gehe anderwärts hin, um Deine Sünden zu büßen.

- Das ist der Krieg. Nicht ich habe die Schuld daran. Übrigens war ich gar nicht dabei, man hat es mir erzählt.

Die zwei Gefährten Joreas' näherten sich. Sie legten sich an seiner Seite nieder und sagten enttäuscht und reuevoll:

- Ich sah es, sagte der Eine, der in Stimme und Gebärde eine bessere Erziehung, einen höheren sozialen Stand verriet, aber ich und sechs Andere wir verließen die Truppe. Wir wollten Kämpfer sein, aber nicht Briganten.

- Genug, sagte Beltran, dem es erstickend heiß war, sodass er die Arme aus den Decken hervorzog. Genug, im Namen des Himmels! Oder wollt Ihr mir noch sagen, dass auch der letzte Sohn meines lieben Juan Luco, mein Täufling Franciscus in diesem Kriege umkam, der nur der Kaffern würdig wäre.

- Franciscus wurde bei Livia erschossen, bestätigte Joreas.

- Ich glaube, morgen wäre Zeit genug, diese brudermörderischen Geschichten zu erzählen, bemerkte Baldomero.

- Ich auch, sagte Salome. Unser Herr muss ruhen. Jetzt ist nicht der Moment für Tragödien, wohl aber für heitere Geschichten.

- Danke, liebe Kinder. Aber der Anlass ist tragisch und da dürfen wir uns nicht amüsieren. Fahret nur fort. Sie, junger Mann, werden wir die Ereignisse von Livia erzählen und das Schicksal meines Täuflings Franciscus Luco. Sind Sie aus dieser Gegend?

- Eustachius de la Pertusa aus Binefar, um Ihnen zu dienen. Bis zum Februar 1835 hatte ich Theologie studiert Seither Adjutant des Cabrera, Leutnant in der Colonne Pertegaz, und jetzt enttäuscht und von Ekel erfüllt. Ich erinnere mich genau: Es war am 29. März, als wir Livia einnahmen. Vor Tagesanbruch erreichten wir geräuschlos die Stadttore, welche die Nationalgarde verteidigte. Sie öffneten ohne Misstrauen. Es war uns leicht, einzudringen. Im ersten Angriff töteten wir sieben Männer, neun im zweiten und dann machten wir siebenundzwanzig Gardisten und einige Einwohner zu Gefangenen. Wir äscherten die Stadt ein und verließen sie dann mit unseren Gefangenen.

- Und unter diesen der arme Franciscus!

- Ja, mein Herr. Ich kannte ihn aus dem Seminar zu Huesca, wo wir zusammen studierten. Auf dem Wege nach Chiva sprachen wir miteinander. Ich sagte ihm, er möge Geduld haben, denn sie würden gewiss nicht ohne Beichte erschossen werden: Seine Seele wird gewiss gerettet werden, wenn auch nicht sein Körper.

- Schreckliche Scheinheiligkeit! Schrie Don Bertran, der sich nicht halten konnte. Armer Franciscus! Fahre fort.

- In Chiva gab man Befehl, den Gefangenen die Beichte abzunehmen; jede Gruppe, so klein sie auch war, erhielt einen Kaplan ...

- Genug, genug! Du hättest den Mut, mir zu sagen, dass Du auf Deinen Freund Feuer gabst! Auf Deinen Studiengenossen! Eine schöne Theologie hast Du getrieben! Du bist ein ganz gewöhnlicher Brigant!

Eustache wollte erwidern, aber Joreas und dessen Gefährte hielten ihn zurück, bis Baldomero ihn hinausführte.

Der Dritte der bereuenden Carlisten, der bisher schwieg, der aber den Frieden wünschte und die Folgen einer Diskussion an diesem Orte fürchtete, blieb allein bei Beltran und erklärte, dass er bedingungslos von Ekel erfüllt und gesonnen sei, nicht wieder anzufangen. Und da er Vertrauen einflößen wollte, begann er:

- Ich bin aus Ablita und ich habe Sie erkannt, Don Beltran Urdaneta, ich wollte. Sie hätten keine allzu schlechte Meinung von mir, der Dummheit wegen, die ich verübt, als ich zu den Aufständischen ging.

Alle waren erstaunt über dieses Zusammentreffen, und Baldomero war der Erste, der den jungen Mann erkannte.

- Ah, sagte er, bist Du nicht Vinzenz Sancho, der Sohn von Joseph Sancho? Als ich Dich erblickte, sagte ich mir sofort: Ich kenne diesen Jungen.

- Ja, ich bin es. Ich erkannte Euch Alle, aber ich schämte mich, meinen Namen zu nennen.

- Gut, kleiner Sancho, sagte Urdaneta, es freut mich, dass Du da bist, mein Junge. Sag' mal, war Bartolomeo Sancho aus Montegnado nicht Dein Großvater?

- Ja, mein Herr. Sehen Sie, der eine meiner Freunde ist sehr grob, der Andere, den wir Epistole nennen, sehr exaltiert ... Sie wollten Don Beltran nicht beleidigen, und da sie aufgefordert wurden, zu erzählen, so haben sie die Dinge so vorgetragen, wie sie sich ereignet haben. Diese Vorfälle sind an sich sehr hässlich, und wer sie erzählt, kann dafür nicht verantwortlich gemacht werden.

Das ist wahr. Ich war zu rasch aufgeregt, sagte der alte Edelmann. Und wenn auch sie nicht mehr böse sind, mögen sie zurückkehren und ihre Erzählungen über die Ereignisse in Chiva weiter fortsetzen.

- Ich werde diese besser schildern können, sagte der junge Sancho. Ich war auch in Livia und in Chiva. Ich war mit in dem Carre, das die Füsillade besorgte, und ich kann versichern, dass wir Franciscus nicht getötet haben. Er verschwand auf der Straße nach Chiva, möglich hat er selbst ein Mittel zur Flucht gefunden, möglich hat ein Freund ihm geholfen. Die Gefangenen wurden in einem Klosterhofe entkleidet und dort erschossen.

- Grässlich! Wie konnten sie nur solche Gräueltaten verüben! Murmelte Don Beltran. Und dieser arme Franciscus?

- Vielleicht blieb er unter jenen, deren Hinrichtung verschoben wurde. Wir zogen uns nach Livia zurück, und ich weiß, dass in Villar del Arzobispo diejenigen Gefangenen erschossen wurden, die noch aus Chiva mitkamen, mit Ausnahme einiger Weniger, die nach Cantaviege geführt wurden. Ich glaube, Franciscus Luco war unter diesen.

- Gut, mein Sohn, sehr gut. Und da sagt man noch, dass es auf dieser verdammten Erde Humanität gebe. Wenn ich Humanität sage, verstehe ich darunter Vertreter der menschlichen Gattung.

- O, Exzellenz, außer den Kämpfenden blieb kaum ein Mann übrig, nur wenige Weiber und fast gar keine Haustiere ...

- Da wir von Weibern sprechen, mein Freund und Pächter Juan Luco, besaß auch eine Tochter?

- Ja, sie ist Büßerin geworden; ich kenne sie nicht. Joreas, der aus Rubielos stammt, wird Ihnen Auskunft geben können.

Nach diesen Worten betrachtete Sancho fast geängstigt einen Mann, der in den Stall kam, um seine beiden Tiere zu füttern. Das zitternde Licht der einzigen Laterne, die bestimmt war, den Stall zu beleuchten, ließ die Gestalt des Ankömmlings kaum erkennen; der junge Bursche schien ihn aber zu kennen, ja zu fürchten, denn als er ihn herankommen sah, warf er sich nieder und gab sich den Anschein eines Schlafenden.

Als die Gefahr vorüber war, erhob sich Sancho und sagte:

- Das ist mein Vater. Er steht im Dienste eines vornehmen Italieners. Er kam diesen Morgen an, und als ich ihn bemerkte, wusste ich nicht, wohin mich verstecken aus Scham und Furcht, denn als mein Vater erfuhr, dass ich zu den Aufständischen ging, erklärte er, mich töten zu wollen, sobald er meiner gewahr werde, um mich zu bestrafen, weil ich ihn entehrt habe. Denn er empfindet es als eine Entehrung, dass einer seiner Söhne unter dem Banner Carlos' V. kämpft.

- Da wir nun ein wenig ruhig sind, versuchen Sie zu schlafen, sagte Salome, es ist spät und mir müssen für morgen Kräfte sammeln.

- Ich will versuchen, Deinen guten Rat zu befolgen, sagte Don Beltran, indem er sich in die bequemste Lage brachte und bis zur Nasenspitze zudeckte. Aber ich glaube, es wird mir nicht leicht fallen zu schlafen, denn ich denke daran, ob dieser italienische Herr nicht ein Bekannter ist: ein Mann, der aus Madrid oder Neapel am Hauptquartier Don Carlos' akkreditiert ist, um die Verhandlungen zu führen, welche diesem schrecklichen Kriege ein Ende bereiten sollen. Ich erinnere mich nicht mehr an seinen Namen, denn ich habe kein Gedächtnis dafür. Aber ich habe eine Ahnung, dass er es ist. Deine erste Aufgabe ist morgen, Sancho aufzusuchen und ihn über seinen Herrn auszufragen. Frage ihn, ob er nach Saragossa oder nach der Levante geht. In diesem Falle wäre mir seine Freundschaft sehr nützlich, denn er führt gewiss gute Pässe mit sich. Du könntest ihn besuchen, und unter dem Vorwande, ich wollte wissen, ob ich sein Zimmer nach seiner Abreise beziehen könnte, meinen Namen nennen und erwähnen, dass ich gegenwärtig hier in einer ganz unwürdigen Weise untergebracht bin.

Die schöne Navareserin versprach, den Italiener und im Notfalle ganz Italien zu erobern. Inzwischen kam Galan, der seine Runde gemacht, mit der Nachricht zurück, ein Gerücht sei verbreitet über den Tod Cabrera's. Woraus alle Drei in Kommentaren sich ergingen und darüber einig waren, dass dies eine große Wohltat Gottes wäre, der sich des armen Spaniens endlich erbarmt hatte.

Dann versuchte jeder zu schlafen, was in diesem Lärm gewiss keine leichte Sache war. Salome, niedergedrückt durch die Mühen des Tages, lehnte den Kopf an die Mauer und schlief ein. Galan placierte sich neben Don Beltran, und so schliefen sie bis zum frühen Morgen. Erst als alle sich erhoben hatten, fiel der alte Edelmann, der seiner alten Gewohnheit treu in der Nacht nicht schlief, in einen tiefen Schlaf.

Als er nach einigen Stunden erwachte, berichteten ihm seine Freunde über die Ereignisse des Morgens. Galan war es gelungen, den jungen Sancho mit seinem Vater auszusöhnen, obwohl dieser lange Zeit allen Beschwichtigungsversuchen unzugänglich schien. Die heftigen Auseinandersetzungen zwischen Vater und Sohn ergaben, dass eine Herzensangelegenheit es war, welche den jungen Sancho in das Lager der Aufständischen getrieben hatte. Er konnte nur zwischen dem Ebro und den Carlisten wählen, und so wählte er das letztere. Das Erheiternde an der Sache aber war, dass er im Kampf der ersehnten Kugel entging und dass die Aufregungen des Krieges ihn auch von seiner Melancholie heilten. So kam er gesund, mutig und erfahren zurück, und die bald angenehmen, bald unglücklichen Ereignisse hatten ihm ernste Lehren erteilt. Als Urdaneta erfuhr, dass der junge Sancho nach Ribera zurückkehren wollte, beschloss er, dass einer seiner Diener diesen begleiten sollte, er wollte sich mit Tomé allein begnügen, denn die Zeiten waren hart und es hieß zu sparen.

Die große Neuigkeit des Tages war aber, dass die ebenso geschickte wie liebenswürdige Salome sich mit dem Italiener in Verbindung gesetzt hatte. Sie traf ihn in seinem Zimmer, als er eben die letzte Hand an seine Toilette legen wollte. Sie hatte sich ihres Auftrages sehr fein entledigt, und es gelang ihr, wenn auch nicht das Vertrauen, so doch das Wohlwollen des Fremden zu erobern. Die Informationen, die Solome brachte, bestätigten die Annahme Urdaneta's, dass der Fremde wirklich jener Sizilianer sei, der zwischen den zwei Zweigen der Bourbonen, die sich um den Thron Spaniens stritten, der geheime Vermittler war.

Vor dem Einschlafen hatte der Greis sein Gehirn angestrengt, um den Namen dieser Persönlichkeit zu finden. Aber was Namen betraf, war sein Gedächtnis ein Chaos. Als aber Salome über ihre Unterredung berichtete, fiel ihm der Name plötzlich ein.

- Rapella! Rapella! Endlich erinnere ich mich. Der Name lag mir auf der Zungenspitze.

Endlich sagte ihm die schöne Navarreserin, der Fremde sei erfreut gewesen, zu hören, dass im Gasthofe ein Herr von so vornehmer Abstammung sei, den er dem Rufe nach sehr gut kenne; er bat Urdaneta zum Frühstück, umso Gelegenheit zu haben die Beziehungen mit ihm anzuknüpfen.

- Du siehst, sagte Urdaneta freudig und ohne die Bedeutung zu ahnen, welche dieser Besuch für ihn später haben würde. Du siehst, Salome, Du bringst mir Glück. Bei der Abreise ist's mir ziemlich übel ergangen, aber seitdem ich Dir begegnete, ziehe ich nur gute Karten.

Vor dem Dejeuner trafen sich der alte Edelmann und der Diplomat *in partibus* auf der Straße, wo sie einander tausend Höflichkeiten erwiesen, und später, während des Frühstücks sprachen sie über allerlei Dinge, die sie interessierten. Don Beltran versuchte vergebens, ihm einige Informationen über das Hauptquartier des Don Carlos zu entlocken. Der Sizilianer konnte keine Aufklärung geben. Endlich führte Rapella die Konversation auf Cabrera, den er bewunderte, und über den er in überschwänglichen Ausdrücken sprach.

- Ah, ah, wollen Sie gar einen Napoleon aus ihm machen?

- Ja, aber einen Napoleon der Wälder, lieber Freund.

Urdaneta sah ein, dass etwas Wahres an der Sache sei, und da gerade in diesem Moment über den Tod des Carlistenführers viel gesprochen wurde, fragte er den Sizilianer, was er darüber wusste. Dieser dementierte die Gerüchte, aber er gab zu, dass Cabrera zu Ende Dezember in großen Gefahren war; er fügte hinzu, Cabrera sei gerettet, aber seine Gesundheit noch nicht ganz hergestellt. Der gute Urdaneta verstand leicht, dass es ihm unmöglich sein werde, in der Gesellschaft seines Freundes zu reisen, obwohl dieser durchblicken ließ, dass er selbst ein großes Vergnügen an dieser Begleitung fände, wenn sie nur möglich wäre. Beltran, der selbst sehr zartfühlend war, gab zu verstehen, dass sein Reiseziel ihn zwänge sich mit der Begleitung seines Dieners zu begnügen; eine Erklärung, die den Anderen in eine Aufregung versetzte, da er befürchtete, auch Beltram wäre mit einer diplomatischen Mission, vielleicht als Delegierter der aragonesischen Adelschaft betraut. Da sie es aber nicht wagten, in Erklärungen einzugehen, hüllten sie sich, wie der Fuchs dem Fuchs gegenüber, in undurchdringliche Diskretion. Dann gingen sie an ihre Reisevorbereitungen. Don Beltran wollte sich der Truppe Baldomero's anschließen, während Don Annibal es vorzog, ein anderes Detachement zu warten, das ein ihm befreundeter Oberst befehligte.

Vor seiner Abreise ließ Don Beltran nochmals Joreas und Epistola rufen, um sie über die überlebenden Kinder Juan Luco's auszufragen. Über Franciscus wussten sie nichts Authentisches; seine Schwester befand sich in einem Nonnenkloster zu Sijena. Epistola wusste, dass Marcela seit ihrem Eintritt ins Kloster, was ihren Geist und Kenntnisse betraf, ohne Vergleich dastand. Sie wusste Latein, war sattelfest in der Theologie, und sie konnte die heiligen Mysterien in Prosa und Versen feiern.

- Ich hörte auch schon lange von ihrer lebhaften Geistesbildung, bemerkte Don Beltran, aber sagt mir, wie sieht Marcela aus. Ist sie schön? Entsprechen ihre Züge und ihre Gestalt der rassigen Schönheit aller Lucos?

- Exzellenz, erwiderte Epistola mit allen Gesten echter Bewunderung, sie ist ein so schönes Weib, dass sie selbst unter dem schrecklichen Kleide der Büßerinnen alle geschmückten Damen weit überflügelt. Dabei kleidet sie sogar dieses Anachoretengewand sehr vorteilhaft; ich glaube sogar, dass dieses Kostüm, das an jenes der biblischen Frauen erinnert, die unvergleichlichen Konturen ihres Körpers hervortreten lässt. Niemals gab es eine Statue, die man mit ihr vergleichen könnte.

Epistola entfernte sich hierauf, um seine Freunde, die ihn riefen, einzuholen und Joreas fuhr fort:

- Dieser Schelm Epistola hat gerade die beste Geschichte nicht erzählt. Er traf Marcela allein auf der Straße, die nach Pueyo führt und machte ihr eine gewagte Liebeserklärung. Aber er hatte nicht mit dem Temperament derjenigen gerechnet, die er eine Statue nannte: Donna Marcela versetzte ihm eine Ohrfeige von solcher Wucht, dass er zu Boden fiel, und ehe er Zeit fand, sich zu erheben, hatte sie ein Stück Holz aufgelesen, mit welchem sie den Kopf ihres Angreifers so energisch bearbeitete, dass, wären nicht seine Freunde herbeigeeilt, würde die Heilige mit einem Male alle Rechnungen Epistola's erledigt haben.

- Was Du nicht sagst. So weise und dabei so entschlossen und kräftig! Ich brenne vor Begierde, dieses Wunder kennenzulernen! Und wäre ich auch nicht genötigt, sie aufzusuchen, um mich über einige Angelegenheiten ihres Vaters, die mich wie die eigenen interessieren, informieren zu lassen, ich würde mich auf ihre Suche machen, nur um sie zu sehen, um ihre Schönheit zu bewundern, soweit meine schwachen Augen dies erlauben.

Die letzte Nachricht, die Epistola und Joreas vor ihrem Abschied über Marcela geben konnten, war, dass diese nun seit einigen Monaten in der Wüste von Calanda oder in d'Alcaniz sich befinde. Don Beltran, der mit seinen Gedanken allein blieb, schien es, als wäre er seit seiner Ankunft in Fuentes del Ebro im Reiche des Außergewöhnlichen und Wunderbaren. Nichts war gemein, nichts gewöhnlich: Die Personen und Dinge gaben den Eindruck einer tragischen Welt, die von einer wilden Poesie durchdrungen war. Was unser guter Edelmann bedauerte, war, zu alt zu sein und nicht über Hilfsmittel verfügen zu können; allein sein Alter konnte er nicht ändern und da das Ziel seiner Reise gerade das war, in den Besitz des kostbaren Metalls zu gelangen, das er verschwendet hatte, das er aber liebte, weil es Genüsse verschafft - wurde er bald wieder von Mut beseelt und er ließ sich in seine süßen Träume einwiegen, die mehr oder weniger vergoldet waren, Tomé brachte sein Pferd, das aus Guardie stammte und die Bewunderung Aller im Gasthofe erregte. Don Beltran stieg in den Sattel und ritt an die Spitze der Kolonne, die sich in Bewegung setzte.

2.

Das Detachement, dem Don Beltran sich angeschlossen hatte, begegnete nicht den Aufständischen; die Reise ging glücklich vonstatten, und er erreichte die edle Stadt Caspa ohne Abenteuer. Das Glück, das dem alten Edelmann auch weiter folgte, ließ ihn beim Eintritt in die Stadt einen alten Freund, den reichen Grundbesitzer Don Blas de la Cordonera antreffen, der ihn zu sich führte, wo er Beltran königlich verpflegte. Die zerschlagenen Beine des Marquis von Urdaneta konnten die Molligkeit und Reinlichkeit einer Bettstatt, die groß war wie eine Kathedrale, würdigen und sein Magen empfand ein angenehmes Wohlgefühl nach den ausgezeichneten Mahlzeiten, welche seine liebenswürdigen Wirte ihm servierten.

Don Beltran ermangelte nicht, bei ihnen über das Schicksal der herumirrenden Nonnen von Sijena Nachrichten einzuholen und die zwei Söhne des Don Blas, welche sie gesehen hatten, gaben ihm ganz entgegengesetzte Informationen. Der Ältere, Don Raphael behauptete, sie sei ein bizarres, halb verrücktes Weib, das unter der Hülle der Büßerin eine geheime Abenteuerlust verbarg; während der Jüngere, Pépé, die Schwester Marcela als ein höheres Wesen betrachtete von einer unvergleichlichen Tugend, die würdig wäre, den berühmtesten Heiligen angereiht zu werden.

Urdaneta gab hierauf seine Absicht kund, Schwester Marcela aufzusuchen; und ungeachtet der Vorstellungen Don Blas', der auf die Gefahren hinwies, welchen er sich aussetzte, indem er sich nach dem Kriegsschauplatze begab, erklärte er, dass die ernstesten Motive seinen Entschluss zu einem unwiderruflichen machen, und dass er entschlossen sei, sich nach Alcaniz zu begeben, in dessen Umgebung er Schwester

Marcela mit der Pflege ihres Bruders Franciscus beschäftigt vermutete, der, nachdem er den Aufständischen in wunderbarer Weise entkam, nun an einer schweren Krankheit daniederlag.

Übrigens schien alles die Projekte des Greises zu begünstigen, denn der General Borso di Caminati gab aus seinem Hauptquartier der jüngst in Caspa angekommenen Truppenabteilung den Befehl, zu den in Alcaniz kantonierten Truppen abzugehen, und Don Beltran schloss sich sofort dieser an und folgte als galanter Paladin dem Karren, auf welchem Salome thronte. Am Abend erreichten die Reisenden Alcaniz, die seit den Römerzeiten altberühmte Stadt. Don Beltran wurde in einem alten gotischen Gebäude untergebracht, dessen weiter Innenraum von Offizieren erfüllt war. Da es keine Betten gab, musste man sich mit den Decken behelfen, und Salome war bemüßigt, selbst nach der Küche zu eilen, um dort das gekochte Rindfleisch und die Bohnen zu erhalten, die das gesamte Menü der Kampierenden bildeten.

Gegen Ende des mittelmäßigen Mahles machte Don Beltran durch die Vermittlung Galans die Bekanntschaft zweier Offiziere von sympathischem Äußern, die, nachdem sie erfahren hatten, der Greis wolle Donna Marcela aufsuchen, sich erbötig machten, ihn nach den Gebirgen von Santa Lucia zu führen, wo sie sich in diesem Augenblicke aufhielt. Beide kannten sie und sie hatten mit der sonderbaren Frau auch schon Unterredungen gehabt, in welchen über den Krieg, über Philosophie und über Religion gesprochen wurde.

Urdaneta konnte kaum seine Ungeduld zügeln und erst gegen Morgen fand er einige Augenblicke der Ruhe.

Er erhob sich und fühlte sich ganz zerschlagen von dem harten Lager.

Salome bereitete ihm ein frugales Frühstück aus Eiern und Speck und um neun Uhr harrte er bereits seiner Begleiter.

Doch nur der Eine kam, da der Andere in einer außerordentlichen Mission verwendet wurde, und ohne auf ihn zu warten, verließen Don Beltran und der Offizier über die Guadaloperbrücke die Stadt.

Hierauf durchschritten sie eine lange Allee, und um sich über die Länge des Weges hinwegzutäuschen, begann Don Beltran seinen jungen Freund auszufragen:

- Ah, Sie sind auch Aragonese? Wiederholen Sie mir doch Ihren Namen, da ich ihn bereits vergaß.

- Estercuel.

- Was? Estercuel? Sind Sie vielleicht aus Ayerba?

- Ja, mein Herr, Mein Vater Don Celestine Estercuel war Verwalter der Distrikte von Ayerba und Boltana; mein Oheim Don Bernardino Estercuel ist Domherr von Jaca.

- Ich weiß schon; ich weiß schon. Aber woher kennen Sie mich?

- Es gibt in ganz Aragonien keine bekanntere und berühmtere Person als Don Beltran de Urdaneta, den Arm und Reich als den vollendeten Typus der Größe und der Ritterlichkeit verehren. Ich war noch ein Kind, als man mir schon von seinem Vermögen und seiner Freigebigkeit erzählte.

- Ah, mein Kind, erwiderte Don Beltran, indem er seine Schritte beschleunigte, das waren andere Zeiten. Wie weit ist doch das Gestern vom Heute!

- Und mein Vater sagte, dass sie bloß in Mora de Rubielos und in der Sierra Mosqueruela allein über zehntausend Köpfe besaßen.

- Ja, ja, damals besaß ich viele Köpfe, aber ich glaube, dass ich heute nicht einmal mehr einen, nicht einmal mehr den Meinigen besitze. Aber es blieben noch in Mora de Rubielos irgendwelche, aber gar nicht einmal schlechte Dinge, die ich retten will. Aber von mir sprechen, das gibt traurige Visionen, Zerstreuen wir uns den Geist, indem wir von der Gegenwart, von der Jugend, von Ihnen sprechen. Wie befinden Sie sich beim Militär? Lieben Sie den Ruhm?

- Nicht sehr, Exzellenz. Fast ein Jahr ist's, dass ich dieses Leben führe, aber ich kann versichern, dass ich den Frieden herbeisehne, selbst wenn ich bei meinem jetzigen Grad bleiben müsste. Die wilde Wendung, die der Krieg nimmt, entspricht mir ganz und gar nicht. Ich habe wenig Glück während des Feldzuges und zum Unglück war meine erste Tat eine solche, die meinen Geist umdüsterte, sie war wie ein Flecken, den man nicht verwischen kann: Ich habe das Pelotonfeuer kommandiert, welches die Mutter von Cabrera tötete! ...

- Welches Unglück! Welche unnütze Barbarei! Wie unpolitisch! ...

- Ich begann meine Karriere bei den Fünfer-Infanteristen, die in Tortosa lagen, und ich befehligte das Piquet, welches diese unglückliche Frau hinrichtete.

Als man uns am 16. Februar morgens sagte, wir müssten um zehn Uhr vormittags Maria Grinno füsilieren, wollte niemand daran glauben. Die Nationalgarde verweigerte die Ausführung des Urteils. Wir mussten gehorchen. Doch hegten wir die Hoffnung, dass eine solche Grausamkeit verschoben würde, um schließlich eine Begnadigung herbeizuführen. Er vermutete, der Bürgermeister von Tortosa hätte gegen solch entsetzliche Absicht protestiert, und dass er trachtete, den Gouverneur zur Zurückziehung seiner barbarischen Ordre zu bewegen. Der Gouverneur sah ein, dass die Anordnung einer derartigen Hinrichtung eines Edelmannes unwürdig sei, und dass der gegebene Fall den Ungehorsam wohl rechtfertigen würde. Aber er hatte nicht den Mut, Widerstand zu leisten. Seine Energielosigkeit, sein Zögern zwangen uns, allem Gerechtigkeitsgefühl Hohn zu sprechen. Man sagt, dass er weinte, als er den Bitten des Bürgermeisters und anderer vornehmer Persönlichkeiten nicht entsprechen konnte. Solche Tränen verursachen nichts Gutes und verhüten nichts Böses.

Kurz, wir mussten Donna Maria gefesselt in den Kerker werfen. Sobald sie gebeichtet hatte, führten wir sie, ohne ihr zur letzten Kommunion Zeit zu lassen, nach Barbacana.

Auf dem Wege begegnete das arme Opfer wenig Leuten, denn die meisten Einwohner hatten keine Ahnung von den Vorgängen. Niemals werde ich ihre Resignation vergessen, ihren Seelenfrieden, diese unaffektierte Ruhe. Sie sprach kein einziges beleidigendes Wort aus, was unseren Kummer auf die Spitze trieb und unsere Herzen zusammenpresste. Die ruhige Heiterkeit, mit welcher sie zur Hinrichtung schritt, gestaltete noch beschämender die elende Feigheit der militärischen Kraft, die wir aufwandten, um einer Frau das Leben zu entreißen, die niemals einem Menschen etwas zuleide tat.

- Was ist ihre Schuld? Fragten wir im Stillen, denn wir wagten es nicht, laut auszusprechen. Ihre einzige Schuld war, Cabrera das Leben gegeben zu haben!! In Barbacana angekommen, schlossen wir ein Viereck um sie. Würde ich tausend Jahre alt werden, niemals ginge mir der Blick aus dem Sinn, den Maria Grinno uns zuwarf. War es Verachtung, war es Mitleid? ... Weder Zorn lag in ihm, noch eine Bitte. Sie bat nicht um Gnade. Vielleicht wollte sie uns sagen, rasch zu handeln, den Befehl, den wir erhielten, rasch auszuführen. Man band ihr die Augen zu. Den Priester musste man an seinem Talar ziehen, damit er sich von ihr entferne. Der arme Mann war außer sich, er ließ sie das Credo wiederholen und verkündete ihr, sie werde nun in den Himmel einziehen. Ich musste mein Taschentuch wehen lassen, um Feuer zu kommandieren. Einen Augenblick hatte ich den Gedanken, mich aufzulehnen. Aber die Kraft der Disziplin, über die man sich nicht Rechenschaft zu geben vermag, riss mich fort. Tatsache ist, dass die Schüsse donnerten, und dass die arme Frau wie ein Block zur Erde fiel, ohne Lärm und ohne Zuckungen, wie ein Kleiderpack, der aus einem Koffer fällt!

- Schrecklich und stupid! Schrie Don Beltran. Wenn in Ihrem Dienstbuche noch andere Tatsachen dieser Art verzeichnet sind, erzählen Sie mir sie nicht; mein armes altes Herz ist unfähig, auch nur die Schilderungen solcher Ungeheuerlichkeiten zu ertragen.

- Drei Tage lang war ich krank. Weder den Blick der Maria Grinno noch die Art, wie sie zu Boden fiel, konnte ich vergessen. Seither schwebt eine bleierne Wolke vor meinen Augen! Und ich frage mich, ob in unserem unglücklichen Spanien jemals wieder Frieden herrschen werde! Wissen Sie, was Cabrera sagte, als er den Tod seiner Mutter erfuhr? Er blickte nach den Gebirgen, die das Roblestal einschließen, und schwor, dass das vergossene Blut bis zu den höchsten Spitzen steigen werde. Und es steigt! Es steigt immerfort! Um Ihre Geduld nicht zu missbrauchen, will ich Ihnen nur sagen, Don Beltran, dass seither meine Dienstzeit nichts Anderes war als eine Menschenjagd ohne Unterlass. Glauben Sie mir, das ist kein Krieg. Das ist ein wildes Duell ohne Gnade ... Und wenn ich überlege, frage ich mich: Wofür schlagen wir uns? Freiheit! Religion! Aber wir besitzen ja von beiden mehr als genug. Scheint Ihnen das nicht richtig? Die Rechte der Königin! Die des Don Carlos! Wenn ich die Philosophie dieses Krieges ergründen will, werde ich immer mehr davon überzeugt, dass wir alle verrückt sind. Glauben Sie nicht auch?

- Vollkommen, mein lieber Estercuel, vollkommen. Sie sind ein Weiser. So jung und schon so tief.

In diesem Augenblick erreichten sie den Ausgang der langen Allee, wo sich dem Auge ein wunderbares Schauspiel darbot: der Wasserfall des Alto, der dort sich in den Guadalope ergießt. Hohe Gebirge schlossen die schöne Landschaft ein, die Don Beltran nach Herzenslust bewundern konnte, da der Morgennebel sich erhoben hatte und die Sonne allen Gegenständen Farbe und Leben gab.

- Wenn unsere Dienerin des Herrn sich diesen Platz erkoren hat, bemerkte der Greis, dann hat sie wirklich einen guten Geschmack.

- Die ich die wandernde Eremitin nannte, wohnte in den letzten Tagen in der Hütte, die Sie von hier aus sehen. Dort am Fuße der zwei hochragenden Felsen, im Schatten einer Eiche, die aussieht, als hätte sie der Blitz gespalten.

Obgleich Don Beltran kaum sehen konnte, was sein Freund ihm andeutete, beschleunigte er seine Schritte nach dieser Richtung hin. Ehe sie aber die bezeichnete Stelle erreichten, sahen sie zwei alte Leute auf sich zukommen, anscheinend Hirten, die in ihren Fellkleidern eher Bären denn Menschen glichen. Einer von ihnen schrie, als er sie gewahrte:

- Wenn Sie die Nonne suchen, können Sie zurückkehren, denn Sie werden sie nicht finden!

- Und wo ist unsere heilige Frau? Fragte Estercuel, der ahnte, dass der Alte nicht die Wahrheit sagte.

- Zum ...! Schrie Urdaneta, der wütend den Stock auf den Boden stieß, ich glaubte nicht, dass der gute Stern, der mich bisher geleitet, sobald entschwinden werde. Könnt Ihr mir sagen, meine Freunde, wo sie in diesem Augenblick ist? Denn wenn ich wüsste, dass sie nicht weit von hier ist, würde ich sie aufsuchen. Ungeachtet meiner siebzig und etlicher Jahre ist mir an ein, zwei Meilen nichts gelegen.

- Sie ist gestern früh, erwiderte der Alte, mit einem Neffen nach Ginebrosa gegangen, und sie befahl mir, sie heute mittags in Castellferas zu erwarten, von wo aus wir zusammen weiterwandern wollen.

- Wissen sie vielleicht, ob der Bruder der Marcela, Franciscus Luco, noch lebt, und wo er sich befindet?

- Gottlob er lebt, doch kann ich nicht sagen, wo er jetzt sich aufhält, antwortete der alte Hirt.

Und als wollte er rasch wieder gut machen, was ihm entschlüpfte, fuhr er fort:

- Ich weiß es nicht.

- Ob Du es weißt, Schelm; nur willst Du es nicht sagen. War Franciscus nicht schwer krank? Hatte seine Schwester ihn nicht gepflegt?

- Es scheint ja, mein Herr.

- Gut. Habt Ihr in Eurem Sack nicht zufällig etwas Essbares? Die Morgenfrische und der Fußmarsch haben mich ein wenig ermüdet ...

- Als wir Sie kommen sahen, waren wir eben daran, Brot in unsere Suppe zu schneiden. Wenn die Herren unser armseliges Mahl teilen wollen, wird es uns ein Vergnügen und Ihnen eine Buße sein.

- Gehen wir, Du bist höflich. Bereite die Suppe so rasch als möglich und mein Diener wird mit Euch gehen, um mich zu verständigen, wenn wir unseren Hunger stillen können.

Als sie allein waren und sich auf einen Stein niedergesetzt hatten, sagte der Offizier zu Don Beltran:

- Ich vergaß. Sie zu informieren, was man sich in dieser Gegend über das Kommen und Gehen der wandernden Nonne und über die etwas theatralische Geschwindigkeit, mit welcher sie erscheint und verschwindet, ohne dass jemand wüsste, woher sie kommt und wohin sie zieht, erzählt. Es ist wie eine Legende, und ich erzähle sie Ihnen als solche mit dem Bemerken, dass der Krieg in diesem Lande das Mittelalter wiedererstehen ließ.

- Ich hatte schon selbst den Gedanken, dass irgendwelche Zauberei uns in die Zeiten der Feudalen zurückführte. Erzählen Sie mir doch diese Legende, die vielleicht gar keine ist!

- Wohlan, man sagt, und es gibt auch Leute, die es bestätigen, dass der Vater dieser Eremitin oder Büßerin ein sehr reicher Mann war.

- Und das nennen Sie eine Legende! Ich kann Ihnen Einzelheiten liefern über alle Besitzungen, die Juan Luco besaß und die mir gehörten ...

- Man sagt, dass er außer den Grundstücken noch sehr hohe Summen in Metallgeld besaß ...

- Gewiss. Das war ein Mann, der nicht ein Drittheil seiner Einkünfte verbrauchte ... Und was sonst?

- Man sagt, Juan Luco, hätte, ehe er sich zugunsten Isabellas ereiferte, eine große Vase voll Goldmünzen an einen sicheren Ort gebracht ...

- Das war eine weise Vorsicht.

- Und an einem anderen sicheren Ort, einige Meilen weit von dem ersten, habe er eine weitere Vase verborgen.

- Er besaß Grundstücke in Rubielos ...

- Und im Roblestal, in Calanda, in Morella... Seine Söhne taten wie er. So, dass nun die Reichtümer des Don Juan Luco in dieser Provinz und in einem Teil von Maeztrazgo zerstreut sind.

- Sehr gut, mein Freund, sagte Don Beltran, aufs Äußerste erregt, indem er mit seinem Stock in die Luft hieb, aber ich sehe die Legende nicht ... ich sehe nur eine sehr natürliche, sehr logische, sehr vernünftige Tatsache.

- Vasen voll Gold in allen Gebirgen, in allen Tälern und wer weiß, ob nicht auch hier unter unseren Füßen Hände voll Gold liegen?

– Mein Lieber, da kann Übertreibung mit im Spiele sein, sagte Don Beltran lebhaft, während sein strahlendes Antlitz und seine leuchtenden Augen eine kindliche Leichtgläubigkeit verrieten; ich weiß nicht, wie viele Vasen es sind, aber dass überhaupt welche vergraben sind, glaube ich. Und ich glaube es so fest, als hätte ich sie selbst vergraben. Und sagen Sie nicht Nein, denn es wäre unschicklich, mir zu widersprechen, wenn ich eine Wahrheit bestätige, die mir evident scheint.

– Nein, das erscheint auch mir nicht absurd. Aber Sie kennen noch nicht das Beste von der Legende. Die Bevölkerung sagt und sie glaubt daran wie an die Heilige Schrift, die Nonne hätte sich in das Kostüm einer wandernden Eremitin gehüllt, um alle Verstecke, in welchen die kostbaren Vasen sich befinden, überwachen zu können.

– Scherzen Sie nicht, lieber Freund, das sind Dinge, die man nicht in solcher Form behandelt, denn im Grunde genommen sind sie für mich von ernstem Interesse.

– Ernst, ja. Alles, was ich Ihnen sage, ist wirklich ernst, wenn wir uns der Fiktion ergeben, im Mittelalter zu leben. Gut, Herr Marquis, Sie werden die schöne, wandernde Marcela sehen, diese kriegerische Heilige, die von Berg zu Tal zieht, um ihre Schätze zu überwachen und diese an noch sicherere Orte zu bringen, die weniger frequentiert werden, und wenn Sie etwas Klingendes entdecken, Don Beltran, benachrichtigen Sie mich nur. Sie werden dann eines guten Freundes nicht ermangeln, der Ihnen mit Haue und Hacke zu Hilfe eilt.

– Ah, Schelm! Rief der Greis aus, der von der Freude überwältigt, einen familiären Ton anschlug. Ich weiß, wenn Sie das Glück hätten, eines dieser Neste zu entdecken, Sie würden keine Minute verlieren. Aber Tomé ruft uns schon, was beweist, dass die heiß ersehnte Suppe uns erwartet.

Sie erreichten die Hütte, wo unser guter Alter, dem die Morgenfrische, der Marsch und vielleicht auch die frohe Aussicht auf einige Vasen voll Geld eine gesunde Essluft verschafft hatten, die kochende Suppe mit einem Eifer verschlang, dass er Gefahr lief, sich den Schlund zu verbrennen.

– Ich habe ein so großes Interesse, der ehrwürdigen Mutter Marcela noch heute zu begegnen, um mit ihr eine ernste ... religiöse Frage zu verhandeln, dass, wenn diese Braven ihr heute entgegengehen, ich sie begleiten werde ... Nein, nein, ich kann mich nicht länger aufhalten ... Versuchen Sie es nicht, mich zurückzuhalten, lieber Estercuel, und kehren Sie ruhig nach Alcaniz zurück.

- Ich bedaure sehr, dass ich Sie verlassen muss, Don Beltran, aber meine militärischen Pflichten rufen mich, und ich sehe mich gezwungen, Sie allein reisen zu lassen.

- Herrendienst geht vor Ritterdienst. Der gute Soldat gehört sich nicht selber an. Ich werde mit Tomé und diesen beiden Alten mich auf den Weg machen. Welche Entfernung sagtet Ihr? Anderthalb Meilen? Und bequemer zu Fuß als zu Pferd? Gut ... ein wenig Bewegung tut mir not. Ich habe noch Kraft genug, ein schönes Stück Weges zurückzulegen. Und um die Wahrheit zu sagen: Ich fühle mich wie verjüngt.

Und zu den beiden Greisen gewendet, fuhr er fort:

- Wer seid Ihr eigentlich, und womit beschäftigt Ihr Euch?

- Wir sind Totengräber, aber wir haben diesem bescheidenen Gewebe entsagt, um der göttlichen Schwester Marcela folgen zu können.

- O, o, Totengräber! Rief Urdaneta erstaunt aus. Übrigens, das ist ein Beruf, der so alt ist wie die Welt, denn seitdem es Leben gab, hat es auch Tote gegeben. Mehr noch, es ist ein heiliger Beruf, ein Werk der Barmherzigkeit. Sehr brav, sehr brav, meine Wackeren, ich bin entzückt, in Eurer Gesellschaft zu sein ...

Er erhob sich ohne Anstrengung, und mit einer Beweglichkeit, die alle überraschte, ging er nach der Straße, wo er von dem liebenswürdigen Offizier Abschied nahm, der ihm eine baldige und glückliche Rückkehr wünschend, sagte:

- Sie werden sehen, Don Beltran, dass alles, was ich Ihnen sagte, sich verwirklicht. Mittelalter, reines Mittelalter. Ich hoffe, wir werden uns heute in Alcaniz wiedersehen und Sie werden mir dann viel zu erzählen haben. Wollte Gott, dass Ihnen nichts Böses begegne. Es ist möglich, dass sie glücklich gehen und kommen werden, denn wir wissen nichts von Aufständischen in dieser Gegend. Meine Empfehlungen an Schwester Marcela, wenn Sie sie sehen. Ich schließe mich Ihrer Totengräbergruppe willig an, wenn ich weiß, dass es sich darum handelt, auszugraben ... Sie wissen schon ... Adieu!

Und indem er die Allee, die ihn nach der Stadt zurückführte, eiligen Schrittes durchmaß, sagte sich Estercuel:

- Der arme Mann ist in seine Kindheit zurückgefallen und jetzt ist er in seinem Element: die Legende.

Don Beltran schritt lange des Guadalopeufer entlang, ohne eine menschliche Seele anzutreffen; die Landhäuser waren zerstört, die Herden zerstreut, Menschen und Vieh hatten die Wiesen verlassen. Der Wunsch belebte ihn; aber als sie zu den ersten Häusern eines verlassenen Weilers - es musste Castelseras sein - gelangten, ging ihm der Atem aus. Er ließ sich auf einem Erdhaufen nieder und sagte zu seinen Reisebegleitern:

- Meine guten Freunde, die Gewohnheit, zu Pferd oder zu Wagen zu reisen, hat meinen Beinen die zum Fußwandern nötige Kraft genommen. Ihr könnt noch viele Meilen weit gehen, ohne zu ermatten, ich kann nicht weiter. Ich bin erschöpft, und da wir nicht weit von dem Orte sind, wo ihr mit Eurer Herrin zusammentreffen wollt, bitte ich Euch, ihr entgegen zu gehen und ihr zu sagen, dass ich sie hier erwarte. Behaltet meinen Namen: Don Beltran de Urdaneta, der treue Freund und ehemals der Protektor ihres Vaters ...

Die Alten gehorchten, ohne zu zögern, und Don Beltran sah sich wieder allein mit seinem Diener Tomé, der nicht aufhörte, die umliegenden Gebirge zu betrachten, denn seine geängstigte Einbildungskraft ließ ihn überall Flinten und weiße Mützen erblicken. Sie setzten sich in den Schatten und unter den Schutz zerstörter Mauern, wo sie jeden Kommenden sehen und sich verbergen konnten, wenn jemand mit feindlichen Absichten nahte. Sie warteten schon fast zwei Stunden lang und Urdaneta begann schon die Geduld zu verlieren, als Tomé vier Personen auf dem Wege sah, auf welchem die beiden Alten sich entfernt hatten.

- Siehst Du die Totengräber? Fragte Don Beltran ängstlich. Kommen Sie mit einer Frau, die als Nonne oder Büßerin gekleidet ist!

- Ich sehe die zwei Großväter, sagte Tomé, als die vier Personen näher gekommen waren, aber ich sehe keine Nonne. Nur einen Jungen, der in eine Soutane gekleidet ist. Ich sehe seine Beine nicht, nur das lange Haar, wie man es auf Frauenporträts findet ...

- Hat dieser Junge einen Unterrock oder nicht?

- Weder einen Unterrock noch Frauenkleider; nur eine Tunika, wie die Heiligen sie tragen ...

Als die Ankömmlinge sich näherten und Herr und Diener die Ruinen verließen, um sie zu begrüßen, rief Tomé aus:

- Herr! Herr! Das scheint mir ganz und gar nicht natürlich; dieser mit den herabfallenden langen Haaren ist ein weiblicher Junge oder ein männliches Weib. Nie im Leben sah ich etwas Ähnliches.

- Schweig! Narr, und geh zur Seite, ich erkenne schon die Personen und ich will Schwester Marcela begrüßen.

An der Spitze der Gruppe schritt eine Gestalt, wie Tomé sie beschrieben hatte, als Knabe wäre sie nur von gewöhnlicher Höhe gewesen, aber als Frau war sie von einer hohen Statur, von schönen und eleganten Proportionen. Das braune, von der Sonne verbrannte Antlitz glich einem alten Porträt, dessen Farben die Zeit verdunkelt hatte, indem sie ihnen gleichzeitig ein sanftes Patina und gedämpfte Schatten verlieh. Die großen, schwarzen, wundersam geschlitzten Augen mit dem tiefen Blick glichen jenem eines Jünglings, aber die Nase, der Mund und der untere Teil des Gesichts gaben den Eindruck eines feinen, graziösen Frauenbildes mit einem Grübchen am Kinn und einem leichten Flaum über der Oberlippe. Die Haare fielen in dichten, rabenschwarzen Flechten herab; sie bedeckten einen Teil des Nackens, der braun war wie das Gesicht, und teilten sich in der Mitte der Stirn in zwei dichte Massen, welche häufig die Augen bedeckten. Der Körper war von einer seltenen Vollendung und schien alle Eigenschaften zu vereinigen, welche die rätselhafte und verwirrende Schönheit des Androgynes ergeben. Die nackten Füße hatten die Farbe des alten Acajouholzes, sie waren aber von bewunderungswürdiger Form, und sobald eine leichte Bewegung einen Teil des von den Kleidern geschützten Körpers enthüllte, bemerkte man eine Haut von blendendem Weiß.

Marcela trug ein Kleid aus braunem Etamine, das an die Kutte der Franziskaner erinnerte, aber ohne Kragen und Kapuze, nur am Gürtel durch eine Schnur zusammengehalten war. In der Tasche, deren senkrechte Öffnung an der rechten Seite bemerklich war, trug sie einen großperligen Rosenkranz, dessen kupfernes Kreuz heraushing. Die Stimme, welche Don Beltran nach den ersten Begrüßungen vernahm, glich der eines Knaben: sie war von sonorem Timbre, der oft weich klang und so das Geschlecht der Büßerin verriet.

– Obwohl diese armen Leute, sagte Marcela, Ihren Namen verballhornten und von einem Don Jordan de Beltraneta sprachen, habe ich gleich erraten, worum es sich handelt, und verstanden, dass Sie es sind, der mir die Ehre erweist, mich aufzusuchen.

– Die Ehre ist auf meiner Seite, sagte Don Beltran, indem er den Hut zog und ihre Hand küsste. Ich bin glücklich, eine Person, die ich als Kind gekannt, als Heilige verehrt zu sehen.

– Mein Vater schätzte sie sehr, antwortete Marcela, um die Komplimente kurz abzuschneiden. Zehn Tage vor seinem Tode besuchte er mich und wir sprachen lange von Don Beltran ...

- Ich habe Juan Luco immer als einen meiner besten Freunde betrachtet, sagte der alte Edelmann, den diese Details sehr erfreuten. Unter allen Menschen, zu denen ich in meinem langen Leben Beziehungen unterhielt, war Juan der Einzige, den ich immer dankbar fand. Du weißt ohne Zweifel, dass meine tätige Mithilfe es war, welcher Dein Vater die Vermehrung seines Vermögens verdankte.

- Ich weiß es und es machte ihm immer Freude, es zu wiederholen. Er lehrte uns, als wir noch Kinder waren, den ihm geheiligten Namen Urdaneta immer nur mit Respekt auszusprechen ... Aber wenn Exzellenz eine Unterredung wünschen, dann wollen Sie doch die Absicht, noch heute nach Alcaniz zurückzukehren, aufgeben und mir langsam nach Calenda folgen, wo ich eine konvenable Wohnung besitze und wo ich Ihnen eine Mahlzeit vorsetzen könnte, wenn auch nur eine sehr armselige.

Die ersten Worte der heiligen Frau hatten auf den Geist des Greises eine so angenehme Wirkung ausgeübt, dass er mit Vergnügen zustimmte und hinzufügte:

- Ich folge Dir, wohin Du willst, mein teures Kind, und ich glaube nicht, dass die Armut mich ängstigen könnte, denn ich bin in eine Lage geraten, wo es mir zum Ruhme gereicht, mich den Niedrigen anzuschließen.

- Wir leben im Königreich des Unglücks, sagte die Büßerin mit strengem Tone. Die Geißel Gottes hat uns alle, Reich und Arm, Männer und Frauen, auf das äußerste Elend reduziert, und sie zwingt uns, von nun ab nur Traurigkeit und Schmerzen zu sehen. Der Herr hat uns gezüchtigt, er unterwirft uns sehr harten Prüfungen. Er hat den Tod entfesselt, der niemanden verschont. Seien wir überzeugt, dass uns nur einige Minuten des Lebens beschieden sind ... und wenn wir noch auf Erden weilen, so ist's eben nur, weil der Tod schon müde ist ... weil ihm die Kraft mangelt, so viele Existenzen zu vernichten. Wir müssen uns also vorbereiten ...

- Gewiss, und ich bin vorbereitet für den Moment, den der Herr bestimmen wird ...

- Bis dahin stärken wir unsere Seele mit Geduld und danken wir Gott für das Elend und die Mühsal, die er uns auferlegt.

- Ja, mein Kind, ja, danken wir. Danken wir. Ich glaube wohl, dass wir danken müssen.

- Wir müssen fest sein, Don Beltran, das ist die erste Tugend, um alle Übel zu besiegen.

- Gewiss, gewiss, teure Tochter, murmelte Don Beltran, wir müssen fest sein, und was mich betrifft, ich ringe nach Festigkeit.

- Der heilige Johann Chrysostomus sagt: »Wenn die Strafen keinen anderen Vorteil hätten, als die Menschen den Frieden und die Ruhe schätzen zu lassen, wären sie auch sehr wünschenswert.«

- Mein liebes Kind, ich wünsche ja nichts Anderes als Ruhe und Frieden in meinem Alter, nach so vielen Kämpfen und Mühen verdiene ich wohl die Ruhe. Der Herr könnte sie mir sehr wohl zugestehen als Belohnung für den Mut, mit welchem ich mich in den Weg der Aufständischen wagte. Gewiss, Gott schickt uns Strafen und er wird wohl wissen, warum er es taut, und ich bitte Deine Heiligen um Entschuldigung, aber mir wäre es keineswegs angenehm, in die Hände der Carlisten zu fallen, um von ihnen gerädert oder füsiliert zu werden.

- Der wahre Christ, sagte die Nonne mit fester Betonung, aber ohne Affektation, fürchtet nicht nur nicht den Tod, sondern er wünscht ihn sogar. Eusebius erzählt in seinen Annalen: »Die Märtyrer freuten sich, wenn sie glaubten, als Erste nach dem Richtplatze geschickt zu werden, und wenn man sie nicht rief, waren sie trostlos.«

- Der Herr Eusebius mag mir verzeihen, aber ...

- Und der heilige Hieronymus bestätigt, dass der heilige Ignatius kurze Zeit vor seinem Tode aus Syrien nach Rom schrieb: »Wollte Gott mir die Freude gewähren, dass ich bald den wilden Tieren ausgeliefert würde, die mich erwarten, und ich bitte Gott, dass sie nicht zögern, mich zu zerreißen.« Nun setzen Sie an die Stelle der »wilden Tiere« die »Aufständischen« und sagen mir: »Sie mögen kommen, wenn sie wollen, um uns in Stücke zu reißen.«

- In Worten ausgedrückt, klingt das sehr schön, da ich aber kein Heiliger bin, möchte ich mich für die kurze Zeit, die ich noch zu leben habe, beschützt wissen.

Zu Beginn des Dialogs war Urdaneta entzückt von der Festigkeit der Überzeugung der wandernden Nonne und von dem strengen Stil, den sie anwandte, um ihre Überzeugung auszudrücken; als sie aber mit den Zitaten begann, fand er diese tiefe Wissenschaft ein wenig unbehaglich. Er fragte sie, wie sie es vermöchte, ohne zu irren, soviel aus der Heiligen Schrift zu zitieren, und sie erklärte diese Fähigkeit mit dem wunderbaren Gedächtnis, womit sie begabt war. Sie vergaß niemals, was sie auch nur einmal gelesen hatte; ihr Geist war wie eine große Bibliothek, deren sie sich bediente, ohne in den Bänden blättern zu müssen. Auf dem ganzen Wege zitierte sie aus den Kirchenvätern, aus Aristoteles und Cicero. Denn die profanen Philosophen waren ihr gleichfalls vertraut. Don Beltran, den diese ihm ganz unfassbare Gelahrtheit verblüffte, stellte sich Marcela als eine Art von Papagei vor, der nachplapperte, ohne dass ihm selbst Urteilskraft eigen war. Und dieses so strenge Urteil war wohl ein wenig verfrüht.

Gegen Abend erreichten sie eine Vorstadt von Calenda, wo sie ein armseliges Haus betraten, worin sich drei Frauen befanden. Weder im Dorfe noch in seiner Umgebung konnte man einen Mann gewahren. Don Beltran brannte vor Ungeduld, sich zu erklären, er nahm sich vor, mit ihr über sein Geschäft zu sprechen, sobald sie nur das aus trockenen Bohnen und Eiern bestehende Mahl verzehrt haben werden. Marcela, als ob sie seine Gedanken von seinem Gesicht abgelesen hätte, zog ihn in eine Ecke der Stube, wo sie gespeist hatten, die eigentlich ein Ziegenstall ohne Ziegen war.

- Don Beltran, ehe ich mein Nachtgebet und meine Andachtsübungen beginne und ehe Sie sich zur Ruhe begeben - denn man wird trachten, Ihnen ein annehmbares Lager zu bereiten, will ich, dass Sie mir die Motive erklären, die Sie veranlasst haben, mich aufzusuchen.

- Gewiss, mein teures Kind, ich bedauerte, dass ich bisher nicht davon sprechen konnte. Es ist leicht begreiflich, dass, wenn ich mein Alter den Gefahren einer derartigen Reise aussetze, es nur darum geschieht, weil meine Ehre und die Achtung vor meinem Namen es mir gebieten.

- Gewiss müssen Sie zwingende Gründe haben. Was mich betrifft, glaube ich, wenn ich mich erinnere, was mein Vater kurz vor seinem Tode von Ihnen gesprochen und was meine Brüder später erzählten, und wenn ich hinzufüge, was mein Geist mir zu erraten gestattet, so glaube ich sagen zu können, dass ich die Motive Ihres Besuches kenne.

- Wenn Du sie erraten hast, befreist Du mich von der Langweile, sie erzählen zu müssen, denn es ist niemals angenehm, sein Elend zu schildern ... Aber eine Tatsache muss ich Dir als notwendiges Vorbegebnis mitteilen, das ist der ernste Zwiespalt zwischen mir und meiner Familie, der meinen Entschluss, Idiaquez zu verlassen und niemals dahin zurückzukehren, veranlasst hat.

- Ich weiß auch davon, sagte die Nonne mit scheinbarer Strenge, und ich glaube, dass nicht alle Schuld auf Ihrer Familie liegt, dass ein gut Teil auch auf sie zurückfällt.

- Möglich ... Ohne Zweifel ... Ich sage nicht Nein ... murmelte der alte Edelmann ganz enttäuscht.

- Denn jedermann ist darüber einig, dass Sie ein unverbesserlicher Verschwender waren. Sie haben Ihr Vermögen vergeudet und jetzt stehen Sie arm und mittellos da. *Effusus es sicut aqua: non cresces.* Sie flossen wie Wasser und werden nicht mehr wachsen: »Du wirst nichts mehr besitzen«, wie Jacob seinem Sohne Ruben sagte.

- Gewiss ja. Aber mit meinen großherzigen Ideen, mit meinen vornehmen Gewohnheiten habe ich die Kleinlichkeiten, die Pedanterie immer verachtet.

- Ah, lieber Herr; der Kirchenvater sagt: *Qui spernit modica, paulatim decidet.* Sie verstehen?

- Liebes Kind, ich habe das wenige Latein, das ich in meiner Jugend gelernt, verschwitzt. Spreche mit mir spanisch und auf gut Spanisch sage ich Dir, dass, wenn auch meine Lebensführung mich in diese Lage gebracht, ich doch zu alt bin, um mich zu bessern.

- Sehr gut, mein Herr. Also mein Vater?

- Dein Vater war zu Beginn dieses Jahrhunderts ein armer Arbeiter, der einen Teil meiner Grundstücke in Pacht hatte. Er war sehr sparsam, sehr arbeitsam. Gegen 1806 oder 1807 musste ich an den Verkauf dieser Grundstücke denken, und obwohl mir vorteilhaftere Angebote vorlagen und obgleich Juan Luco nur einen kleinen Teil in Barem zu zahlen vermochte und den Rest in Annuitäten, die er aus dem Erträgnis des Bodens bestritt, gab ich ihm den Vorzug. Dein Vater zahlte, ohne sich zu eilen, wie es ihm passte, ohne dass ich für die Verzögerungen auch nur einmal die gebührenden Zinsen beansprucht hätte. Stimmt das ...

- Genau.

- Dein Vater zeigte sich immer dankbar für die Art, wie ich an ihm handelte. Allein das ist nicht Alles. Es blieben mir noch die Wälder und Äcker nun Mosqueruela und Forniche Bajo. Juan Luco, der von meinen Geldverlegenheiten wusste, erbat sich, diese zu kaufen. Und auch diesmal gab er mir eine kleine Summe in Barem und den Rest teilte er in Fälligkeiten ein, die sich bis zum Jahre 1838 hinauszogen. Aber im Jahre 1838 musste ich eine Ehrenschuld zahlen und Juan Luco bezahlte diese gegen die Rückgabe aller fünf Fälligkeitsscheine, die zwei oder dreimal soviel ausmachen, als er für mich erlegte. Das ist Unordnung, die Verschwendung, ich will's zugeben. Aber die Unordnung, die Verschwendung, die Du mir vorwirfst, haben dazu gedient, den Reichtum Deines

Vaters zu begründen, und zwar in dem Maße, dass, als er starb, er der Großgrundbesitzer war, der ich zum Anfang des Jahrhunderts gewesen bin, war ich der arme Mann, der er vor dreißig Jahren war.

– Es scheint also, dass nach diesem Umsturz der Dinge es recht und billig wäre, unsere Rechnungen zu revidieren und ohne auf die vergangenen Tatsachen zurückzukehren, mir zumindest jene Zinsen zu vergüten, die mir nach den Fälligkeiten rechtmäßig zukamen, die ich aber bis auf den heutigen Tag niemals reklamiert habe. Juan Luco hat dies selbst anerkannt, denn vor wenigen Monaten erhielt ich einen Brief von ihm, in welchem er sagte:

»Ich weiß, mein edler Herr, dass Sie infolge der hässlichen Zeiten und der Gebrechlichkeit menschlicher Größe sich aller Mittel entblößt sehen. Wenn Ew. Exzellenz mit Ihrem Vermögen nicht auch das Gedächtnis verloren haben, denken Sie daran, dass Juan Luco es niemals leiden wird, dass der erste Edelmann von Aragonien gegen die Not ankämpfe.«

– Das ist richtig, sagte die Nonne, indem sie die Bestätigung mit einem Kopfnicken bekräftigte.

– Aber noch mehr, sagte Don Beltran, der lebhafter ward, als seine Sache eine gute Wendung zu nehmen schien. In demselben Brief sagte er: »Denken Sie daran, dass unsere Geschäfte Ihrem Diener viel vorteilhafter waren als Ihnen. Und weil Juan Luco immer ehrlich war, zumal heute, wo sein Vermögen so anwuchs, will er sich nicht durch seinen Egoismus verdammen lassen, sondern durch Großherzigkeit sein Heil erstreben. Sagen Sie mir, wessen Sie bedürfen, und Sie werden nicht so eilen, Ihrem Wunsch auszusprechen, als ich Ihnen zu Hilfe eilen werde.« Das hat Dein Vater geschrieben, und sofern Du, heilige Frau, daran zweifelst, hier ist sein Brief.

– Nein, es ist gar nicht notwendig, dass Sie mir ihn zeigen, denn was mein Vater mir einige Tage vor seinem Tode gesagt, stimmt mit dem Inhalt dieses Briefes völlig überein.

Don Beltran stieß nach diesen trostreichen Worten einen tiefen Seufzer aus, als wäre er von einer großen Kummerlast befreit worden. Er betrachtete die heilige Frau, deren Blicke zur Erde gekehrt waren, ohne dass ihr Antlitz etwas von seiner marmornen Unbeweglichkeit verlor. Nach einer kurzen Pause erhob die Büßerin ihren Blick und sagte:

– Es ist Zeit, dass Sie sich zur Ruhe begeben, mein Herr. Es ist nur leicht begreiflich, dass Sie nun übernehmen wollen, was mein Vater ihnen anbot. Die Sache ist leicht, was meinen Willen betrifft, aber sehr schwer, was Gottes Willen betrifft, der einzig über die Dinge verfügen kann ... Ich kann Ihnen nicht sofort eine entscheidende Antwort geben; ich muss ernstlich überlegen. Legen Sie sich nieder und schlafen Sie in Frieden. Sie können überzeugt sein, dass die Sorge um Ihre Angelegenheit sich in meinen Händen befindet, in den Händen der Tochter des Juan Luco. So kann für Sie nichts Übles herauskommen, im Gegenteil, nur alles Gute, das möglich ist ...

Obgleich diese vagen Versicherungen den Wünschen Urdaneta's nicht voll entsprachen, der eine klare und prompte Lösung erwartet hatte, musste er sich dennoch damit begnügen, und sich auf dem Lager, das man ihm bereitet hatte, ausstrecken. Den Erfolg seiner Angelegenheit musste er nun der Gerechtigkeit und dem milden Wohlwollen der wandernden Nonne überlassen.

Er verbrachte die Nacht in einer fieberhaften Ungeduld, und sobald es dämmerte, befahl er seinem Diener, ihn anzukleiden. Dann brachten ihm die Frauen eine Suppe, die ihm vortrefflich mundete, und während er aß, meldete ihm Marcela, dass sie unverweilt aufbrechen müssten, dass sie mit den beiden Alten gegen Alcaniz wollte, da sie dort Geschäfte habe. Sie würden zusammen den Weg zurücklegen, und während des Marsches wollte sie Don Beltran mitteilen, was sie in der Angelegenheit, die ihn in so hohem Maße interessierte, in der Nacht beschlossen hatte.

Um die Frage auf die gerechteste Weise zu lösen, hatte sie die Erleuchtung der göttlichen Weisheit erfleht und ihre inbrünstigsten Gebete vereinigt, damit Gott ihr den Weg weise, welchen sie in dieser irdischen Frage befolgen müsse. Unseren alten Edelmann begannen diese Vorbereitungen schon zu beunruhigen, doch folgte er der Nonne, um endlich ihren Entschluss und ihre endgültige Entscheidung zu erfahren.

Sie benützten eine kleine Maultierstraße, um den Guadalope zu erreichen, der in dieser Gegend zwischen Gebirgen von mittelmäßiger Höhe eingezwängt, seinen Lauf verfolgt. Marcela ließ Tomé mit den beiden Totengräbern vorausgehen und sie begann, mit Don Beltran über dessen Angelegenheit zu sprechen.

– Vor Allem, liebes Kind, begann dieser, dessen Gedanken immer bei den vergrabenen Schätzen Juan Luco's und seiner Söhne weilten, sage mir, warum diese beiden Greise, die Du Brüder oder Schüler nennst, immer eine Hacke und eine Schaufel mit sich tragen.

– Sie haben sich die Buße auferlegt, allen Toten, welche auf dem Schlachtfelde liegen bleiben, ein christliches Grab zu geben. Nach meiner

Rechnung haben sie schon dreihundert Christen, welche der Ambition der irdischen Mächtigen geopfert wurden, begraben.

Diese Antwort war weit davon entfernt, die Ideen und die geheimen Hoffnungen Don Beltrans zu befriedigen, aber er verriet seine Enttäuschung nicht und sagte in ruhigem Tone:

- Gott lohne ihre Barmherzigkeit! Und nun, da meine Neugierde befriedigt ist, sage mir, ob ich hoffen kann, dass Du den auf mich bezüglichen Willen Deines Vaters erfüllen willst.

In der eleganten, aber strengen Sprache, die selbst ein wenig rau war und die Marcela sich durch die Lektüre der Mystiker angeeignet hatte und die sie noch mit Zitaten schmückte, gleichsam als widerstrebte es ihr, die Entscheidung auszusprechen, erklärte sie Don Beltran, dass sie und ihr Bruder Franciscus keine Kenntnis hätten, wo der Reichtum des Juan Luco vergraben wäre, ausgenommen einen ganz kleinen Teil, dessen Versteck Cinto ihnen bekannt gegeben hatte; sollte es ihnen aber gelingen, das ganze Geld zu entdecken und in Sicherheit zu bringen, was inmitten dieses wilden Kampfes eine sehr schwierige Sache sei, dann wollten sie den Reichtum für fromme Werke verwenden. Franciscus wollte sich auch dem Dienste des Herrn weihen.

- Also, sagte Don Beltran, dem alle diese Heiligengeschichten ein Unbehagen verursachten, wovon er sich nicht befreien konnte, also Dein Bruder will sich dem Gottesdienste weihen. Er wird Messen lesen oder Klostergelübde leisten. Wo ist er? Ich möchte ihn sehen.

- Geduld. Franciscus wird Geistlicher werden, ehe er aber dem weltlichen Leben entsagt, bleibt er bemüht, das Bargeld aufzufinden, das unser Vater vor habgierigen Händen verbarg. Aus dem einen Grunde, dessen Einzelheiten ich Ihnen gab und die Sie durch mich erfahren haben, nämlich den ganzen Schatz zur Gründung einer Stiftung jenes Ordens, dem mein Bruder angehören wird und zur Restaurierung des Klosters Sijena zu verwenden.

- Gut, mein Kind, gut, ich habe verstanden. Aber sag' mir doch: Wo ist Dein Bruder?

- In diesem Augenblicke ist er nicht weit von uns und er beschäftigt sich mit der Angelegenheit, die ihn in ebenso hohem Maße interessiert wie mich. Um aber in einer so heiklen Sache Nachforschungen anstellen zu können, war es notwendig, dass er sich den Christinisten anschloss, und zwar unter dem Vorwande, Sanitätsdienste zu leisten, da sein beklagenswerter Gesundheitszustand ihm eine militärische Beschäftigung nicht erlaubt.

- Ich zweifle nicht daran - bemerkte Don Beltran, dessen Blick sich trübte, als würde ihm eine dicke Binde um die Augen gelegt werden, dass, wenn ich mit Franciscus in Deiner Gegenwart sprechen könnte, Ihr mir einen Beweis Eurer kindlichen Pietät geben würdet, indem ihr mich in den Besitz dessen setzet, was Euer Vater mir zukommen lassen wollte.

- Wenn es mir erlaubt ist, mit dem Marquis Urdaneta aufrichtig zu sprechen, antwortete die Nonne mit sanfter Stimme, möchte ich ihn darauf aufmerksam machen, dass diese unvernünftige Liebe zum Reichtum seines Alters nicht würdig ist. An der Neige des Lebens, wo Gott selbst das Ende aller Eitelkeiten dekretiert hat, wünschen Sie sich noch, was sie ohnehin nicht mehr genießen könnten! Sie haben ja gar nicht mehr die Zeit zum Genusse!

- Liebes Kind, das ist ...

- Teurer Vater und Herr! Die Wahrheit entströmt meinem Munde, ohne dass ich sie zurückhalten kann. Sie müssten den Reichtum verachten, vergnügt sein, dass sie ihn verloren ... wenn man Ihnen welchen anbietet, ihn ablehnen und ihn von sich entfernen, wie die Fäulnis der Pest. Ja, Don Beltran, ich erinnere sie daran, was Paulus zu den Hebräern sagte: »Ihr habet mit Freuden die Kunde empfangen, dass man Euch Eurer Güter beraubt hatte!« Ja, teurer Herr, freuen Sie sich, dass man Sie Ihrer Schätze entblößt hat, und wünschen Sie nicht, sie wieder zu erlangen.

- Aber ...

Und der unglückliche Greis konnte nicht fortsetzen, die Kehle presste ihn, dass er kaum vermochte, eine Silbe auszusprechen.

- Üben Sie, üben Sie, Herr Marquis, fuhr Marcela wie inspiriert fort, üben Sie die Tugend der Geduld, welche alle übrigen Tugenden in sich einschließt. Lieben Sie die Armut, und segnen Sie die Entbehrungen.

- Aber, mein teures Kind, vermochte Don Beltran endlich hervorzubringen, was die Geduld betrifft, hat wohl niemand so viel als ich. Du wirst sehen ...

- Tertullian sagte: »Wo Gott ist, da befindet sich auch seine Freundin, die Geduld.«

- Ich stimme mit Tertullian vollkommen überein, aber, Frau Romanistin - fuhr Don Beltran plötzlich französisch fort - ich liebe es nicht, wenn

Leute bei jedem Anlass und ohne jeden Anlass mit lateinischen und griechischen Brocken um sich werfen.

- Don Beltran, ich spreche nicht französisch.

- Donna Marcela, ich spreche nicht lateinisch. Also unterhalten wir uns in unsrer Muttersprache.

- Ich sage Ihnen nun in dieser Sprache, dass wir uns am Guadalope befinden und dass mir mit Tomé und den beiden Greisen versuchen werden, den Fluss zu übersetzen.

Die Übersetzung des Flusses vollzog sich ohne Zwischenfall und Don Beltran schritt auf den Ziegenpfaden düster und seufzend weiter, während hinter ihm die Nonne, den Rosenkranz in der Hand, betend und langsamen, mühsamen Schrittes durch die kalte, nebelverhüllte Gebirgsgegend ging.

Vor den steilen Steigungen bat Don Beltran um Rast, um seine alten Lungen zu Atem kommen zu lassen, und während eines solchen Aufenthaltes sagte Marcela, nachdem sie ihr Gebet eilig beendet hatte, zu ihrem Begleiter, der ganz verzweifelt schien:

- Mein teurer Gebieter, ich bedaure lebhaft die Ungelegenheiten, die ich Ihnen verursachte. Ich habe während des ganzen Weges zu Gott gebeten, dass er mich erleuchte. Von Gott musste die Idee kommen, die mich soeben beschäftigt und die ich Ihnen nun mitteilen will.

- Gewiss, wenn diese Idee wohltätig und mitleidig ist, dann stammt sie von Gott. Sprich rasch.

- Während des ganzen Weges dachte ich daran, dass Sie in Ihrem Alter, an diesem traurigen Abend eines Lebens voll Verschwendung und Vergeudung, Ehrenschulden kontrahiert hatten, Verpflichtungen, die an Ihren guten Ruf rühren und dass Sie als guter Christ diese erfüllen wollten, ehe Sie sterben.

- Teures Herzenskind, nun sprichst Du wie die Weisheit selbst, sagte Don Beltran fast weinend und bereit, sich vor ihr niederzuknien und den Saum ihres Kleides zu küssen.

- Gut, mein Herr, Sie werden erhalten, was hiezu nötig ist, aber unter der Bedingung, dass Sie sich dem religiösen Leben weihen, sich der Zurückgezogenheit widmen und bis an Ihr Ende beten. Sie werden sich um die Begleichung Ihrer Schulden und um die Regelung Ihrer irdischen Angelegenheiten nicht zu kümmern haben. Mein Bruder, oder wen er hiezu beauftragen wird, wird es sich angelegen sein lassen, die Ehre des

Namens Urdaneta herzustellen, indem er alle Ihre Schulden begleichen wird. Von nun ab werden Sie nur leben, um Ihre Schulden an Gott zu tilgen.

- Aber ... Verstehen wir uns recht ... Die Idee ist nicht schlecht ... Aber erkläre mir das deutlicher ... Muss ich Mönch werden, ehe Du meine Schulden bezahlst?

- Es scheint, dass diese Idee Sie erschreckt?

- Nein, Teure, nein ... Aber ...

- Glauben Sie vielleicht, dass Sie mehr sind als Kaiser Karl V. ? ...

- Nein, nein, wir sind ja in Ordnung. Ich wünsche ja die Ruhe, die Entsagung, sagte Don Beltran, der es für besser fand, erst seine Einwilligung zu geben, um dann die Konzessionen zu erlangen, die seinen Wünschen entsprachen. Ich finde nichts Unannehmbares daran ... Die Idee ist sehr gut ... Aber denke daran, dass meine Verpflichtungen dringend sind.

- Über allen Dringlichkeiten steht jene, die Reichtümer Juan Luco´s ihrer heiligen Bestimmung zuzuführen.

Ich stimme zu. Gewiss ...

- Aus Rücksicht für den Freund und Protektor unseres Vaters wollen wir eine Ausnahme machen, indem wir einen Teil des Schatzes dazu verwenden, die Reputation eines edlen Aragonesen zu retten. Aber das kann nur unter der Bedingung geschehen, wenn Sie Ihre restlichen Tage Gebeten und der Enthaltsamkeit widmen. Denken Sie daran, dass, wenn Gott Ihnen dieses elende Häuflein Gold gibt, dessen Sie bedürfen, um Ihre irdischen Angelegenheiten zu ordnen, er es Ihnen nicht Ihrer schönen Augen willen gibt, sondern für Ihre Seele, was wieder nur seine unendliche Güte beweist.

Der arme Greis konnte in diesem Augenblick nur mit einem tiefen Seufzer antworten, dann erst lenkte er seine Gedanken auf den Wunsch der Nonne, zu der er in zarten Euphorismen und vagen Andeutungen sprach. So legten sie ein Stück Weges zurück, und in dem Momente, da sie die Stadt Codonnera bemerkten und zum Abstiege sich rüsteten, stieß Tomé entsetzte Schreie aus. Hinter ihm kamen die beiden Alten, aber weniger eilenden Schrittes. Don Beltran empfand einen heftigen Stich im Herzen, der ihm eine große Gefahr ankündigte, und es war auch so, denn Tomé schrie nun:

- Die Aufständischen! Die Aufständischen!

Ehe zwei Minuten vergangen waren, hatten sich die Befürchtungen des jungen Mannes als begründet erwiesen. An der Wendung des Bergpfades erschienen sechs Männer, dann mehr als zwanzig, und schließlich eine so zahlreiche Truppe, dass sie auf Don Beltran den Eindruck einer ganzen Armee machte.

Starr, wie festgewurzelt, presste Urdaneta die Zähne aneinander und stotterte unartikulierte Flüche; Marcela stellte sich ohne ein Zeichen der Furcht in die Mitte des Pfades und blickte die Ankömmlinge ruhig an, ohne dass ihr Gesicht auch nur die geringste Erregung verraten hätte.

3.

Einer der Ersten unter den Insurgenten, welche sich den Reisenden näherten, war ein junger Mann, der eine rote Bluse und ein rotes Gilet trug. An den Beinen hatte er Jagdgamaschen und der gezückte Säbel bewies als einziges Zeichen, dass er in dieser regellos organisierten Bande den Rang eines Offiziers innehatte. Er blieb vor Marcela erregt stehen, und mit einem fast brutalen Ton und einem starken Valencianer Accent schrie er mehr als er sprach:

– Als ich Dich in der vorigen Woche in Mas Nuevo antraf, sagte ich Dir, dass ich Dich unerbittlich füsilieren lasse, wenn ich Dich nochmals antreffe. Wo willst Du jetzt hin? Wer ist dieser kleine Alte?

Ich gehe hin, wohin ich will, und dieser Herr ist, wer er ist.

– Scherze nicht, Marcela. Denke daran, dass Du mein Blut in Sieden bringst. Und wenn Du nicht auf Dich achtest, werde ich erfüllen, was ich Dir versprach.

– Wilder! Töte uns, wenn Du willst! Rief Marcela mit ebenso viel Verachtung als Energie aus, wobei ihr Auge hell aufleuchtete. Angesichts Deiner Kanonen und Flinten werden ich und diese frommen Männer Dir sagen: »Minister des Satans nehme unsern Körper, Gott wird unsere Seele zu sich nehmen. Sieh' diese zwei niederen und einfachen Männer! Sieh diesen Greis vom höchsten Adel Aragoniens, der sein Haus, seinen Rang der Buße und der Arbeit willen verlässt! Weder er, noch ich, noch die Anderen fürchten den Tod! Nicht wahr, Don Beltran, wir werden sterben? Wir werden mit Freuden sterben, und Gott bitten, dass er unseren Henkern vergeben möge!«

Diese Deklamation von heldenmütiger Religiosität und der finstere Ausdruck, welchen das Gesicht des Kapitäns annahm, überzeugten Don Beltran, dass seine letzte Stunde geschlagen habe. Er blickte um sich, um

Tomé zu suchen. Er beklagte es, dass das Leben seines jungen Dieners diesem traurigen Zwischenfalle zum Opfer fallen werde. Aber der schlaue Bursche hatte, nachdem er seinen Herrn von der Anwesenheit der Insurgenten verständigt hatte, sich wie ein Vogel in die Büsche geschlagen, ehe diese noch herangekommen waren.

Der Kapitän antwortete auf die Provokationen Marcelas:

- Gut! Ich schwöre Dir, dass wir Euch befriedigen werden, da wir aber keinen Kaplan mithaben, der Euch die Beichte abnehmen könnte, sind wir gezwungen, Euch nach der Stadt zu führen. Und da Ihr doch alle Heilige seid, könnt Ihr Euch gegenseitig mit dem letzten Trost versehen ... Vorwärts!

- Wohin führen Sie uns? Fragte Beltran, der dem Beispiel der Nonne folgend, heiter und ruhig erscheinen sollte.

- Nach Codonnera!

- Also nach Codonnera. Und wollte Gott, dass wir nur vier Schritte hätten, bis zu dem Ort, wo der Kaplan ist, denn so wahr es einen Gott gibt, wir sind unseres Körpers und unseres Lebens schon müde.

Der Kapitän war ein großer, hübscher Junge. Von braunem Teint und fester Haltung, war er mit einer barbarischen Eleganz, aber nicht ohne Geschmack gekleidet. Er befahl den Gefangenen, sich auf den Weg zu machen, und er schien auch nicht so wild zu sein, als Urdaneta anfangs glaubte, denn er näherte sich der Nonne und sagte zu ihr:

- Das Alles passiert Dir nur, weil Du es selbst willst. Du weißt, Marcela, dass ich Dich achte. Bleibe bei mir. Du wirst als ruhige Dame mehr Wert haben, denn als wandernde Nonne.

- Ungeheuer! Ich ziehe es vor, durch einen Flintenschuss getötet zu werden, denn vor Ekel zu sterben, antwortete die Nonne, ohne ihn anzuschauen. Fort von mir!

- Es passt mir, in Deiner Nähe zu bleiben und ich wiederhole, dass, wenn Du tun willst, was ich Dir jüngst in Mas-Nuevo sagte, wirst Du glücklich werden. Du wirst es nicht bereuen, mir anzugehören, und Dein Kopf wird von all diesem Mystizismus befreit werden.

- Wirklich, ich bestätige Dir nochmals, Nelet, dass die Skorpione, die Salamander und all die Ungeheuer, die den abscheulichen Thron Satans zieren, weniger abstoßend sind, als Du es bist.

- Und ich bestätige, dass die braunen Engel, denn es gibt auch solche, weniger hübsch und weniger anmutig sind als Du ... Wo gibt es Augen wie die Deinigen? Welchen Mund könnte man dem Deinigen vergleichen? Und dieser Körper, der unter dem Stamm wie ein Rohr sich biegt? Marcela, Du vergaßest, dass Du ein Weib bist, ich werde das Meinige tun, um Dich daran in einer Weise zu erinnern, für welche Du mir danken wirst.

- Gib mir rasch den Tod! Der Drache öffne seinen Rachen, um uns zu verschlingen. Der Geier zerreiße uns! Wir gehören Gott an und zu Ihm wollen unsere Seelen! ...

- Wenn Du mir nicht die Genugtuung gewährst, an meiner Seite zu leben, werde ich mich durch das Vergnügen, Dich zu töten, trösten. Das ist ein Vergnügen, glaube mir, ein wirkliches Vergnügen, die zu töten, die man liebt (denn so weiß man, dass sie niemanden sonst angehören wird), den schönen Körper zucken zu sehen, und ihn dann in die Grube zu senken und mit Erde zu bedecken.

- Also den Tod! Nur rasch den Tod! Schrie Marcela verzückt und mit rauer Kehle. Für Gott sterben! In Reinheit sterben! Sehen, wie die Seele sich von solchen Ungeheuerlichkeiten befreit, das ist die höchste Seligkeit!

- Es ist gut, wenn der Herr Kapitän zur Kenntnis nimmt, dass wir keine Spione sind, sagte Don Beltran, dem die verliebten Anstrengungen des Offiziers wieder neue Hoffnungen gaben; wir erfüllen hier unsere Buße, indem wir uns barmherzigen Werken widmen.

- Um Gotteswillen! Keine Feigheit, Don Beltran! Schrie Marcela zornig.

- Teures Kind, Du siehst, ich bin sehr tapfer! Ja, auch ich will, dass man uns füsiliere! Aber wenn wir schon sterben müssen, vermeiden wir doch die unnützen Aufreizungen.

Ehe sie Codonnera erreichten, stieß das Gros der Bande zu ihnen. Der Chef, der denselben oder einen höheren Grad als den eines Obersten hatte, unterwarf die Gefangenen einem Verhör.

- Sind Sie Peinado? Fragte Don Beltran mit den Augen zwinkernd. Wenn Sie es sind, wundern Sie sich nicht, dass ich infolge meiner schwachen Augen Sie nicht gleich erkannte. Ehemals waren wir gute Freunde.

- Nein, mein Herr, ich bin nicht Peinado, ich bin Tesia, sagte der Chef, ein kleiner, lebhafter Mann, dem gewisse höfliche Formen eigen waren. Peinado ist bei dem Chefgeneral.

Und sich zu Nelet wendend, erteilte er ihm seine Befehle.

– Führe sie mit Dir, aber gehe nicht nach Codonnera. Du gehst heute abends bis Belmonte und von da ohne Aufenthalt nach Valderobles, wo wir uns morgen zeitig Früh treffen werden. Ich mache den Umweg über Torrecilla, um die Kolonne des Marquis Palacio zu erreichen. Was diese vier armen Teufel betrifft, ist die Füsillade ganz unnötig. Wäre diese kein Weib und die Anderen keine Greise, könnte man ihnen fünfzig Stockhiebe verabreichen. Mehr sind sie nicht wert. Führe sie nach Valderobles, dort werde ich sie übernehmen. Du weißt, Don Ramon will diese Bergstreicherin kennenlernen.

Ohne ein Wort zu verlieren, setzte sich die ganze Truppe in Bewegung. Die Nacht war schon sehr vorgeschritten, als Nelet mit seinen Gefangenen nach Valderobles kam, und obgleich sie auf dem Wege Nahrungen erhielten, konnte sich Don Beltran vor Hunger und Müdigkeit nicht mehr halten. Die Knochen schmerzten ihn, als wären sie zerschlagen worden. Aber weniger noch als an der physischen Ermüdung, litt er an der Verzweiflung über das traurige Ende seines törichten Unternehmens.

– Estercuel hatte recht, sagte er, indem er seinen armen Körper auf dem Estrich eines leeren Stalles ausstreckte, in welchen man die Gefangenen eingesperrt hatte, wir sind im Mittelalter. Verflucht sei das Mittelalter! Mein Gott, das ist schrecklich! Zu einem schönen Unheil hat mich da eine törichte Illusion geführt, die eines unerfahrenen Kindes würdiger wäre, denn eines vernünftigen Greises. Und wie werde ich aus dieser Zwickmühle mich befreien, in welche meine Torheit mich gestürzt hat? Wie mich aus den Händen dieser Kaffern befreien? Kann ich noch jenen Heiligen oder wunderwirkenden Nonnen vertrauen, die Schätze vergraben? Diese Närrin hat mich zugrunde gerichtet, und gewiss ist, dass sie mich nicht retten wird! Gewiss verdiene ich, was mir zugestoßen, weil ich gierig, leichtgläubig und kindisch war! ... Tor! Wahrlich ein edles Alter! Ein herrliches Lebensende! Ich, der ich ausging, um mir einen Bissen Brotes zu schaffen, bin nun gefangen, vom Tode bedroht, exiliert inmitten eines Lumpenvolkes und gezwungen, Brutalitäten zu dulden! Ich würde mich schlagen, wenn ich nicht in dieser Lage wäre, wo neue Schmerzen auf meinem elenden Körper kaum mehr Platz fänden.

Dies waren seine Gedanken vor dem Einschlafen. Glücklicherweise näherten sich die beiden anderen Alten, und die gemeinsame Körperwärme schützte sie gegen die Kälte. Marcela saß auf der anderen Seite und betete mit leiser Stimme. Und am Morgen fühlte der alte Edelmann ein schweres Gewicht, das ihn zu zermalmen drohte, und er bemerkte den Körper der »Heiligen«, die im Schlaf auf ihn gefallen war. Er sagte sanft:

- Erheben Sie sich ein wenig, meine Schwester, Sie zermalmen mir die linke Seite und ich kann nicht schlafen.

Die Nonne erhob sich und klagte, dass sie sich durch die Ermüdung unterjochen ließ, denn sie wollte die ganze Nacht wachen. So beeilte sie sich, ihre Gebete fortzusetzen.

Am nächsten Tag führte man sie zeitig Früh nach Cenia, auf einem höllischen Weg, der höchstens für Ziegen oder Insurgenten gut war. Don Beltran hatte Lust zu bitten, man möge ihn hier lassen, damit die Geier seinen Körper verzehren, oder dass man ihn erschieße, damit sein Martyrium auf die eine oder die andere Art zu Ende sei. Der Kapitän Nelet, der wohl aufbrausenden, aber nicht bösen Charakters war, hatte Mitleid mit ihm. Er gab ihm zu essen, stärkte ihn mit Branntwein und ließ ihn auf ein Maultier heben, das mit Vorräten beladen war. Marcela setzte den Weg zu Fuß fort und von Zeit zu Zeit näherte sie sich dem Greise, um ihn zu trösten.

Zwei Tage vergingen in solcher Angst und Mühsal, ohne dass etwas Besonderes sich ereignet hätte, und da man mit Vorsicht die Abhänge herab schritt, erriet Don Beltran, dass sie sich der Ebene näherten. In einem Weiler nicht weit von Albocacer begegneten sie einer großen Carlistentruppe, und hier hatte der arme Greis das Glück, einen Kaplan zu finden, der, ohne ihn zu kennen, aber in ihm eine Person von hoher Geburt erriet, ihn mit Aufmerksamkeiten überhäufte und ihn auf einem Munitionswagen installierte, was dem armen Mann so erschien, als wäre er aus der Hölle nach dem Paradies gekommen.

- Gott verlässt die Guten nicht, sagte er, und ich bin gut, obgleich das nicht die Ansicht dieser Landstreicherin ist, die es sich in den Kopf gesetzt hat, aus mir einen Mönch zu machen ... Nie im Leben habe ich jemandem Böses zugefügt, nur mir selbst ... Mönch! Ich! Und sie lässt mir die Wahl zwischen Kutte und entehrendem Elend. Großer Gott! Einem solchen Dilemma gegenüber weiß ich wirklich nicht, welches Teil ich wählen soll.

Der Kaplan vervollständigte seine guten Dienste, indem er dem Alten Gesellschaft leistete, woraus bald eine wirkliche Freundschaft sich ergab. Er nannte sich Mosen Putxet und war aus Tortosa. Seine Bildung war mangelhaft, allein er war über alle Ereignisse am Laufenden und so konnte er den Verlauf der Kämpfe schildern. Cabrera, der von seiner schweren Krankheit kaum genesen war, war neuerdings durch einen

Schuss verwundet worden. Nun hatte er den Plan, seine Armee zu reorganisieren.

- Nach dem, was Sie mir da sagen, bemerkte Urdaneta, befinden wir uns auf dem Krater eines Vulkans und ich habe die Aussicht, blutigen Schlachten beizuwohnen. Gottes Wille geschehe, gewiss beabsichtigt er, mich inmitten dieser Schrecken sterben zu lassen.

- Man gewöhnt sich an alles, sagte Putxet. In den ersten Tagen war auch mir der Krieg schrecklich, nun aber bin ich an alle seine Grausamkeiten gewöhnt, und ich glaube, Gott selbst gestattet sie, damit die heilige Religion je eher triumphiere.

Don Beltran wachte in der Nacht und am Tage schlief er, ohne zu wissen, wie er auf dem Karren diese Gewohnheit angenommen hatte. Eines Nachmittags, als er mit einer gewissen Üppigkeit gegessen und getrunken hatte und nun sich in einer sanften Lethargie befand, träumte er von Erderschütterungen, Feuersbrünsten und vulkanischen Ausbrüchen. Jäh erwacht, hörte er den entsetzlichen Lärm der Geschütze und er sah, wie auf einem benachbarten Hügel Christinisten und Carlisten sich im Handgemenge befanden. Der Karren stand neben den übrigen und in der Umgebung war niemand zu sehen. Nach der ersten Angst belebte eine lächelnde Hoffnung das traurige Herz Beltran's. Wenn zufällig die Division der Christinisten die des Borso war, und wenn zufällig diese siegte, und wenn zufällig auch Mero da wäre und heil davon käme, welches Glück! Diese Gedanken waren zu schön, um von der Wirklichkeit bestätigt zu werden.

Die Christinisten gaben ihre Position auf. Er erfuhr es durch die Fröhlichkeit, die sich ringsumher breitmachte. Der Karren näherte sich der Vorhut der Sieger und gleich darauf brach die Nacht herein. Man rastete.

Urdaneta fragte: »Wo sind wir?«

Man antwortete ihm mit einer Valencianer Litanei, aus der er nicht klüger ward. Gleich nach der Rast, und nachdem man Lebensmittel verteilt hatte, vernahm er inmitten des rohen Lokaldialekts einige castilianische Worte, aus denen er verstand, dass man die feindlichen Gefangenen füsilieren werde. Don Beltran fühlte, wie seine Haare sich sträubten und kraftlos und ohne Mut fiel er auf seinen Sack zurück.

- Mögen Sie doch mich auch füsilieren, damit meine Qualen zu Ende wären!

Gleich darauf veranlasste ihn ein seltsames Geräusch, die Augen zu öffnen; er sah in der Entfernung brennende Fackeln, dann hörte er Schüsse, denen eine düstere Stille folgte.

- Armer Mero! Murmelte der Greis, Gott sei Dir gnädig!

Einige Zeit später kam Putxet. Er stieg auf den Karren und sagte zu seinem Freunde:

- Ich bin erschöpft, ich kann nicht weiter. Jedes dieser Geschäfte trifft mich wie eine schwere Krankheit.

Er zog aus seinem Tornister die guten Mundvorräte, die dieser enthielt und lud den Greis ein, sein Mahl zu teilen. Der alte Edelmann entschuldigte sich damit, dass er keinen Appetit besaß, und der Andere sagte wohl auch, dass er nicht hungrig sei, erklärte aber, man müsse sich nähren, selbst ohne Esslust zu besitzen, um den Strapazen des kommenden Tages gewachsen zu sein.

- Sechzehn haben mir gebeichtet, sagte er mit schmerzlicher Betonung; das ist sehr traurig! Sie tun unrecht daran, nicht zu essen. Man darf den Körper nicht vernachlässigen. Nach Mitternacht darf ich nichts mehr genießen, denn ich muss die Messe lesen. Morgen ist Sonntag, darum hat man beschlossen, die Hinrichtungen noch in der Nacht zu vollstrecken, Blutopfer! Verdammter Krieg! ... Wie Sie sehen, muss ich mich kräftigen. Es ist eine lange Zeit von Mitternacht bis zehn Uhr morgens - die Stunde der Feldmesse.

Nach seinem Souper schlief der Kaplan sofort ein. Don Beltran wachte bis zum Morgen in seinen Gedanken vertieft. In dieser traurigen Nacht, die der Vorläufer noch trauriger Tage sein konnte, fühlte sich der alte Aristokrat geneigt, die Gefühle seines Freundes zu verachten, während er sich selbst von ungleich religiöseren Gefühlen durchdrungen dünkte, in der höheren, göttlicheren Auslegung des Wortes.

Bei Tagesanbruch, als er eben zu schlummern begann, rief man ihn. Im ersten Augenblick glaubte er, dass man ihn füsilieren wolle.

- Gehen wir, ich bin bereit, sagte er, machen wir einmal ein Ende.

Man zögerte nicht lange, ihm mitzuteilen, dass eine penible Aufgabe seiner harre: die Toten der letzten Hekatombe zu beerdigen, und im ersten Impuls seines Stolzes und seines Würdegefühls fühlte er sich versucht, die seinem sozialen Range so unwürdige Mission zornig zurückzuweisen. Bald aber wich der Stolz der christlichen Entsagung, welche die Eingebungen seiner jüngsten Schlaflosigkeit in ihm erweckt hatten.

– Ich gehe, wohin Sie wollen, sagte er, ich verdiene, was mir zugestoßen, und noch viel mehr.

Der Gedanke, dass er unter den Leichnamen auch jenen Baldomero Galans finden könnte, machte ihn einen Augenblick lang in seinem Entschlusse wankend, bald aber überwand er diese Schwäche, indem er sich sagte: »Wenn er darunter ist, werde ich den armen Mero, diesen Leutnant und Märtyrer, begraben.«

Mit Trauer und einer schrecklichen Konsternation betrachtete Beltran die sechzehn Leichname, die nackt und starr dalagen, und da es ihm unmöglich war, jenen zu finden, den er suchte, ohne sich den Leichnamen zu nähern, musste er einen nach dem anderen betrachten und ihre eisigkalten Gesichter berühren. Sie waren alle jung und ihre frische Existenz ward auf die barbarischeste Weise abgeschnitten.

– Mero ist nicht darunter, sagte sich Don Beltran, indem er sich von einer schmerzlichen Last befreit fühlte. Arme Kinder! ... Warum nahm man ihnen das Leben? ... Spanien verliert sein Blut! Es zerstört sich selbst ... Ich bin Zeuge des Selbstmordes einer Nation! ... Vorwärts! ... Begraben wir sie in ihrer eigenen Erde! ...

Er nahm die Schaufel, die man für ihn vorbereitet hatte, und begann ruhig zu graben. Diese niedrige Arbeit senkte die Resignation immer tiefer in sein Herz, und mit ihr die Überzeugung, dass sein Unglück vom Himmel herrühre, und die logische Folge sei eines Lebens der Verschwendung und der Vergnügungen. An seiner Seite sah er die beiden Totengräber arbeiten, die Marcela begleitet hatten, aber er sprach nicht zu ihnen.

– Ich dachte, sagte sich Don Beltran, als er mit seiner Arbeit zu Ende war, dass mich diese Sache furchtbar aufregen werde, aber man gewöhnt sich an alles. Und ich würde nun mit Vergnügen essen, wenn ich etwas hätte.

Er ging zu seinem Karren zurück, in der Hoffnung, den Tornister Putxet's zu finden, aber man wies ihn nach dem Lager, wo bald die Messe stattfinden sollte.

– Also zur Messe, murmelte er bereitwillig, in einer absoluten Passivität, die jedem Befehl nachkommt. Der Altar befand sich in der Ebene unter einer herrlich belaubten Eiche. Die Sonne erstrahlte hell und leuchtend und machte sich mehr als notwendig war, fühlbar. Eine leichte erfrischende Brise wehte vom Mittelmeer herüber, das man von hier aus wohl nicht sehen, aber erraten konnte. Die Truppen begaben sich zur

Messe. Die Chefs zu Pferde stellten sich an die Spitze ihrer Korps und Mosen Putxet trat aus einem Feldzelt. Er hatte die Messkleider an und zwei Grenadiere dienten ihm als Ministranten.

Don Beltran hörte von dem Platze, den man ihm anwies, die Messe mit Sammlung an, und nicht weit von sich sah er Marcela, die an der Seite der beiden Totengräber kniete. Beim Vorweisen des Allerheiligsten erinnerte ihn das Schmettern der Trompeten und das Wirbeln der Trommeln an die armen jungen Männer, die er am Morgen begraben hatte, und diese Erinnerung beeinträchtigte ein wenig seine Frömmigkeit. Bald aber ermahnte er sich, er schlug ein Kreuz und sagte sich:

– Dämone dieses Kreuzes, lange werdet Ihr Eure Sünden beweinen müssen, ehe Christus Euch verzeihen wird.

Auf dem Rückwege zu seinem Karren fragte Urdaneta, ob man sich wohl auf der castilischen Ebene befinde. Ohne aber die Antwort abzuwarten, streckte er sich der Länge nach aus, und nachdem er die Lebensmittel verzehrte, die der gute Putxet ihm gab, schlief er bald ein.

In der Nacht war der Karren starken Erschütterungen ausgesetzt, ein Beweis, dass es steil abwärtsging. Am Morgen übersetzten sie einen Fluss von mäßiger Ausdehnung. Am nächsten Tag sah Beltran eine Ortschaft, die man Olla nannte, dann eine mit Namen Chestolgar oder so. Um die Mitte der nächsten Nacht wurde haltgemacht. Urdaneta glaubte zu bemerken, dass eine andere Truppe sich ihnen anschloss. Unablässig hörte man Trompetenschall und Trommelwirbel. Er stieg von seinem Karren ab, um Bewegung zu machen. Als er zurückkehrte, sagte ihm Putxet, dass sie in der Nähe von Bunol oder Siete-Agnas wären, und dass Don Ramon gekommen sei, um mit Forcadell zu beraten. Bei Tagesanbruch gewahrten sie vom Osten her die Christinisten und um acht Uhr bemerkten Putxet und ein anderer Priester, dass die Truppen der Königin auf einem für sie ungünstigen Terrain heftig angegriffen wurden und sich zerstreuten.

Plötzlich sahen sie eine Reitertruppe, die rasend herbeisprengte. Die Pferde übersetzten, wie vom Schwindel erfasst, Gruben und Barrieren, an ihrer Spitze ritt auf einem Schimmel ein junger Mann in einem Kostüm von schreienden Farben. Als dieser Reiter den Convoi passierte, sahen jene, die sich dort befanden, ein Gesicht, das eine vage Ähnlichkeit mit einem Katzenkopfe hatte; die schwarzen Augen strahlten; sein Teint war matt, fast grünlich; die Nase weit gebläht, als hätten die Nüstern sich geöffnet, um das Atmen zu erleichtern. Sein weißer Mantel mit rotem Revers flatterte von den Schultern wie eine Fahne herab. Er hatte den Degen gezückt und man hörte ihn mit vibrierender Stimme und im Valencianer Dialekt schreien:

- Hierher, meine Kinder! Folget mir! Wir werden Sie zermalmen! Hoch Karl VII.! Tod diesen feigen Schurken!

Die Reitertruppe, die von Infanterie gefolgt war, umschrieb auf der Ebene einen großen Kreis, und als sie sich entfernt hatte, verhinderte der aufgewirbelte Staub, ihre Spur zu verfolgen. Man hörte einen schrecklichen Lärm, als wären enorme Massen zusammengestürzt.

- Dieser Don Ramon ist fürchterlich! Schrie Putxet, indem er die Arme wie freudetrunken zum Himmel erhob. Der wird's ihnen zeigen. Kein Einziger wird übrig bleiben, um den Hergang zu erzählen. Dieser strahlende Tag wird uns die Tore des schönen Valencia öffnen, der Königin des Turiatales. Schauen Sie dorthin. Die Staubwolken verflüchtigen sich! Die Anhänger Isabellas retten sich in wilder Flucht.

Mit diesen Ausbrüchen einer kindlichen Freude signalisierte der Priester die einzelnen Vorgänge des Kampfes, den er von seinem Standplatze aus gut beobachten konnte. Gegen Mittag war die ganze Carlistenarmee auf dem Vormarsch nach Bunol begriffen, wohin sie die flüchtenden Liberalen verfolgten.

- Ich fürchte sehr, sagte Putxet zu seinem Freund, indem er eine kleine Erfrischung zu sich nahm, ich fürchte sehr, dass wir diesen Abend wieder eine Vorstellung haben werden. Ich wäre glücklich, wenn man die jetzige Art der Kriegführung ändern und endlich einmal Quartier machen würde. Es ist doch gewiss menschlicher, dem Besiegten zu verzeihen. Nicht wahr?

Im Gasthofe zu Bunol angekommen, ging man methodischer vor, man sparte die Schiessmunitionen, als man, wie wenn es sich um eine ganz natürliche Sache handelte, an die Hinrichtung von siebenundzwanzig Offizieren und Unteroffizieren schritt. Zum Glück für Urdaneta erhielt er diesmal nicht den Befehl, die Beerdigung vorzunehmen. Er hörte Schüsse und sah seinen Freund leicht bewegt und melancholisch zurückkehren. Das war alles ...

Zwei Tage später erfuhr Cabrera, dass eine Kolonne der Christinisten um Alcanar zirkuliere. Er sandte Llangostera gegen dieselbe, der nach seinem Siege füsilieren konnte, wie viel er nur wollte. Dann als er die Nachricht erhielt, dass der General von Valencia auf Castellon zu marschiere, mit Streitkräften, die genügend waren, um die Garnison von Maestrazzo zu entsetzen, sandte er auch gegen diesen einen Chef, während er in verschwenderischer Aktivität zu gleicher Zeit auch noch andere Expeditionen absandte. Nicht zufrieden mit dem Siege von Bunol, wo er Waffen und Pferde in Menge erbeutete und auch sonst noch die reiche Gegend brandschatzte, marschierte er auf Requena, wo er einen Angriff simulierte, um dann bis Utiel vorzudringen, wo er sein Hauptquartier aufschlug und sich beeilte, seine Stellung zu befestigen.

4.

Ohne Zweifel, um seine Geduld zu festigen, hatte Gott beschlossen, dass das Elend Don Beltran's in dieser Phase seiner Gefangenschaft nur noch schwerer werde. Sein Freund, der gute Putxet, trennte sich von ihm vor Requena, um sich der Expedition anzuschließen, die bestimmt war, die Provinz von Alicante zu verheeren; wenige seltene Ausnahmen abgerechnet, musste der arme Greis die Ruhe entbehren, die er sonst auf dem Karren fand. Er muhte sich mühevoll im Gefolge der Truppen nachschleppen, das Schuhwerk in Fetzen, die Füße voll Wunden, sterbend vor Hunger, und er vermeinte unter der Last seiner Mühsal, seiner Leiden und Qualen zusammenzubrechen, ehe er Utiel erreichte. Aber er dachte daran, dass Christus für die Menschen noch mehr gelitten als er, und so überwand sein Mut seine Schwächen und er wappnete sich für noch größeres Unheil, falls das Schicksal ihm solches bescheren wollte. Man brachte ihn vorerst in einen feuchten Vorraum und von da in eine Art Keller, der einen Ausgang nach einem von hohen Mauern eingeschlossenen Garten besaß. Dort fand er die zwei Totengräber vor; was aber Marcela betraf, wussten weder er noch diese etwas von ihrem Verbleib. Das obere Stockwerk des Hauses bewohnte Nelet mit einigen anderen Offizieren, und als er von seinem Balkon die Greise bemerkte, die sich in der Sonne wärmten, sagte er zu seinen Freunden:

– Ich weiß wirklich nicht, wozu man uns diese drei Vogelscheuchen aufbürdet. Drei Mäuler zu füttern und man hat keine Hilfe von ihnen.

– Entweder müsste man sie füsilieren, wenn man beweisen kann, dass sie Spione sind, oder sie auf die Straße aussetzen, damit die öffentliche Mildtätigkeit sie ernähre.

Don Beltran blickte hinauf und antwortete mit klagender Stimme, dass der Tod oder das Betteln für ihn gleichbedeutend sei, worauf Nelet ihn hinaufrief. Der Greis gehorchte und stieg langsam die Treppe hinauf; im Zimmer empfing ihn Nelet. Urdaneta trat demütig ein; er entblößte sein Haupt und erwartete aufrecht die Befehle der Jungen. Nelet, der in einem Fauteuil ausgestreckt lag und seine Beine kratzte, sagte:

- Ist es wahr, dass Sie zur Aristokratie gehören?

- Ja, mein Herr. Ich habe die Ehre, dem vornehmsten Adel Uragomens anzugehören.

- Sind Sie Marquis?

- Ja, meine Titel stammen von den Herrschaften von Tont de Albalate, ich bin Grand erster Klasse ...

- Genug, genug von dieser Litanei. Sie müssen trachten, das Brot, das wir ihnen geben, auch zu verdienen.

Indem er dies sagte, zog er seine beschmutzten Stiefel aus und reichte sie dem Alten:

- Dort in dieser Schublade finden Sie Bürsten und Wichse. Sie werden diese Stiefel reinigen, dass sie wie ein Spiegel glänzen.

Don Beltran blieb einen Augenblick unbeweglich, starr, die Hände ausgestreckt. Sein Wille kämpfte gegen zwei Ideen: Die Stiefel nehmen und sie dem dummen, brutalen Kapitän an den Kopf zu werfen oder sich demütig unterwerfen. Der letztere Gedanke siegte. Nach kurzem Zögern nahm er die Stiefel und auch die Utensilien, die er zur Reinigung bedurfte.

- Rauchen Sie? Fragte Nelet, als er sich der Türe näherte.

- Ja, mein Herr!

Er gab ihm eine Cigarette, doch da er einsah, dass diese ungenügend sei, sagte er:

- Nehmen Sie nur mehr, für Sie und Ihre Genossen. Das Alter schläfert sein Leid mit Tabak ein.

Und der Greis stieg ebenso langsam hinab, als er heraufgekommen war. Auf jeder Stufe blieb er stehen, ohne etwas zu sagen, ohne an etwas zu denken. Wollte er nun die Christinisten irreführen oder hatte er andere strategische Ursachen. Cabrera beschloss, Utiel zu befestigen, und die ersten Gebäude, deren er sich bemächtigte, waren ein Kloster und die sehr solid konstruierte gotische Kathedrale. Die Häuser ringsumher mussten demoliert werden und es ist wohl überflüssig zu bemerken, dass der Herr von Albalate und seine beiden Genossen bei diesen Arbeiten beschäftigt wurden.

Die drei Greise litten furchtbar an Hunger, als sie wieder in ihren Keller zurückkehrten. Niemand dachte daran, ihnen Nahrung zu geben. Der eine Totengräber, der sich Pedro Zaida nannte, beschloss, Nahrung zu suchen. Don Beltran wollte lieber Hungers sterben, als um seine Ration zu betteln, und der andere Alte, Namens Alfajar, verlangte gar nichts, da er der Sprache beraubt war. So verbrachten sie einige Tage, indem sie von Brotrinden und Tafelabfällen lebten, die Zaida in der Umgebung auflas, bis Nelet und die übrigen Offizieren ihnen aus Mitleid Nahrung sandten. Man brachte die Nahrung in einem Kessel. Zaida, und Alfajar legten die Knochen, an denen noch Fleisch war und die besseren Reste für Don Beltran weg, während sie die minder guten Dinge selbst aßen. »So findet man selbst in diesem erniedrigenden Elend - sagte sich Urdaneta - zarte Seelen und edle Herzen«, und indem er auf jede Bevorzugung verzichtete, bestand er auf einer gleichmäßigen Verteilung der armseligen Lebensmittel. Und oft rannen während dieser intimen Szenen dicke Tränen über sein Gesicht herab.

Eines Abends begaben sich die Offiziere zum Fenster, um sie essen zu sehen, und wenige Minuten später kam die Ordonnanz mit den Resten einer Pastete und in Wein getauchten Biskuits und sagte, dass dies für den Marquis bestimmt sei. Bald darauf brachte die Ordonnanz drei Cigarren und Streichhölzer, um diese in Brand zu setzen, Sie begannen zu rauchen und dankten den Offizieren, die ihnen lachend zusahen. Einer von ihnen bemerkte:

- Dieser Marquis scheint ein famoser Schelm zu sein.

Don Beltran schwieg und würdigte den Unverschämten keines Blickes. Auf eine Bemerkung Nelet's, der Urdaneta zu verteidigen schien, verließen sie dann den Balkon. Die Gefangenen gingen wieder an ihre Arbeit, die an diesem Tage darin bestand, Baumstämme zu Barrikaden aufzuschichten.

Als Urdaneta in der Nacht sich auf dem kalten, feuchten Boden seines Obdachs, nur von den Fellen seiner Begleiter geschützt, neben diesen ausstreckte; als er aß, was Zaida zu verschaffen wusste, oder was man ihnen von oben sandte, dachte er an das Schloss von Cintruenigo. Er sah das Gebäude und dessen Bewohner in seinem Geiste und das ganze Leben in diesem Herrschaftssitze. Ach! Was er dort als Erniedrigung betrachtete, war nichts, als ein belangloser Scherz. Die harten Lektionen der Wirklichkeit hatten seine Gedanken und Meinungen verändert, und was war es eigentlich, was er in Cintruenigo als mit seiner Würde unvereinbar betrachtete? Nichts, gar nichts im Vergleiche zu dem, was er in Utiel zu ertragen hatte. Er erinnerte sich mit Verzweiflung an die Ordnung, die in diesem vornehmen Milieu herrschte, wo alles auf seinem Platz war, nichts fehlte, was der Bequemlichkeit und dem Wohlbefinden der Bewohner diente.

So dachte er auch an seinen Enkelsohn: Er sah ihn als kleines Kind, das so sanft, so schmeichelnd, so artig und seinem Großvater so zärtlich zugetan war; es war sein eigenes Blut, die Inkarnation seines Namens und seiner Rasse! Was täte Rodrigo, sähe er seinen Ahn in diesem Elend? Aber selbst Donna Urraca, sähe sie ihren Schwiegervater solchem Elend ausgesetzt, gezwungen, von Brotrinden und den Tafelabfällen der Carlistenoffiziere zu leben? Was würde sie denken? Don Beltran, der sich nun angesichts seines Gewissens sah, das sich streng vor ihm aufrichtete, erkannte der schweren Fehler, den er begangen, als er die Charaktermängel derjenigen, die neben ihm lebten, nicht ertragen wollte, damit auch diese seine eigenen Fehler duldeten. So sah er jetzt ganz klar, dass die Ursachen seiner Familienstreitigkeiten nichtig und kindisch waren. Nun sah er seinen Stolz, der die Hauptursache seiner unglücklichen Reise war, in seiner ganzen Hässlichkeit. Er erkannte seine Habgier, seinen unsinnigen Wunsch, Reichtümer anzusammeln, die ihm in seinem vorgerückten Alter ohnedies nutzlos gewesen wären. Was er geliebt hatte, das war der Prunk, dass Bedürfnis, immer Herr und Gebieter zu sein, der Verschwender von Gottes Gnaden. Gott züchtigte ihn und ließ ihn seine strenge Gerechtigkeit fühlen! Und wenn er die Sache genau betrachtete, verdiente sein kleiner Rodrigo es keineswegs, dass er ihn verachtete oder ihm etwas nachtrug! Besaß er doch alle Gaben, deren sein Großvater entbehrte. Niemand konnte ihm eine wirklich böse Handlung vorwerfen. Und was endlich die unverschämte, die befehlshaberische Donna Urraca betraf, hatte sie wirklich keine Ursache gegeben, dass man sie verabscheue! Gewiss nicht! Nein!

Die Reflexionen, in welchen sich die Gewissensangst mit sanften Familienerinnerungen mengten, würden ihn in einen wohltätigen Schlummer versenkt haben, hätten nicht wilde Schmerzen ihn wach gehalten, die er wie Bisse empfand. Er wandte sich unruhig von einer Seite auf die andere, und die Gedanken, die sein Gehirn durchjagten, ließen ihn ein wenig an seine Schmerzen vergessen.

– O, wenn Juana Teresa wüsste, auf welch' einem Lager der Vater ihres verstorbenen Gatten ruht, sie würde vor Kummer weinen, sie, die so viel Stolz setzt in die ideale Reinlichkeit ihrer Betten; die fast maniakisch auf die tadellose Reinlichkeit achtet. Nirgends in der Welt gibt es solche Kissen und Betttücher als in meinem Hause zu Cintruenigo, wie das nach Lavendel und Veilchen, ja mehr noch als die Parfüms: Nach Wohlbefinden duftet. Ja, wenn Juana Teresa mich in diesem Elend sähe, wie würde sie weinen! Armes Herzliebchen! Aber nicht nur aus Mitleid würde sie weinen, sondern auch aus Zorn darüber, dass sie mir nicht helfen kann ...

Cabrera machte fast alltäglich mit tausend oder zweitausend Mann einen Ausfall, um Requena zu bedrohen, und seine Absicht, es zu belagern, zu bestätigen. Von einem dieser Ausflüge heimgekehrt, stieg er vom Pferde, um die Arbeiten zu prüfen; was ihm nicht gut dünkte, kritisierte er scharf und trocken. Er wies auf die Fehler hin und gab die Mittel zu ihrer Verbesserung. Als er Don Beltran bemerkte, der mühselig eine Erdlast trug, näherte er sich ihm und fragte ihn, ob er Herr von Urdaneta sei.

- Zu dienen General, sagte der Greis, ihn anblickend und den mit Erde gefüllten Korb weiter haltend.

- Sie tragen da eine schwere Last - und im Valencianer Dialekt fuhr er fort:

- Und Du, Luisel, verschone diesen armen Mann. Das ist ein vornehmer Mann, der nicht gewohnt ist, zu arbeiten. Ihr seid sehr ungeschickt und besitzet weder viel Geist noch Takt .. Caramba! Man muss doch einen gewöhnlichen Mann von einem Herrn unterscheiden können. Ihr behandelt gewisse Menschen, die Kanaillen sind, wie Edelleute, und verweigert Euer Mitleid diesem armen Alten, der gewohnt ist, auf Teppichen zu gehen ...

Der Greis verstand, dass der General zu seinen Gunsten sprach, und da man ihn auch von seiner Last befreite, murmelte er eine Phrase des Dankes. Cabrera wurde nicht müde, ihn zu betrachten, und so sah er auch seine Füße mit dem zerlumpten Schuhzeug. Auch Don Beltran betrachtete nach Herzenslust den berühmten Guerillero, den er zum ersten Mal auf dem Felde zu Bunol gesehen hatte, als er an der Spitze einer Kavalkade wie der Blitz dahinjagte. Er erkannte dieses dreieckige Gesicht mit den vorspringenden Backen, den großen schwarzen Augen und der hässlichen Nase, deren Flügel immer vibrierten. Er war elegant, aber nicht ohne Originalitätshascherei gekleidet, denn sein Anzug ermangelte der Stickereien und Vergoldungen keineswegs. Der weiße Mantel mit dem roten Überschlag vervollständigte seine Kleidung. Er salutierte militärisch und kehrte nach der Stadt zurück. Nachts, als die Greise sich in ihr Verlies zurückzogen, um die Reste zu verzehren, die Nelet ihnen sandte, kam eine Ordonnanz an ihre Türe und schrie:

- He! Don Marquis!

- Ich bin's, mein Freund, sagte Urdaneta, dem einst dieser Titel gebührte; was wollen Sie?

- Hier! Der General schickt Ihnen diese Stiefel, sie sind nicht mehr neu, aber noch in gutem Zustand.

- Sehr wohl. Damit ich sie wichse? Gut, lassen Sie sie nur hier.

- Nicht zum Wichsen, aber damit Sie sie anziehen. Sie bedürfen ihrer ja, das sieht man. Der General trägt sie nicht mehr und Ihnen werden sie ausgezeichnete Dienste leisten. Sie sind in gutem Zustand und sie werden Ihnen auch gut passen.

- Mein Gott! Sagte der alte Edelmann, und er entschloss sich endlich, das Geschenk zu übernehmen. Der General hat sich eines Unglücklichen erinnert! Sag' ihm, dass ich ihm sehr dankbar bin. Und ihr Stiefel der Geduld und der Demut bekleidet nun meine Füße.

Und vier Tage später, als die ganze Armee im Geheimen nach der Ebene von Valencia aufbrach, war Don Beltran erstaunt, in das Hotel des Generals gerufen zu werden. Der Greis begab sich hin und er fand Don Ramon in einem Zimmer des Erdgeschosses, das, wie die an den Wänden angebrachten großen Buchstabentafeln bewiesen, wohl eine öffentliche Schule war. Der Chef der Aufständischen saß mit zwei sehr hübschen, als Bäuerinnen gekleideten Frauen bei Tische. In den Ohren trugen sie antike, mit Smaragden und Perlen ausgelegte Ringe von byzantinischer Form. Ihre Kleider waren aus teuren und eleganten Stoffen, aber pedantisch den Bauernkostümen nachgeahmt. Obgleich Beltran sie seiner schwachen Augen wegen nicht sehen konnte, erriet er als erfahrener Frauenfreund ihre Schönheit, und er war überzeugt, dass es vornehme Damen wären, die aus irgendwelcher Ursache diese Verkleidung wählten. Sie saßen zur Rechten und Linken des Generals eng an ihn geschmiegt und dann kam noch ein Feldkaplan, der eher einem Grenadier ähnlich war.

Der Edelmann glaubte nicht ohne Berechtigung, der General hätte ihn rufen lassen, um ihn seinen Freunden als Kuriosität zu zeigen. Die Kuriosität bestand wohl in dem Gegensatz zwischen seinem hohen Adel und dem tiefen Elend. Aber das war nicht das einzige Motiv, es gab noch ein anderes, welches der General selbst darlegte, als er den höflichen Gruß Beltran's erwidert hatte:

- Nun, ich rief Sie zu mir, um Sie zu verständigen, dass Sie sich bereithalten mögen.

- Wozu, General?

- Sie hätten unrecht, wenn Sie glaubten, wir hielten Sie, nur um das Vergnügen Ihrer Gesellschaft zu genießen, sagte der General, der im Gespräche ein wenig stotterte.

Da er rasch sprechen wollte, blieb seine Zunge bei jedem Wort stecken.

- Worauf soll ich mich vorbereiten, General?

- Die Repressalien, welche diese elenden Christinisten, wie Sie wissen, zu ihrem System machten, zwingen mich zu Grausamkeiten, die meinem Herzen zuwider sind ...

- Ich verstehe. Sie wollen mich erschießen lassen ... Ich bin vorbereitet. Das Leben, General, das ich führe, ist so hart, dass ich Sie eher für mitleidig, denn für grausam halte, wenn Sie mich davon befreien.

- Ich bedaure tief ... Gott weiß, dass ich tief bedaure ... Ich bin von Mitleid erfüllt für jene, die ich zu opfern gezwungen bin ... Es schmerzt mich, obgleich meine Feinde das Gegenteil denken und mich Tiger nennen! Aber ich glaube, dass alle Schuldlosigkeit der Welt die Schuldlosigkeit meiner Mutter nicht aufwiegt.

- Obgleich ich den Tod nicht fürchte, zwingen mich mein Gewissen und meine Wahrheitsliebe, zu erklären, dass ich kein Spion bin, und dass weder politische noch militärische Ziele mich in dieses Land führten.

- Ich weiß, dass Sie kein Spion sind. Die Nonne Marcela, in die ich volles Vertrauen setze, hat mir es gesagt. Aber hier halten wir Sie fest: Leben um Leben, und wir zahlen: Tod für Tod. Sie wissen, dass die Division Juarte den Bruder des Grafen Casi, des Mitgliedes von Sr. Majestät Rat, gefangen halt. Nun: Sobald ich erfahre, dass er erschossen wird, sind Sie zu viel auf dieser Welt. Scheint Ihnen das nicht natürlich, gerecht und gleichmäßig! Edelmann für Edelmann, Kavalier für Kavalier.

Während der gleichmütige Aufständische diese Erklärung gab, hörte man weder ein Wort noch ein Murmeln, das gegen solche Barbarei protestiert hätte. Nicht einmal ein einfaches Zeichen des Mitleids. Sei es, dass die Gewohnheit gleicher Ungeheuerlichkeiten in den Männern und Frauen jedes Menschlichkeitsgefühl erstickt hatte, sei es, dass sie nicht wagten, es kundzugeben.

- Kann ich mich zurückziehen? Fragte der arme Greis, ohne die schreckliche Mitteilung kommentieren zu wollen.

- Warten Sie ein wenig und befreien Sie uns von einem Zweifel. Sind Sie der Marquis von Sarinnan?

- Nein. Der Marquis von Sarinnan ist mein Enkel durch die Heirat meines Sohnes Don Federico mit einer Dame aus dem Hause Idiaquez.

- Sehen Sie, dass ich recht hatte, sagte die eine der verkleideten Damen, was Urdaneta zu verstehen gab, dass seine Person schon vorher der Gegenstand einer Diskussion war.

- Und welche sind Ihre Titel? Fragte der Priester.

- Ich bin Gebieter der Festung von Albalate; Herr auf Rubielos, Merinos und Monzon; Besitzer verschiedener Dörfer, Burgen und Weiden im früheren Königreiche Sobrarbe; Herr auf Olid und Grand von Spanien; Ritter von Montesa und Saragossa und noch manches mehr, das ich aber verschweige, um Sie nicht zu langweilen.

- Sind Sie mit den Carceres nicht verwandt? Fragte die andere hübsche Frau.

- Gewiss, Madame, antwortete Don Beltran entzückt, diese sanfte Stimme zu hören, deren Timbre ihm eine noble Abstammung verriet. Ramon Carcer, der vierte Marquis von Castelbello, ist mein Neffe, und die Borras y Mezquinta sind Vettern meiner Frau, ebenso wie Marianito Zagarriga und der Marquis von Creixel.

- Genug, sagte Cabrera, den die Abhandlung über den Adel zu langweilen begann. Wie behandelt man Sie in meinem Hauptquartier? Erhalten Sie genügende Nahrung?

- Herr, eine Armee, die im Felde steht, kann sich nicht mit einem armen, unnützen Gefangenen beschäftigen, dessen Person niemanden interessiert.

- Ich wünsche, dass Sie mit der Rücksicht behandelt werden, die Ihrem Range zukommt. Und wenn jemand Ihnen Respekt versagt, es hören und dem Betreffenden fünfzig Stockhiebe versetzen lassen, wird das Werk eines Augenblicks sein.

- Mein armes Leben lohnt heute wirklich nicht der Mühe, die Beine eines Christen zu beschädigen.

- Armer Herr! Es tut mir sehr leid. Und mit welcher Würde er sein Elend erträgt! Sagte die Dame, die ihn ausgefragt, im valencianischen Dialekt.

Der Gefangene konnte diese Worte verstehen und der mitleidige Ausdruck ging ihm ans Herz. Cabrera bot ihm eine Cigarre an, Don Beltran lehnte sie aber mit der Entschuldigung ab, dass er zu so früher Stunde nicht rauche. Der General und die Dame bestanden aber darauf, und die

Letztere nahm die Cigarre aus der Hand des Generals, um sie dem Alten in die Hand zu geben.

Als Don Beltran das Zimmer verließ, war er entzückt von der Erinnerung an die sanfte Stimme, die er deutlich vernehmen konnte, und das schöne Gesicht, das seine schwache Augen nur wie durch eine Wolke sehen konnten.

Von diesem Tage an wurde der Gefangene besser behandelt; auf den Gesichtern bemerkte er Zeichen von Höflichkeit und Wohlwollen; aber nichts überraschte ihn so sehr, als die radikale Umänderung, die sich in dem Benehmen des Kapitäns Santapan kundgab, den er bisher nur unter dem Taufnamen Nelet kannte. Dieser begann sich weniger verachtungsvoll zu zeigen; bald würde er ganz menschlich; dann wieder verwandelte er seine Rohheit in eine zärtliche Anhänglichkeit, und schließlich erklärte er Don Beltran, er bedaure, ihn beleidigt zu haben, und dass er den aufrichtigen Wunsch hege, mit ihm eine Freundschaft zu unterhalten. Der Alte nahm diesen Umschwung mit Vergnügen zur Kenntnis, und da er den Verdacht hegte, dass sein neuer Freund wohl an irgendeinen geheimen Plan denke, beschloss er zu warten, ehe er sich eine endgültige Meinung bilden wollte. Bezüglich Marcelas, die er seit dem Angriff auf Buniol aus dem Auge verlor, sagte ihm Nelet, dass Cabrera sie in ein Nonnenkloster einsperren ließ, bis die Entscheidung des Generalvikars, der in der Nähe Don Carlos' war, eintraf.

Cabrera hatte die Ansicht, dass es weder schicklich noch gut sei, wenn eine Nonne gleich einer Landstreicherin disziplinlos durch das Land streife. Nelet teilte diese Ansicht nicht, da der Orden der Marcela seit dem Tridentiner Konzil von der Klausur befreit war.

- Gut, sehr gut, sagte Don Beltran, der bereits ahnte, wohin Nelet hinaus wollte. Auch ich bin für die Befreiung von der Klausur, besonders im gegenwärtigen Falle, denn wenn ich nicht irre, verfolgt Marcela wichtige Interessen, da sie an große religiöse Stiftungen denkt.

So sprachen sie auf dem Wege nach Valencia, ungefähr drei Meilen nach Chiva, wo sie die Nacht verbracht hatten. Eine herrliche Gegend, und Don Beltran atmete glücklich die balsamische Luft, die ihn wieder mit Hoffnung und Lebensfreude erfüllte. Nun marschierten Sieger und Gefangene auf Valencia los, und da Cabrera nicht über genügende Kräfte verfügte, um einen so bedeutenden Platz zu besetzen, schlug er sein Lager in dem benachbarten Burjasot auf, von wo aus er Valencia betrachten und auch von der Stadt aus gesehen werden konnte. Die carlistischen Soldaten kamen auch in Burjasot so zufrieden an, dass sie nur daran dachten, ihren Sieg zu feiern und den Überfluss dieser gesegneten Gegend zu genießen. Diese unermüdlichen Soldaten, welche die Entfernungen gleichsam verschlangen, indem sie mit der Beweglichkeit wilder Katzen von einer Region nach der anderen eilten, führten immer einen unersättlichen Hunger mit sich.

Ihr Operationsgebiet wurde in der Regel vollständig geplündert. Valencia war nun die Oase, die Frische, die Ruhe, das leichte Leben mit tausend Gaben. So war das Fest von Burjasot nicht die Idee Cabrera's, sondern die seiner Chefs, Offiziere und Unteroffiziere, die nach Herzenslust essen und trinken wollten, um sich für die bisherigen Mühen und Entbehrungen zu entschädigen, »Wahrlich, sie hatten's verdient!« Man bat den General um die Erlaubnis, die dieser willig erteilte, denn wenn er es auch verstand, seinen Soldaten die Haut zu schinden, so liebte er es doch, sie ruhen und sich vergnügen zu sehen, wenn dazu sich Gelegenheit ergab.

Ein Teil der Bevölkerung überflutete das Lager und mengte sich den Truppen bei. Manche kamen aus Anhänglichkeit an die carlistische Sache; andere, um billig Gemüse, Fleisch, Fische, Geflügel, Früchte, ja auch Blumen anzubieten, die zu Beginn des Frühjahrs schon im Überflusse vorhanden waren. Man beschloss, das Bankett auf dem höchsten Punkt der Gegend zu feiern, unter welchem sich die berühmten unterirdischen Silos, die Magazine, befanden, worin die Bewohner ihre Erntevorräte aufbewahrten. Bald war die weite Esplanade mit allem erfüllt, was Gott wachsen ließ; teils Geschenke, teils zu billigen Preisen erstanden. Man bestimmte eine Kommission, die Esszeug und Trinkgläser herbeischaffen sollte, und die gefälligen Einwohner trugen alles herbei, was man wünschte. Hier wurden ganze Scheiterhaufen in Brand gesteckt, dort Öfen und Töpfe vorbereitet. Eine Gruppe rupfte Enten, die Andere schlachtete Hammel. Aus dem Dorfe schleppte man Gefäße mit Öl, Weinschläuche, Körbe mit Orangen und Käselaibe herbei. Manche rissen Gräser aus und verzehrten sie als Appetiterreger. Die eifrigsten Carlisten der Ortschaft brachten sehr große Tische und Ungeheuer von Stühlen herbei, Andere wieder Tischtücher. Schließlich war jeder Mangel verzeihlich, nur Wein musste genug vorhanden sein, und darum verdoppelte sich die Zahl der Schläuche unablässig.

Um halb vier Uhr bot das Bacchanale einen fesselnden Anblick: Man aß und verschlang alles ohne Maß und Regel, die Truppen lagen auf der Erde umher oder saßen an kleinen Tischen. Die Sergents bildeten Gruppen von verhältnismäßig korrekter Besonnenheit. Weiter oben befanden sich die Offiziere hockend, kniend, auf Sätteln sitzend, manche auf römische Art ausgestreckt. Gegenüber der Kapelle gab es Tische, und dort bemerkte man das geistliche Gesicht des Llangostera und andere wichtige Persönlichkeiten: die Lagerchefs, die Intendanten, Chirurgen, Tierärzte und die Marschälle. Die Kapläne waren abwesend, denn ein ernstes Geschäft hielt sie im Dorfe zurück.

Cabrera war schlechter Laune, weil seine alten, schlecht verbundenen Wunden ihn schmerzten, setzte sich einen Augenblick lang an den ersten Tisch, dann stand er auf, ging von Einem zum Anderen, sprach mit jedermann, und nahm die Glückwünsche entgegen. Seine Blicke wandten sich nach Valencia, und er fletschte die Zähne, als Einer seiner Intimen sagte:

- Don Ramon, wir sind an der Himmelspforte; führen Sie einen Ihrer gewohnten Coups aus und bringen Sie uns da hinein.

In den Niederungen herrschte eine frenetische Freude; dort gab es schon welche, die die Mahlzeit mit dem Dessert begannen und die nach den Zuckerfrüchten gebratene Enten aßen; dort verzehrte man Käse, ohne vorher etwas genossen zu haben; Andere verschlangen Orangen mit den Schalen und gleich nachher gebackene oder halbrohe Fische, dabei Wein nach Belieben und zum Schluss gezuckerten Speck. Auf manchen besser bestellten Tischen und auf den Rasen ausgebreiteten Tischtüchern gab es Schüsseln mit gekochtem oder kaltem Reis, Aale, Geflügel, ja selbst Würste. An anderen Orten verschlang man halbrohe Lämmer, die man mit den Säbeln zerhieb. Das erste Regiment hatte eine aus zwölf Mann bestehende Musikkapelle, die man mit Musikanten der Königin verstärkte, was ein mittelmäßiges Orchester ergab, das unablässig die aragonesische Jota und nationale Tänze spielte. Diese Disharmonie ergab eine passende Begleitung zu den rohen Festesausbrüchen.

- Die Hunde sollen schweigen! Schrien die Unzufriedenen, und sie hatten recht, denn die Musikanten vergewaltigten die musikalischen Ohren.

Don Beltran wurde von Nelet fast mit Gewalt zu einigen Kameraden geführt, die auf der Erde sitzend aßen. Doch als er sah, dass der Kapitän sich zurückziehen wollte, sagte er ihm:

- Aber Sie, Santapau, Sie essen nicht?

Worauf Nelet, als schämte er sich vor sich selbst, antwortete:

- Jetzt kann ich nicht, ich muss füsilieren gehen.

- Wie, jetzt! Schrie Beltran entsetzt auf, indem er sich mit einem für sein Alter ganz unwahrscheinlichen Sprung erhob.

- Ah, was glaubst Du denn, Alter? Fragte ein Leutnant, der schon von Beginn ab angeheitert war. Glaubtest Du, wir würden sie begnadigen? Oder vielleicht gar noch zum Diner einladen?

Ehe er antworten konnte, hörte man die Salvenschüsse. Don Beltran lief nach der Richtung, wo er den Rauch aufsteigen sah, und als er an der Kirchhofmauer die nackten Leichname sah, stieß er einen Entsetzensruf aus und bedeckte das Gesicht mit den Händen. Gleich darauf brachte man eine andere, an ein Seil gefesselte Reihe. Es waren fünfundzwanzig, und unter ihnen die Kadetten von Valencia, die eben erst in die Armee eintraten und nun mit dieser Tragödie debütierten. Sie waren nackt und anscheinend resigniert; manche aber waren niedergedrückt, Andere strauchelten am Wege. Die meisten aber zeigten kühne, provozierende Mienen. Mehrere wiesen mit dem erhobenen Arme nach dem wilden Feste und schrien: »Hoch Isabella II.!« Eine Salve schnitt ihren Ausruf und ihren Eifern kurz ab. Dann kamen für jene, die noch lebten, die Einzelschüsse, was an eine Menschenjagd gemahnte. Aufgereizt durch die Rufe der Opfer, unterbrach die Soldateska einen Augenblick lang ihren Eifer, um die Ehren ihrer Chefs und ihren Hass gegen die Opfer, denen der Tod in einer allzu sanften Weise erschien, in wilden Rufen zu manifestieren. In der Erwartung der weiteren Opfer, die in einem benachbarten Hofe entkleidet wurden, leerten sie neue Weinschläuche, die sie zu Boden warfen, wo sie wie blutende Körper lagen. Von mehreren Seiten schrien Männer, denen die Trunkenheit den Verstand geraubt:

- Noch! Noch!

Was wollten sie mit dem »noch«? Wein oder Blut? Beides. Wein mit Blut gemischt.

Die Soldaten fassten zu zweien die Toten am Kopfe und an den Füßen und schichteten sie an der Seite zu einem Haufen. Die Leute aus dem Dorfe, die sich zu Beginn der Metzelei aus instinktiver Neugierde und aus Vorliebe für das Entsetzliche genähert hatten, flohen nun entsetzt. Die Musik heulte ihre lustigen Weisen inmitten dieser fürchterlichen Tragödie, auf der einen Seite von den Salvenschüssen, auf der anderen von den herzzerreißenden Seufzern und den provozierenden Rufen der Opfer begleitet.

Von unendlichem Mitleid und dem Bedürfnis gegen diese barbarische Handlungsweise zu protestieren, bewegt, wandte sich Don Beltran schweren Schrittes nach der Richtstätte. Er hatte den wahnsinnigen Gedanken, mit den Opfern Isabella zu akklamieren. Er wusste nicht, wohin er ging, als eine kräftige Hand ihm fasste und ein Soldat zu ihm sprach:

- Wohin, Alter? Zurück oder eine Kugel trifft Sie.

Zurückweichend, plumpste er mit den Füßen in eine Blutlache. Er sah nackte Körper auf dem Boden zucken, er sah die Geschicklichkeit, mit welcher man sie hinrichtete, als handelte es sich um eine Meute schädlicher Tiere. Der arme Greis floh, ohne zu wissen wohin, und mehr vom Entsetzen denn von der Müdigkeit niedergedrückt, sank er zu Boden.

Eine neue Decharge, Vivats, Todesschreie, Beleidigungen, der Chor der Trunkenbolde, herzzerreißende oder groteske Ausrufe trieben sein Entsetzen auf die Spitze. Er stopfte die Ohren zu und seine Augen suchten nach etwas, was das Ende dieser Metzelei verkündigte. Aber er sah nichts. Rauch bedeckte die Hekatombe. Die Tragödie war noch nicht zu Ende. Nachdem man die Offiziere und Unteroffiziere erledigt hatte, kamen nun die Soldaten an die Reihe. Und immerzu hörte er:

- Noch! Noch! Alle!

Und jene, die Cabrera aufsuchten, um ihn zu überzeugen, dass das Massaker ein Ende nehmen müsse, erhielten nur die kalte Antwort:

- Heute verweigere ich ihnen nichts.

Der General litt an der Leber furchtbare Schmerzen, sein Mund war ungesund bitter, sein Teint fahl, der Blick weniger leuchtend als sonst, und auf dem Bankett begnügte er sich mit ein wenig Wasser und Wein.

Als die Metzelei zu Ende war, fand ein Freund Nelet's den armen Don Beltran fast bewusstlos auf den Boden liegen. Er führte ihn nach seiner Wohnung, wo Nelet ihn sofort zu Bett brachte, ihn warmen Wein trinken ließ, sodass der arme Greis Dank der Fürsorge seines ehemaligen Feindes in einen tiefen Schlaf fiel, in welchem sich sein Körper und sein Geist von den ausgestandenen Aufregungen erholte. Mit Tagesanbruch erhub er sich mit gekräftigtem Magen und gestärktem Geist - einer ruhigen Resignation ergeben. Er lebte im Reiche des Schreckens, an der Grenze des Todes. Folglich musste er sich vorbereiten, um, wenn auch seine Stunde kommen würde, dem Martyrium mutig und würdevoll begegnen zu können.

Nachdem die Truppen in Eile gefrühstückt hatten, machten sie sich auf den Weg. Den Leichenhaufen ließen sie unberührt zurück, es den Einwohnern von Burjasot überlassend, sie zu beerdigen. Gegen Valencia hin, gingen einige Bataillone, die einen Angriff simulierten. Das hatte aber nur den Zweck, die Einwohner einzuschüchtern, denn für dieses Unternehmen waren Mut und Beweglichkeit allein nicht genug.

Nach dieser Demonstration vor den Mauern von Valencia setzte sich Cabrera mit seiner ganzen Truppe gegen die castilische Ebene in die Bewegung, ohne zu verraten, wohin er wolle, noch welchen Plan er verfolge. Santapau wurde zum Kommandanten des dritten Regiments ernannt, und da er nun beritten war, nahm er Don Beltran während des ganzen Marsches an der Croupe mit sich. Während dieses langen Weges befestigte sich die Freundschaft zwischen Beltran und Nelet immer mehr, da die Vertraulichkeiten des Letzteren das Herz des Greises eroberten. Da Nelet Beltran am ersten Tag schweigsam und misstrauisch fand, sagte er ihm, der General hätte ihm gegenüber Beweise aufrichtiger Wertschätzung und Wohlwollens gegeben. Die Tatsachen bestätigen diese Behauptung, denn als die Nacht kalt und regnerisch hereinbrach, sandte Cabrera Don Beltran einen seiner Mäntel, damit der Greis sich zudecken könne. Seinerseits war Nelet bemüht, dem Alten bei der Tafel die besten Stücke und in den Kantonnements das beste Lager zuzuschanzen. Urdaneta war gleichzeitig von Dankbarkeit und von Unruhe erfüllt; denn er bildete sich ein, diese Aufmerksamkeiten wären nur ein Raffinement der Grausamkeit, und dass man ihn gut behandle wie die zum Tode Verurteilten, denen man vor der Hinrichtung auch alles zu Willen tut. Nelet versuche es, ihm die Furcht vor der Füsillade zu benehmen, und er sagte ihm, dass Cabrera wohl ganz andere Ursachen habe, ihn zu schonen. Der Greis konnte nicht begreifen, welche Ursachen das sein konnten, da er doch zu gar nichts nutze wäre, und so einigten sich die Beiden dahin, dass es für den edlen Gefangenen wohl am besten sei, die Ereignisse abzuwarten, anzunehmen, was man ihm gab, zu essen, so gut er nur konnte, und zu hoffen.

- Gut, sagte Urdaneta, ich werde also alles essen, was man mir bringt, und auch die Garderobe des Generals benützen, wenn er fortfahren will, mir einige nützliche Stücke zu schicken. Aber mein Geist kann sich nicht erheitern, denn es ist mir unmöglich, die Erinnerung an die Metzelei von Buriasot zu verscheuchen. Im Stillen protestiere ich gegen diese Ungeheuerlichkeiten, und ich bitte Gott, sie zu bestrafen.

- Die Affaire von Burjasot ist nichts Anderes, erwiderte Nelet mit seiner gewohnten Kaltblütigkeit, als eine weitere Stufe zu der Hinrichtungs-Pyramide, die zu errichten Don Ramon geschworen hat. Diese Pyramide ist noch nicht hoch genug, als dass man vor ihrer Spitze das Bild der heiligen Frau Maria Grina könnte erstrahlen lassen. Aber wir müssen marschieren. Vorwärts, lieber Herr. Wir gehen nach Nules, einen unserer stärksten Plätze. Ich versichere Ihnen, dort werden wir Zeit und auch Ursache haben, lange zu sprechen.

Am nächsten Morgen um zehn Uhr wurde Cabrera in Nules mit Triumphbogen, Flaggen, Musik und Nationaltänzen empfangen. Die schönsten Mädchen der Stadt brachten ihm Glückwünsche und Blumensträuße; die Notabeln hatten Ruheplätze, reich besetzte Tafeln vorbereitet und für den Nachmittag einen Stierkampf angesetzt. Don Beltran wurde in ein vornehmes Haus einlogiert und mit Nelet wie Könige behandelt. Den Kommandanten riefen der Dienst und auch private Angelegenheiten nach außen. Sie speisten luxuriös, und in dem Moment, als die Offiziere und der Stab sich nach dem Platze begaben, um dem Stiergefechte beizuwohnen, sagte Nelet zu Beltran, dass, nachdem sie die Menge nicht lieben und überdies viel miteinander zu sprechen hätten, es besser wäre, abseits zu promenieren, wo es weniger Menschen und weniger Lärm gebe. Da Urdaneta sich dieser Proposition anschloss, suchten sie die Einsamkeit, die nicht schwer zu finden war, da die ganze Bevölkerung sich nach dem Festplatze begeben hatte.

So gelangten sie zu einer Kirche.

- Sie dürften schon müde sein - sagte Nelet, und da diese Kirche uns durch ihre Einsamkeit und ihre Stille zu rufen scheint, hier auszuruhen und uns nach Gefallen zu unterhalten, wollen wir eintreten und hier können wir über alles sprechen, was uns gut dünkt.

- Sagen Sie mir, Kamerad, murmelte der Greis, als Nelet ihn an der Hand fasste und ihn in die Kirche hineinzog, bin ich schon ganz erblindet oder ist es hier finsterer denn in einem Ofenrachen.

- Fürchten Sie nichts, ich sehe auch nichts. Wir kommen von der Straße, von der Sonne geblendet. Hier kann uns niemand stören, noch hören. Ich will direkt auf mein Ziel losgehen und Ihnen sagen, dass ich der unglücklichste, der bemitleidenswürdigste Mensch der Welt bin. Sie werden mir vielleicht sagen, dass mein Unglück ein eingebildetes ist, worauf ich Ihnen antworten werde, dass, selbst wenn Ihre Hypothese richtig ist, die Leiden, die ich zu ertragen habe, nicht minder reell, schrecklich und unerträglich sind. Wenn ich Ihnen gestehe, dass ich das Los der Unglücklichen, die wir in Burjasot füsilierten, beneidete, habe ich Ihnen alles gesagt.

- Diese Krankheit heißt Leidenschaft, und sie muss durch irgendeinen schlechten Eindruck, durch irgendein lebhaftes, aber unbefriedigtes Liebesgefühl hervorgerufen worden sein.

- Ah, Sie haben den Finger auf die Wunde gelegt. Und wie schmerzlich ist sie! Ich täusche mich nicht, als ich dachte, dass Sie - ein Mann, der viel gesehen, viel in der höchsten Gesellschaft gelebt - die Männer und

Frauen und die sozialen Kräfte gut kennen, der Vertraute meiner Qualen sein können, und wer weiß, vielleicht auch der Arzt meines Übels.

– Ich? Holla! Holla! Freund Nelet, entweder ich bin ein unwissendes Kind, oder die Ursache Ihres Unglücks, dieser Erschütterung ihres Geistes und auch Ihres Körpers ist die Liebe. Und in Parenthese gesagt, ich beginne, den Altar zu unterscheiden. Sind nicht zwei alte Frauen dort?

– Nein, zwei Stühle.

– Ah, Freund Nelet, ich beginne zu unterscheiden, dass wir uns in der Kapelle eines Nonnenklosters befinden. Ich höre hinter mir etwas wie ein Murmeln, wie das Rauschen von Unterröcken, und ich fühle den Duft des Nonnenweihrauchs. Das ist ein ganz eigenartiger Kirchengeruch. Täusche ich mich?

– Nein, lieber Herr.

– Wir sind hinter dem Chor!

– Und hinter dem Gitter bemerke ich zwei weiße Gegenstände.

– Sehr gut, fahren wir fort. Also um Liebe handelt es sich. Und ich gebe zu, ja ich will zugeben, dass ich gegen die Angriffe dieser Krankheit als Arzt dienen kann, vermöge meiner alten Augen, die viel gesehen, und auch vermöge der mannigfachen Neigungen, die mein altes Herz bewegt haben. Also vorwärts! Kurz: Wer ist sie?

– Ehe ich Ihnen sage, wer sie ist, lassen Sie mich Ihnen schildern, wer er ist, Manuel Santapau, geboren bei Gandera als Sohn reicher Landwirte, die ihm aber keine sehr gute Erziehung gaben. Einziger Sohn, verstanden es seine Eltern nicht, ihm von Kindesbeinen an den rechten Weg zu weisen, und statt seinen eigenwilligen Charakter einzudämmen, ließen sie ihn sich frei entfalten. Man lachte über seine Spitzbübereien, und seine Fehler wurden eher gelobt als getadelt, und als sie mit der Zeit einen gefährlichen Charakter annahmen, gab es keine Autorität, die ihnen gewachsen gewesen wäre. Endlich als ich sechzehn Jahre alt geworden, empörte ich Gandera, wo wir wohnten, durch mein Betragen. Ich verließ das Haus meines Vaters, wo ich nur erschienen war, um meine leere Börse zu füllen, und gesellte mich anderen Kameraden zu, die wie ich Neigung zum Vagabundenleben hatten, und so zogen wir von Ort zu Ort, überall Unheil stiftend. Meine Studien, die sich nur auf ein wenig Lesen, Schreiben und Rechnen erstreckt hatten, ergänzte ich praktisch durch die Wissenschaft des Bösen.

– Unser Operationsgebiet war weit, und wir übten alle mögliche Arten böser Taten; aber die schlimmste von allen, jene, in welcher ich mich am meisten auszeichnete, war, junge Mädchen mit täuschenden Vorspiegelungen zu verführen und sie dann im Elend zu verlassen.

- Obgleich es unpassend ist, wenn ich es sage, meine hübsche Erscheinung diente mir da auf die nützlichste Weise; ich konnte hübsche Frauen verführen, sie betrügen und zugrunde richten, ohne auch nur das geringste Mitleid zu fühlen.

- Ich hatte vom Teufel physische Vorzüge, sanfte und betrügerische Formen, die leicht Liebe einflößen konnten. So begabt, wurde ich von Tag zu Tag ein gefährlicherer Feind des weiblichen Geschlechts, ich schonte weder Mädchen noch Frauen und fand Vergnügen an der Schlechtigkeit an sich, sodass es mir ganz gleichgültig war, ob meine Opfer hässlich, groß oder klein waren.

- Pardon, Nelet, sagte Don Beltran, der seinen Wunsch, den Erzähler zu unterbrechen, nicht länger zurückhalten konnte; Pardon, aber der Typus des Don Juan, der seit dem Beginn der Welt existiert, den man in allen Epochen sah, findet heute in einer Gesellschaft, die wie die unsere organisiert ist, nur wenig Terrain für seinen Wagemut. Das sage ich Ihnen, der ich viel gesehen habe. Ich erlaube mir, eine einfache Frage an Sie zu richten: Wie konnten Sie so lange Ihre Verführungskünste treiben, ohne in die Hände der Gerechtigkeit zu fallen, die Sie ins Gefängnis gesteckt hätte, oder in die Hände eines Vaters, der Sie erschlagen, oder in die Hände eines Gatten, die Sie erwürgt hätten?

- Aber, das ist mir ja passiert, und ich habe meine Züchtigung davongetragen. Ein Gatte aus Tortosa überraschte mich, er spaltete mir den Kopf mit einem Eisenhacken, dann schleifte er mich bis zu einem Berieselungskanal, in welchen er mich hineinwarf, und wo ich rettungslos ertrunken wäre, würde darin mehr Wasser gewesen sein.

- Und das war das Ende. Gestehen Sie nur lieber Nelet, dass es schon an der Zeit war ...

- Gewiss war es an der Zeit! Ich hatte es nur zu sehr verdient. Wenig hat gefehlt, und ich könnte es jetzt nicht erzählen. Ein Sakristan aus einer benachbarten Kapelle hat mich aufgelesen und seiner Mildtätigkeit und der Fürsorge seiner Frau verdanke ich mein Leben. Sie versteckten mich ich weiß gar nicht wie lange Zeit in einer Kirchengruft, in welcher sich eine Menge alter Statuen befanden. Eine dieser Statuen, die gewiss jene des heiligen Anton von Padua war, erhob sich einmal nachts, näherte sich mir und sprach:

- Nelet!

Ich sah sie und verstand das Wort, wie ich Sie sehe und verstehe, Don Beltran. Er sagte mir, dass Gott gegen mich meiner großen Sünden wegen Zorn hege, und dass er, um mich dafür zu strafen, dass ich durch heuchlerische Vorspiegelung lügnerischer Neigungen so viele arme Geschöpfe ins Unglück stürzte, mir eine echte und heftige Liebe zu einer Person, die mich niemals lieben werde, ins Herz legen wird, und dass diese niemals befriedigte Leidenschaft, dieses niemals gelöschte Feuer mir alle Qualen verursachen werden, welche die Frauen, die ich betrog, meinetwegen ertragen mussten.

– Sie träumten. Aber dieser Traum enthielt eine Lehre von seltener Gerechtigkeit und Vergeltung.

– Traum oder Wirklichkeit, es war ein Fingerzeig des Himmels, wie mir ein Mönch, dem ich am nächsten Tage beichtete, erklärte. Denn ich bereute: Ich sah mein Gewissen in seiner ganzen Schwärze, und ich wollte es reinigen. Einige Monate später war es derselbe Mönch, der das Kloster verlassen hatte, und mein geistiges und körperliches Wohl wünschte, der mir den Rat gab, in die carlistische Armee einzutreten und für die heiligen Rechte des Thrones und des Altars zu kämpfen. Das tat ich am Ende des Jahres 1835 ... Ich stellte mich Cabrera vor, der mich freundlich empfing. Dank meiner Tapferkeit im Kampfe und meiner Ordnungsliebe im Dienste avancierte ich sehr rasch. Ich war schon Sousleutenant und befand mich in Balderobles, als die liberalen Ungeheuer die Mutter Cabrera's töteten. Wir hatten vier Damen unter unseren Gefangenen. Don Ramon behandelte sie mit viel Rücksicht, er lud sie an seinen Tisch und einer von ihnen machte er sogar den Hof. Ja, es verlautete sogar, er würde sie bald heiraten. Als er aber den Tod seiner Mutter vernahm, da schwur er, es müsse so viel unschuldiges Blut fließen, um alle Täler zu überfluten, alle großen und kleinen Flüsse rot zu färben. Ich hatte die böse Aufgabe, diese vier Frauen zu füsilieren. Die Eine gefiel mir, und unter der Form eines Scherzes richtete ich einige galante Worte an sie, wie ich es früher gewohnt war. Nachdem sie gebeichtet hatten, fielen sie auf die Knie und baten mich schluchzend, sie nicht zu töten. Aber was tun? Die Disziplin war stärker als mein Gewissen. Sie starben. Ich aber verfiel in Fieberzuckungen, der Teufel schleppte mich an den Haaren auf einen Berg hinauf ...

Don Beltran hatte der Erzählung Nelet's bis hierher zugehört, ohne ihn zu unterbrechen; er halte leicht verstanden, dass sein Freund, sei es infolge von Wunden oder der großen Strapazen, häufig Fieberanfällen ausgesetzt war, und dass er für Wirklichkeit nahm, was das Delirium ihm suggerierte. Er nahm sich vor, sobald Nelet zu Ende war, ihm die gesunde Auslegung der Dinge beizubringen, doch als er gar den Teufel in Person in der Erzählung seines Freundes erscheinen sah, konnte er sich nicht enthalten, auszurufen:

- Halt, lieber Freund, das ist unmöglich.

- Weil Sie daran nicht glauben. Ich aber glaube und halte aufrecht, was ich sagte. So gewiss, wie wir hier sind, sah ich mich auf der Höhe eines Gebirges von Teufeln umringt, welche die Schatten der Frauen, die ich ins Unglück gestürzt, an mir vorüberziehen ließen, und als mich der erste Teufel zurückbrachte, rief ich den Mönch, der mich tröstete und Gebete lehrte, welche den bösen Feind in die Flucht jagten.

- Und Sie glauben das alles, armer Nelet?

- Ob ich es glaube, schrie der Chef der Insurgenten mit einer so tiefen Überzeugung, dass Don Beltran es für den Moment unnütz fand, ihn bekehren zu wollen; ja, ich glaube es, und wollte Gott, dass ich meiner Seligkeit ebenso gewiss wäre.

- Fahren Sie fort und trachten Sie zur Hauptsache zu gelangen. Wer ist sie?

- Ich bin schon daran. Ich wurde hergestellt und im August kämpfte ich in Calaceite gegen Nogueras. Ich weiß nicht, wie es kam, aber mitten in der Nacht befand ich mich vor einer Höhle, wo ich eine wundervolle Musik hörte, die mit nichts in der Welt zu vergleichen ist. Ein sanftes Blau drang aus der Grotte und inmitten dieses Lichtes sah ich eine Frau! ... Ich kann Ihnen weder von dem Effekt dieses Lichtes, noch von der Schönheit dieser Frau eine Idee geben. Ich weiß nicht, was von den Beiden mich mehr blendete.

- War sie blond?

- Nein, braun, schwarze Augen, bis auf die Schultern herabwallende kurze Haare, von einer unendlichen Anmut, den Blick gegen den Himmel gerichtet wie eine Heilige, die betet. Die Füße nackt, den Körper in ein Büßergewand gehüllt ... Von grünlicher Farbe und mit einem Strick umgürtet! Marcela!

- Ich dachte mir wohl, sagte sich Don Beltran, dass alle diese teuflischen Kräfte hierherführen werden.

Dann nahm er das Gespräch wieder auf:

- Marcela! Sehr gut! Hat sie Sie angesprochen? Was sagte sie Ihnen?

- Nein, wir sprachen nicht miteinander. Ich blieb wie in Ekstase und fühlte kaum das Blut in meinen Adern, willenlos hatte ich nur das Gefühl, dass all mein Leben nach dem Herzen dränge, in welches eine wilde, verzehrende Liebe einzog, die daraus niemals weichen wird.

- Aber hier ergibt sich eine ernste Einwendung. Denken Sie doch an das Datum, Nelet, ehe Sie sich durch Ihre Legenden fortreißen lassen. Sie sagten, diese wunderbare Erscheinung wäre im August erfolgt; aber nach meiner Rechnung hatte Marcela Sijena im August noch nicht verlassen, und so konnte sie Ihnen auch nicht im Bußgewande erschienen sein.

- Aber das ist ja eben das Wunderbare, Übernatürliche ... was die Ungläubigen verwirrt. Ich sah Marcela, ehe sie noch das Leben und das Kleid einer Büßerin annahm. Und gerade dieses Vorauseilen der Dinge gibt mir den Beweis der göttlichen Intervention, der furchtbaren Züchtigung, die mir auferlegt wird, und die mich zu einem unheilbaren Durst, zu einer ewig ungeteilten Neigung verdammt.

- Gut, also resümieren wir. Und wo sahen Sie Marcela, in Wirklichkeit; in ihrer eigenen Wirklichkeit?

- In Ginebrosa, und ich war gar nicht überrascht, als ich sie sah, denn ich kannte sie ja schon durch die Erscheinung, von der ich Ihnen erzählte.

- Sprachen Sie mit ihr?

- Ich sprach ihr von Liebe und sie antwortete mir mit Verachtung, indem sie sich entfernte. Zum zweiten Male begegnete ich ihr in dem Orte Unsere Frau von Pajo. Ich sprach sie mit liebenswürdiger und diskreter Galanterie an, die vom Herzen kam, und sie teilte mir mit, dass sie für mich nur Verachtung und Ekel empfindet. Damals befehligte ich eine Bande, und die Verzweiflung gab mir den Gedanken ein, sie erschießen zu lassen, damit mit ihrem Leben auch meine Qualen enden. Allein es gebrach mir an Mut. Ich ließ sie mit den Worten frei: »Gehe, Tochter der Hölle, wohin Du willst, aber komme mir nicht mehr in den Weg, denn, wenn ich Dir nochmals begegne, werde ich Dich ohne Aufschub füsilieren lassen.«

- Es schien mir, dass, wenn ich sie opferte, ich mich auch von meinen Qualen befreien würde, und dass ich dann fortfahren könnte, sie zu lieben, bis auch mich mein Ende ereilt. Ich hätte es nicht als Grausamkeit empfunden, sie töten zu lassen, ich erblickte darin nur eine Art, ihr meine Liebe zu zeigen.

- Und die dritte Begegnung?

- Sie waren ihr Zeuge.

- Ah, in dem verdammten Cordonera; ich zittere noch immer, wenn ich daran denke. Ich weiß, was sich dann noch ereignete, und die letzte Nachricht, die mir zukam, besagt, Cabrera hätte Marcela in ein Nonnenkloster sperren lassen, da er die wandernden Nonnen nicht leiden mag.

- Das ist wahr, und das Kloster, in welchem sie sich befindet, ist dieses hier.

- Dieses! Ah! Ah! Mein kostbarer Schelm! Sagte Don Beltran, indem er sich erhob und einige Schritte nach dem Chor machte.

- Geben Sie Acht, Herr, es schickt sich nicht, dass wir uns hier die Aufmerksamkeit zuziehen.

- Ah jetzt hab' ich's. Jetzt weiß ich, mein lieber Ritter Nelet, wohin Ihre Beziehungen zu den Dämonen abzielen, sagte der Alte leise, indem er seinen Platz wieder einnahm.

- Sie sind daran, irgendein großes Abenteuer à la Don Juan vorzubereiten: Klosterschändung, Entführung einer dem Herrn geweihten Jungfrau. Aber verstehen wir uns recht: Haben Sie die Absicht, sie zum eigenen Vergnügen zu entführen, aus Eitelkeit eine Nonne zu entführen, oder weil sie es war, die Sie fragte: »Nelet, um wie viel Uhr erfolgt die Entführung?

- Sie fragte mich das nicht, allein ich weiß, wie sehr sie die Freiheit liebt. Ich konnte mich versichern, wie schwer es ihr fällt, wieder und zu schwereren Bedingungen als in Sijena eingeschlossen zu sein. Ich vermute, sie ist in einer Verfassung, wo sie mir Dank wissen wird, wenn ich den Versuch wage, sie zu befreien. Vor einigen Tagen sandte ich einen der geschicktesten Agenten nach Nules, dem es gelang, sich mit ihr in Verbindung zu setzen, und der ihr sagte, ich sei bereit, mich auf dem Weg zu machen, um die Pforten ihres Gefängnisses zu öffnen. Sie erwiderte, dass dies keine Sünde sei, sondern den Verfügungen des Tridentiner Konzils vollauf entspreche. Der Kaplan des dritten Regiments, der sehr gelehrt ist, lieh mir einige Werke über die Gründung und die Geschichte des Klosters von Sijena, deren Lektüre mein Gewissen beruhigte, und so traf ich alle Maßnahmen.

- Das ist alles, sagte Don Beltran belustigt, sehr reizend, poetisch und dramatisch. Das sind Liebesabenteuer, welche die Seele nähren; das sind Emotionen, welche es bewirken, dass die Welt mehr ist als ein Bagno, aber sagen Sie mir ...

– Für den Augenblick, mein illustrer Freund, kann ich Ihnen nicht mehr sagen, denn wir müssen uns trennen. In dieser Stunde erwartet mich die Schließerin, die mir wörtlich oder schriftlich mitteilen wird, ob die heutige Nacht unserem Unternehmen günstig ist, oder ob wir bis morgen warten müssen. Warten Sie hier, Sie werden nur so lange allein bleiben, bis ich die Informationen erhalten habe.

Während er allein war, dachte Urdaneta an das sonderbare Abenteuer, in welches er sich hineingemengt sah und das die These des Leutnants Estercuel ganz eigenartig bestätigte. Der Krieg, das Land, die Rasse, alles erinnerte an das Mittelalter. Das Leben nahm poetische Formen, lachende Farben an, die sich dem düsteren Rot des maßlos vergossenen Blutes mischten. Überdies schien das Land die natürliche Bühne dieses überquellenden Lebens zu sein. Die dünne Schicht moderner Zivilisation vermischte sich wie eine schlecht applizierte Farbenlage, und sie ließ die feudalen Kämpfe, den mystischen Eifer, den Aberglauben, schreckliche Grausamkeiten, die hervorragendsten Tugenden, den Heroismus, die Poesie und die Intervention von Engeln und Teufeln erscheinen, die nach Herzenslust durch diese seltsame Welt promenierten.

Nelet kam freudestrahlend zurück, und seinen Freund am Arm fassend, führte er ihn hinaus, während ein Chorknabe sich anschickte, die Pforte der Kirche zu schließen.

– Also heute Nacht? Fragte der Greis.

– Ich habe ihren Brief noch nicht gelesen, erwiderte Nelet, vor Freude und Befriedigung zitternd.

– Ah, sie schrieb Ihnen?

– Mehr noch, sie schickt mir Verse! Gehen wir rasch, denn nach dem Lärm, den ich höre, und nach der Menge, die hierher eilt, zu urteilen, scheint der Stierkampf schon zu Ende sein. Wir sprechen noch am Abend, wenn ich den Brief gelesen habe. Denn das Wichtigste ist noch zurück ... Ich habe Ihnen mein Unglück und meine Wünsche nicht bloß darum erzählt, um sprechen zu können. Ich erblickte in Don Beltran de Urdaneta, in dem vornehmen Edelmann, der in Frauendingen viel gesehen und viel erfahren, den einzigen Mann der Welt, in den ich Vertrauen setzen konnte, den Einzigen, der mich zu meinem Ziele führen kann, das ich wie mein Heil ersehne. Nämlich, dass Marcela mich liebe, und dass ich, über ihre Verachtung triumphierend, die Prophezeiung des heiligen Anton von Padua zunichtemachen können.

– Es wird mir ein großes Vergnügen sein, antwortete der Edelmann, indem er stehen blieb, um besser verstanden zu werden, Ihnen in dieser ernsten Sache raten zu können. Das Frauenherz hat für mich keine Geheimnisse. Es ist eine schmerzliche Wissenschaft, lieber Freund, deren Doktorat man nur um den Preis von Leiden und Bitterkeiten erringt. Sie werden in mir einen uneigennützigen Berater haben. Aber lassen wir alle teuflischen Beziehungen aus dem Spiel. Im Laufe meines langen Lebens habe ich diese Herren nie gesehen, noch ihre Wirkung verspürt. Lassen wir die göttlichen Mächte aus dem Spiel. Ich werde Ihnen darlegen, was mir am geeignetsten dünkt, um Ihnen das Herz und das Wohlwollen dieses Fräuleins zu erringen. Und da haben Sie kein kleines Tierchen zu zähmen! Heilig und wild! Philosophisch und männlich! Aber schließlich werden wir ja sehen! ...

Sie erreichten die Mitte der großen Straße, wo es ihnen unmöglich war, über ihre Angelegenheiten zu sprechen, denn Nelet sah sich bald von Freunden und Kameraden umgeben. Alle, und Don Beltran als Erster, dachten daran, sich ein Mittagessen zu verschaffen, was inmitten dieser carlistischen Bevölkerung gar nicht schwierig war. Das Erdgeschoss des Rathauses ward zu einem Speisesaal umgestaltet, wo sich die Offiziere, Kapläne und die Notabeln der Stadt versammelten, während im ersten Stockwerk dem General und seinem Stab königliche Ehren erwiesen wurden. Die Begleiter Nelet's installierten sich in einem kleinen Saale am Fuße der Treppe, wo man ihnen ein prächtiges Diner servierte, und obwohl sie eng aneinander rücken mussten, sorgten sie dafür, dass auch der edle Gefangene einen Platz erhielt. Dieser hatte kaum den ersten Löffel Suppe verzehrt, als ein Adjutant des Generals mit dem Befehle kam:

– Der Herr von Urdaneta möchte gütigst hinaufkommen, der General bittet ihn zum Diner.

– Mich? Aber sind Sie dessen gewiss?

– Bitte, beeilen Sie sich, man wartet Ihretwegen!

Der Eintritt Don Beltran's in den Festsaal, wo alle Gäste ihre Plätze bereits eingenommen hatten, die anmutige und höfliche Art, wie er sich dem General näherte, ihn begrüßte und für die ihm erwiesene Ehre dankte, machte auf alle Anwesenden einen ausgezeichneten Eindruck; jeder erkannte in seinem Benehmen, in seiner Sprache den Aristokraten von Geburt, der in der Kunst des sozialen Verkehrs den Meisterrang behauptete. Mit seltenen Ausnahmen waren die Carlistenchefs, die an der Tafel des Generals saßen, arme Teufel, die durch ihre militärischen Qualitäten weit über ihre Erziehung erhoben wurden.

Schlecht gekleidet und zerlumpt, ragte Don Beltran doch weit über seine Umgebung hinaus, und die Art, wie man ihn betrachtete, bewies, dass die Anwesenden ihrer eigenen Inferiorität bewusst waren. Einer der Notabeln von Rules, der weniger informiert war als die Übrigen, erlaubte sich zu dem alten Aristokraten zu sagen:

- Nun, alter Vater, Sie müssen hübsch stolz sein; eine gleiche Ehre wie die heutige, ist Ihnen wohl in Ihrem ganzen Leben nicht widerfahren! Mit unserem berühmten General speisen!

- Das ist eine sehr große Ehre, und ich bin sehr dankbar dafür; aber es ist mir nichts Neues. Ich habe mit Napoleon gespeist.

Die Tatsache, dass der Marquis mit diesem berühmten Manne gespeist, rief erst eine Art von Verblüffung hervor, die sich bald zur Bewunderung steigerte. Ein Murmeln wurde von einem Ende der Tafel bis zum anderen hörbar. Cabrera, der nicht so leicht in Verlegenheit kam, befahl dem Adjutanten zu seiner Linken, den Platz dem aragonesischen Edelmann zu überlassen, und sagte dann:

- Mit Napoleon! Sie waren also sein Freund? Setzen Sie sich hierher und erzählen Sie.

Don Beltran nahm zur Linken des Generals Platz, und dem Wunsche des Letzteren entsprechend fuhr er fort:

- Ich hätte nicht Napoleon sagen sollen, sondern Bonaparte, denn es war vor dem italienischen Feldzug. Er war damals nicht älter als Sie jetzt sind, er war mager und hatte lange Haare.

- Ja, ja, sagte Cabrera mit einer Art kindischer Freude, ich besitze sein Porträt in einer illustrierten Biografie, die ich hundertmal gelesen habe. Denn niemals gab es auf der Welt einen Menschen, den ich mehr bewundern könnte.

Don Beltran erzählte Szenen und Einzelheiten, die sich auf die Jahre 1795, 1796 und IV, V der Republik bezogen, und er fügte eine Menge witziger Anekdoten hinzu, die noch lehrreicher als die Geschichte waren. Cabrera hörte ihm mit solchem Vergnügen zu, dass er an das Speisen vergaß, um nur ja nicht einen Gedanken, ein Wort der Schilderung zu verlieren. Und nach jeder Anekdote sagte sich der Greis, der sich so gefeiert sah und dabei ruhig aß: Alle diese Höflichkeit verwundert mich nicht, denn von einem Menschen wie dieser ist kaum Mitleid zu erwarten. Wenn der Zorn ihm in den Nüstern steckt, hat der Leopard keine Freunde mehr, da denkt er weder an frühere Aufmerksamkeiten noch an Zärtlichkeiten. Ich kann nicht vergessen, was Nelet mir sagte. Er ließ die vier Damen, die er gefangen hielt, an seiner Tafel sitzen und er überhäufte sie mit Aufmerksamkeiten. Der Einen gestattete er auszureiten und er ließ selbst eine Stute für ihren Gebrauch dressieren. Der Anderen machte er mit einer Beständigkeit den Hof, dass man schon von seiner Hochzeit sprach. Und alles das verhinderte ihn nicht, sie alle Vier erschießen zu lassen, als er den Tod seiner Mutter erfuhr. Und man kann nicht einmal von einer Übereilung sprechen, denn die Ermordung seiner Mutter erfuhr er am 20. und die Hinrichtung fand, wenn ich nicht irre, am 27. statt. Nein, mein Leopard, ich vertraue Deinen Komplimenten nicht, und obgleich Du mir eine sanfte Pfote mit eingezogenen Klauen auf die Schultern legst, ich weiß, dass sie scharf sind, und dass sie eines schönen Tages, da der arme Beltran ganz ahnungslos ist ... Bum!! Auf die andere Welt!

- Warum seufzen Sie? Fragte Cabrera. Sind Sie mit der Art, wie wir Sie behandeln, unzufrieden?

- O, mein General. Ich bin zufrieden und Ihnen sehr dankbar. Ich begegne in Ihrer Armee Sympathien, und ich kann hier sehr angenehme Freundschaften knüpfen. Aber Sie wissen, es ist schwer, sich über den Verlust der Freiheit zu trösten.

- Es ist sehr zu bedauern, sagte Cabrera gegen Ende des Diners, dass die Kriegsgesetze, denen ich mich nicht entziehen kann - ich kann es wirklich nicht - mich zwingen, Sie in guter Hut in meiner Armee zu halten, damit Ihr Leben mir Sicherheit biete für das eines Aristokraten, den Iriarte in seiner Gewalt hat. Aber Sie können mich von dieser Unannehmlichkeit befreien und gleichzeitig auch aus dieser peinlichen Lage geraten, ja, denn ich anerkenne, dass es peinlich sei, in dem Gedanken zu leben, dass man von einem Augenblick zum anderen füsilieren werde. Ich wiederhole es, Sie könnten ...

- Ah, Du kommst schon, dachte der Greis, ehe er den General nach dem Heilmittel fragte, das ihn aus seiner Besorgnis befreien konnte.

- Aber warum sollte Don Beltran de Urdaneta, der zum vornehmsten Adel Aragoniens zählt, nicht einwilligen, den einzig legitimen König Spaniens anzuerkennen? Unterfertigen Sie eine Erklärung in diesem Sinne, und ich werde sie sofort meinem König mitteilen.

- Herr General, antwortete der alte Edelmann, nachdem er sich geräuspert hatte, um seine Stimme zu reinigen, ich schätze Ihre vortreffliche Absicht, mit welcher Sie mich bestimmen wollten, die Rechte des Infanten anzuerkennen, ihrem vollen Wert nach, und ich wage zu hoffen, dass auch Sie die Loyalität würdigen werden, die mich zwingt, jedes

Kompromiss mit der carlistischen Sache abzulehnen. Nach gewissenhafter und tief gehender Prüfung der Frage glaube ich, dass das Erbfolgerecht der Tochter Ferdinands VII. zusteht, und da ich feierlich als Grand des Königreiches dieser Auffassung beigetreten bin, wäre es nicht ehrenhaft, wollte ich heute eine gleiche Erklärung zugunsten des erhabenen Prinzen abgeben, den ich als den Onkel meiner Königin verehre. Ein illustrer Soldat wie Sie wird es leicht begreifen, dass in der Klasse und in der Familie, welcher ich angehöre, die Religion der Ehre und der Tradition nicht geringere Verpflichtungen auferlegt, als jene der anderen Religion mit ihren geheiligten Dogmen. Nicht um alle Güter der Erde, nicht um mein Leben zu retten, welches der Güter Höchstes ist, würde ich durch solchen Verrat den Namen beschmutzen, welchen ich trage. Und das sage ich mit aller Mäßigung, deren ich fähig bin, mit allem Respekt, den ich Ihnen zolle, und ich füge hinzu, dass obgleich ich Anhänger Isabellas bin, obgleich ich überzeugt bin von der Gesetzlichkeit ihrer Rechte, habe ich an dem gegenwärtigen Handel weder mit Waffen noch mit Taten teilgenommen. Ich bin ein friedlicher Mann und unterwerfe mich den Landesgesetzen, woher sie auch stammen mögen. Ich war niemals Soldat und habe mich niemals um Politik geschert. Ich anerkenne die Überzeugung und die Loyalität, mit welcher Sie das Banner des Infanten tragen; aber ich werde ihm niemals folgen.

Der Champion des Absolutismus hörte mit Aufmerksamkeit und nicht ohne Vergnügen dieser in etwas pathetischem Tone vorgetragenen Erklärung zu, und er würdigte die Motive, welche Don Beltran anführte.

- Das genügt, sprechen wir nicht mehr darüber. Ich bedaure es um Ihretwillen und auch um unserer Sache willen, denn man sage, was man wolle, sie wird von dem Hochadel nicht sonderlich unterstützt. Sie werden aber schon kommen, o, sie werden alle kommen! Die Herren Granden! Aber sie werden zu spät kommen, denn wir werden ihnen den letzten Rang geben, denn wir ... will heißen, unser König wird bis dahin eine neue Aristokratie geschaffen haben, die er aus den Reihen seiner loyalen Diener wählen wird. Was tat Napoleon, als er sich ohne Erbaristokratie sah? Nun: Er fabrizierte eine. Seine Generale wurden Herzoge, Prinzen und selbst Könige. Wir sind in der Lage, eine Gesellschaft, ein neues Volk, eine brillante Armee und eine Aristokratie zu schaffen. Und Ihr Anhänger Isabellas, Ihr werdet Ziegen hüten oder die Scholle bebauen. Ja, mein Herr, wenn es von mir abhinge, dann würde es so werden. Allen Marquisen und allen Erzaristokraten, die Karl V. nicht anerkennen wollten, möchte ich die Haue in die Hand geben und sie die kommunalen Äcker bebauen lassen.

Damit ward die Diskussion und auch das Mahl beendet. Don Beltran zog sich zurück, in dem er den »Leopard« trotzdem seiner Wertschätzung und seiner Dankbarkeit versicherte, und er suchte Santapan auf, der ihn bereits ungeduldig erwartete. Nelet gestattete Beltran nicht, über seine persönlichen Angelegenheiten zu sprechen, sondern er zog ihn weg von dem Lärm, welchen einige Spieler verursachten, in einen Winkel, wo er ihn von seiner Liebesangelegenheit unterhielt.

- Es kann erst morgen Nacht sein, bemerkte der Offizier. Es ist eine Schwierigkeit eingetreten, die ich noch heute aus dem Weg räumen will. Man sagt, der General beabsichtige, morgen nach Livia aufzubrechen. Ich kenne seine Pläne nicht. Llangostera bleibt hier, um dann nach San Mateo zu gehen, und ich bat, dass man mich seiner Division zuteilen möge, da ich mich nach meiner Heimat sehne, um mich dort mit Kleidern zu versehen und auf meinen Besitz einen Blick zu werfen.

- Und in diesem Falle müssten wir uns leider trennen ...

- Ich glaube nicht. Ich sprach mit Llangostera, der mein Freund und Landsmann ist, und ich glaube, ich werde bei ihm durchsetzen können, dass Sie mit uns bleiben. Für den General werden mir schon eine Ursache finden. Llangostera hat die Pflicht, Sie zu füsilieren, wenn der Feind den Bruder des Grafen Cati töten sollte, denn diese Persönlichkeit gehörte zu seiner Division, als man sie gefangen nahm. Die Sache gebührt ihm ...

- Gewiss. Ich hätte gar nicht geglaubt, dass die Carlisten so sehr auf Etikette halten!

- Natürlich, und man beobachtet sie mit aller Strenge. Kurz und gut, Sie werden bei uns bleiben.

- Ich bin sehr froh, und was die Füsillade betrifft, ist es wirklich gleichgültig, ob nun Peter oder Paul es ist, der mich hinüberschickt. Es würde mich aber freuen, wenn Sie Feuer kommandieren würden, denn ich zweifle nicht, dass Sie den Befehl geben werden, nach meinem Herzen zu zielen, damit mein Tod sofort eintrete und ich es nicht notwendig habe mich wie ein halberwürgter Ochse zu quälen ... Nun können mir über unsere Ungelegenheit weitersprechen.

- Sagen Sie mir aufrichtig, wie Ihre weltlichen Erfahrungen es Ihnen eingeben, ob ich, wenn ich Marcela einmal in Freiheit gesetzt habe, sie verfolgen und brüsk entführen soll, oder glauben Sie, dass ein langsamer Eroberungsfeldzug besser wäre?

- Ja, mein Lieber. Der brüske Angriff ist nicht ratsam, wenn die Festung nicht vorher belagert war und nicht den Wunsch gezeigt hat, sich zu ergeben. Im Gegenteil, geschickter ist, eine Art von Verachtung zu zeigen oder die Absicht, an eine galante Belagerung schreiten zu wollen; sie mit Aufmerksamkeiten zu überhäufen, ohne eine allzu lebhafte verliebte Ängstlichkeit zu verraten. Verstehen Sie mich recht: eine Frau, die für Ideale lebt, muh durch Ideale bezwungen werden.

- O, wie genial Sie sind! Sagte Nelet, ihn voll Freude umarmend. Wie Sie das menschliche Herz kennen! Es ist ein großes Glück für mich, einen solchen Freund gefunden zu haben.

- Und auch für mich. Wenn Du es haben willst, dass ich mit der Ungeniertheit spreche, welche die Beziehungen zwischen Schüler und Lehrer erleichtert, erlaube mir, Dich zu duzen. Also: Da sie zum Spiritualismus neigt, musst Du die mystische Phraseologie der Andachtsbücher studieren. Keine Heftigkeit, nur Vergleiche und Parabeln. Wenn ich recht verstanden habe, was Du mir sagtest, handelt es sich heute nicht um eine gewöhnliche Verführung, sondern um die Eroberung der Seele, um Liebe.

- Ja, Liebe, eine große, eine verzehrende Liebe wie die meinige, erwiderte Nelet mit theatralischem Pathos.

Von Mitgefühl und einem väterlichen Interesse bewegt, aber auch von dem Wunsche geleitet, Marcela die brutalen Angriffe des exaltierten Verliebten zu ersparen, wollte Urdaneta seinen Freund auf den weniger rohen und weniger gefährlichen Weg lenken. Er sagte ihm, dass er in seinen zahlreichen Erinnerungen und liebes Affairen, die sein Gedächtnis bevölkerten, nach jenen suchen wolle, welche am reinsten und ehrenhaftesten erstrahlen. Weit entfernt davon, die reizende Marcela jäh zu überraschen, müsste er im Gegenteil vorgehen wie ein Mann, der von der reinsten Liebe durchdrungen ist. Es wäre gut, mit der Strategie der Verachtung zu beginnen, mit simulierter Kälte oder Gleichgültigkeit, die häufig mehr Erfolg haben als das Übermaß an Leidenschaft; dann müsste er mit ihr in der Ergebenheit für diesen oder jenen Heiligen, für dieses oder jenes Mysterium wetteifern. Und würde das nicht zum Ziele führen, dann müsste eine zarte und respektvolle Galanterie, die bereit ist, sich der geliebten Person zu opfern, Herkulesarbeiten zu vollführen für einen sanften Blick, für eine leichte Zärtlichkeit, für die geringste Gunst zur Anwendung kommen. Es wäre auch nicht schlecht, sich als hoffnungsloser Ritter zu zeigen, ohne jede Ambition der Sinne, dessen Beständigkeit die Prüfungen der Verachtung besteht, der von einer reinen

Bewunderung erfüllt ist, in welcher die Seele wie jene Stoffe, die dem Feuer widerstehen, niemals sich verzehrt.

Nach dieser ersten Einleitung musste die Nonne von ihrem zügellosen Mystizismus geheilt, aus dem endlosen Traum einer unmöglichen Vollkommenheit ins wirkliche Leben geführt werden, damit er ihr eine von Gott gesegnete Heirat vorschlagen könne, die ehrenhafte Vereinigung zweier Körper und zweier Seelen fürs ganze Leben. Was sowohl mit den Klosterregeln von Sijena als auch mit dem Dispens, der im gegebenen Falle leicht zu erhalten wäre, vereinbar ist.

– Das, mein lieber Nelet, ist der Weg, dessen Befolgung Dir ein Mann raten kann, der reich ist an Jahren und Erfahrungen. Ich glaube, wenn Du ihn entschlossen betrittst, wird Gott Dir helfen und Dich von der Züchtigung befreien, welche Du durch Deine Sünden und Dein wüstes Leben verdient hast. Ja, mein liebes Kind, da Du Marcela liebst, und da sie durch unwiderrufliche Gelübde nicht gebunden ist, da Du alle kirchlichen Ermächtigungen leicht erhalten kannst, liebe sie, mache sie zu der Deinigen, aber auf ehrenhafte Weise. Gründe mit ihr eine Familie: Erziehe Deine Kinder in der Liebe zur Tugend und in Gottesfurcht.

Diese beredte Ermahnung erweckte in dem jungen Mann einen solchen Enthusiasmus, dass ihm die Tränen in die Augen schossen, dass er heftige Anstrengungen machen musste, um seine Bewegung zu verbergen und sie vor der Menge, die den Saal erfüllte, nicht lärmend ausbrechen zu lassen.

– Mein Gott! Rief Nelet nach einer Weile aus; sie heiraten! Marcela, mein Weib! Und uns eine friedliche, arbeitsame und angenehme Existenz schaffen! Und Kinder haben! Viele Kinder! Wissen Sie, Don Beltran, ich bin nicht ohne Vermögen. Ich besitze noch den größeren Teil meines Erbes und unter Anderem ein Gut bei Cambrils, das ein wahres Wunder ist.

– Du bist reich und sie ist noch reicher, die Heirat ist angemessen, sagte Beltran mit einem Ernst, welcher auf Nelet den Eindruck einer Entscheidung des Tridentiner Konzils machte. Du musst wissen, dass Juan Luco, der Vater dieses außergewöhnlichen Weibes, große Kapitalien besaß, die, wie ich weiß, an verschiedenen Orten in die Erde vergraben wurden.

– Ich hörte davon sprechen, aber ich glaubte nicht daran.

– Du Tor! Wie! Du glaubst an Dämonen und zweifelst an den natürlichsten und gewöhnlichsten Dingen! Im Einverständnisse mit ihrem Bruder, der auch den Wunsch hegt, sich kanonisieren zu lassen, beschloss Marcela, dieses ganze Baarvermögen einer religiösen Gründung zu widmen. Welche Dummheit! Als hätten wir nicht genug Klöster in Spanien, mehr als zu viel! Und noch dazu: Welchen Augenblick wählte sie, um Behausungen für Mönche und Nonnen erbauen zu lassen? Gerade den Augenblick, da Mendizabel mit einem Federzug alle Mönchsorden aus der Welt schaffte. Aber wir müssen vernünftig sein, und um unsere kleine Nonne nicht zu ärgern, werden wir ihr erlauben, einen Teil ihres Schatzes ihrem heiligen Ziele zu widmen, der andere Teil aber muss bewahrt werden, um Ehrenschulden zu tilgen, welche Juan Luco hinterließ. Wie denkst Du darüber?

– Um aufrichtig zu sein, Don Beltran, ich liebe Marcela so sehr, dass sie meine Seele und mein ganzes Wesen beherrscht, und meine Leidenschaft wird durch keinerlei egoistisches Interesse verwirrt. Mir ist es lieber, wenn sie arm, ohne anderen Besitz als ihr Bußgewand zu mir kommt, das die Schönheit ihres Körpers verhüllt und das ich glücklich wäre, durch die reichsten Seidenstoffe zu ersetzen.

– Lieber Freund, Reichtum schändet nicht. Es ist nicht Dein Fehler, wenn Deine Heilige zu gleicher Zeit eine reiche Erbin ist. Die beste Art, wie Du Deinen Takt beweisen kannst, ist, ihr die Gründung eines kleinen Klosters zu erlauben nicht zu groß – und dann einen guten Teil ihrer klingenden Baarschaft der Tilgung einer Ehrenschuld ihres Vaters zu widmen, einige Rückerstattungen vorzunehmen, die geheiligt sind, sehr geheiligt.

– Ich bin mit Ihnen vollkommen einverstanden, denn alles, was Sie sagen, ist von der Vernunft und einer vollkommenen Kenntnis des menschlichen Lebens diktiert. Ich war sehr glücklich, als ich einen Freund und Berater wie Sie fand.

– Du hast Dir eine gute Stütze verschafft, mein Sohn. Du musst wissen, dass in dieser Angelegenheit Dir niemand so von Nutzen sein kann als ich. Und wenn Du es nicht unschicklich findest, werde ich mich zur Ruhe begeben. Ich bin sehr müde und der Schlaf überwältigt mich. Kann mir jemand hier eine Ruhestätte anweisen, wo ich die Nacht verbringen kann?

Nelet, der voll Aufmerksamkeit war, führte Beltran in das Zimmer, das für ihn selbst vorbereitet worden war, und er beschloss, die Nacht wach zuzubringen, um sich seinen verliebten Träumen hinzugeben. Im fahlen Sternenlicht durchlief er die vereinsamten Straßen und seufzte vor den Mauern des Klosters, in welchem die schöne Theologin gefangen war.

Cabrera marschierte am nächsten Tage gegen Jocar ab und in der folgenden Nacht konnte die Entführung Marcelas ohne Aufsehen vollzogen werden. Beltran bedauerte tief, dass er nicht Zeuge sein konnte eines Vorfalles, der ihm recht interessant und theatralisch dünkte. Aber am Morgen, als Marcela bereits in Sicherheit gebracht war, kam der Verliebte, um ihm selbst die geringfügigsten Einzelheiten des Vorfalles zu erzählen.

Der Agent, den Nelet nach Nules sandte, konnte sich der Mitwirkung einer Schwester versichern, die mit dem Einkaufe der Lebensmittel betraut, mit den Kaufleuten der Stadt verkehrte und es so sehr leicht hatte, das Kloster zu verlassen. Sie vermittelte die Briefe Nelet's an Marcela, welche diese erst mit Misstrauen, dann aber mit Vergnügen empfing, als sie sich überzeugen konnte, dass die ihr angebotenen Dienste des Nelet aufrichtig gemeint waren. Immerhin aber hatte sie aus Vorsicht es abgelehnt, zu schreiben, und ihre Antworten stets nur mündlich der Vermittlerin mitgeteilt. So ward der Plan der Entführung bald auf beiden Seiten festgestellt. Aber Marcelo hatte den ersten Plan Nelet's, der die Pforten des Klosters unter dem Vorwande, eine christinistische Agentin zu suchen, mit Militärgewalt sprengen wollte, formell abgewiesen. Die Unordnung, welche ein solcher militärischer Angriff hervorgerufen hätte, würde die Flucht Marcelas gewiss sehr erleichtert haben. Der Nonne aber widerstrebte diese Brutalität gegen ein geheiligtes Haus, und sie verständigte ihren Anbeter, dass Vorsicht und Geschicklichkeit in diesem Falle sicherer wären, denn sie erlaubten, die Überwachung, welche in dem Kloster auf ihr lastete, im Stillen zu täuschen, nicht aber sie brutal zu brechen. Sie bat um Wachs, das man leicht verschaffen konnte, und machte einen Abdruck des Schlosses, das man öffnen musste, um zu den Vorratskammern zu gelangen, die wieder nach einem kleinen Platz gingen und mit einem vorspringenden Mansardenfenster versehen waren. Am nächsten Tage ließ Nelet nach dem Abdruck einen Schlüssel anfertigen, den er Marcela mit einer kleinen, aber ausgezeichneten Feile zukommen ließ, sowie eine Flasche Öl mit langem Pinsel, um die Angeln einzuölen und ohne Geräusch an ihre Befreiung schreiten zu können. Die Vermittlerin konnte Marcela auch ein langes Seil aus dünner, aber sehr starker Seide übergeben. Als alle Vorbereitungen getroffen waren, einigte man sich, eine jener Nächte abzuwarten, in welchen die Truppen Cabrera's vorbei marschieren werden, wodurch Nelet helfen konnte, ohne dass seine Anwesenheit in Nules Verdacht erregte. Die erste Nacht schien Nelet nicht geeignet; es war eine heitere, klare Nacht und das Fest hielt die ganze Bevölkerung auf den Beinen; man musste die Dazwischenkunft nächtlicher Müßiggänger befürchten, was eine wirkliche Gefahr bedeutet hätte. Man wartete auf die zweite Nacht, die sich schon günstiger anließ, und zwar so, dass Nelet und Marcela eine günstigere Gelegenheit gar nicht hätten träumen können. Es war eine stürmische Nacht, der Wind trieb große schwarze Wolken vor sich her, welche den Mond verdeckten und wahre Güsse niederregnen ließen, welche die Einwohner veranlassten, sich zu flüchten, und auch jene Soldaten, die nicht der Dienst zum Aufenthalt in den Straßen zwang. Und da sich in der Nähe des Klosters gar kein Wachposten befand, blieb dieses in der Einsamkeit verlassen.

Endlich schlugen die verschiedenen Uhren der Stadt die zwölf Schläge der Mitternacht. Es war vereinbart, dass Marcela um diese Stunde ihre Zelle verlassen und trachten werde, die Vorratskammer zu erreichen, deren Mansarde nach der Straße ging. In seiner Ungeduld war Nelet schon früher dort; seit Langem schon war er in Begleitung der zwei Totengräber, die er auf den Wunsch Marcelas aufgesucht hatte, in der Umgebung des Klosters versteckt. Die beiden Alten aufzufinden war ihm nicht schwer, da sie aus Ergebenheit für Marcela sich in Nules niedergelassen hatten. Sie nährten die Hoffnung, ihr sich eines Tages wieder anschließen und wie in der Vergangenheit dienen zu können. So bedurfte Santapau keiner Anstrengungen, um sie seinem Projekte zu gewinnen.

Marcela sollte ihren Freunden ein Zeichen geben, sobald es ihr gelungen war, die Vorratskammer zu erreichen und das Gitter des Mansardenfensters zu brechen. Sie sollte ein Streichholz anzünden. Nelet konnte seine Ungeduld und seine Unruhe nicht zügeln. Trotz der Kälte, welche die Regengüsse verursachten, wagte er es nicht, sich zu rühren, nicht eine Cigarre anzuzünden, noch auf die Uhr zu blicken. Es schien ihm, als gingen die Stadtuhren mit einer zur Verzweiflung treibenden Langsamkeit. Seine überhitzte Fantasie spiegelte ihm alle Gefahren vor, welchen sein Ideal ausgesetzt war. Bald schien es ihm, als wäre die Verzögerung des verabredeten Zeichens der Beweis, dass die Flucht entdeckt worden war, ehe Marcela noch die Vorratskammer erreichen konnte; dann wieder befürchtete er, sie hätte das Gitter nicht entfernen können. Dann wieder schien es ihm besser so, als dass sie ihr Leben der zweifelhaften Festigkeit einer Seidenschnur anvertrauen sollte. Er war überzeugt, dass ihr der gefahrvolle Abstieg niemals gelingen könnte, und dass es ihm beschieden sei, sie vor sich hinstürzen und zerschmettern zu sehen, ahne, dass er ihr zu Hilfe eilen könnte. Endlich leuchtete das verabredete Signal vor dem Mansardenfenster auf, ein gleiches Signal verständigte die schöne Büßerin, dass die Umgebung des Klosters ganz verlassen sei, und dass sie sich ohne Gefahr in die Arme ihrer Freunde hinunterlassen könne.

Ohne Zeit zu verlieren, wickelte Marcela ihre Schnur um eine Eisenstange, dann knüpfte sie die beiden Enden und warf sie herab, wo Nelet und die beiden Totengräber sie fassten und festhielten. Zu ihrem größten Erstaunen und ihrer aufrichtigen Bewunderung sahen sie dann Marcela mit einer Geschicklichkeit und Anmut sich hinunterlassen, die den Neid eines Turners von Beruf erregt haben würde.

Bald war sie unten, und während die beiden Totengräber die Schnur beschwerten, damit sie nicht an die Mauer anschlage, fing Nelet den schönen Flüchtling in seinen Armen auf. Sie war bewegt und verwirrt, denn obgleich sie die Vorschrift gebraucht hatte, die Strümpfe an ihr Kleid zu befestigen, hatte das Reiben der Schnur doch die Knie bloßgelegt, und da der Wind die Wolken verjagte, konnte Nelet sich an der skulpturalen Schönheit von Marcelas Beinen ergötzen.

In dem Augenblick, da sie den Erdboden erreichte, beeilten sich die beiden Alten, die Schnur loszulösen, welche dann Alfajar in einer seiner unergründlichen Taschen verschwinden ließ. Das Verschwinden der Schnur musste die Art von Marcelas Flucht noch dunkler erscheinen lassen. Dann aber beeilten sie sich, ohne Zeitverlust davonzugehen, um sich vor den Nachforschungen in Sicherheit zu bringen.

Nelet bemerkte den Kummer, welchen Marcela der Gedanke verursachte, dass sie während des Abstiegs ein Bein sehen ließ, und so wollte er ihre Verlegenheit durch Komplimente oder Liebesbeteuerungen nicht noch vermehren. In treuer Befolgung der Ratschläge, welche der Marquis von Urdaneta ihm gegeben hatte, zeigte er sich aufmerksam und voll ritterlicher Höflichkeit, in welche aber dennoch etwas Kälte und Verachtung gemengt war. Ganz dem Programm entsprechend, welches er mit seinem Professor der galanten Wissenschaften vereinbart hatte. Er versicherte der Nonne, dass er an ihrer Befreiung nur seiner Liebe zur Religion und des Respekts wegen arbeitete, welchen er für die Entscheidungen des Konzile von Trident empfinde, das die Privilegien der Nonnen von Sijena geheiligt und bestätigt habe. Marcela antwortete ihm, sie sei ihm dankbar für ihre Freiheit, aber um seine Dienste zu vervollständigen, sei es notwendig, sie in den Stand zu setzen, Nules sofort zu verlassen und die Landstraße zu erreichen. Es war unserem Verliebten nicht schwer, diese Wünsche Marcelas zu erfüllen, und vor Tagesanbruch befand sich Marcela, von den beiden Alten – ihren Schülern oder Dienern – begleitet, auf dem Wege nach Villa Vieja. Santapau trug Sorge, seinem

Ideal zu empfehlen, sich ja nicht von der Truppe, die er befehligte, zu entfernen, da sie sonst irgendeinem anderen Chef begegnen könnte, der sie den Befehlen Cabrera's entsprechend wieder einsperren ließe.

Diese Erzählung entzückte Don Beltran erstens des Interesses wegen, das er beiden Helden entgegenbrachte, dann auch der persönlichen Vorteile wegen, die er daraus zu ziehen hoffte. Es schien ihm undenkbar, dass Marcela dem großen Dienste gegenüber, den Nelet ihr erwies, fühllos bleiben könnte. Diese romantische Entführung musste wohl auf ihre Einbildungskraft wirken und sie bestimmen, den Krieger mit günstigeren Augen zu betrachten; endlich müssten das Leben, das sie seit langer Zeit führte, die Freiheit, deren sie sich erfreute, die Ereignisse, in welche sie verwickelt worden, in ihr die Gefühle erwecken, mit welchen die Natur sie bedachte, und welche das Klosterleben wohl unterdrücken, aber nicht zerstören konnte. Diese Gefühle müssten sie zur Liebe führen, die wieder sie antreiben müsste, die Mittel zu suchen, welche ihre Wünsche befriedigen konnten. Es war evident, dass Marcela einwilligen würde, die Frau Nelet's zu werden, dass sie aber eher alle Qualen und selbst den Tod würde ertragen haben, ehe sie die Geliebte Nelet's geworden wäre. Von nun ab waren die Ratschläge und die Interventionen Don Beltran's Marcela unentbehrlich geworden, um ihre Pläne zu verwirklichen, und es war gewiss, dass die Tochter Juan Lucas, sobald sie ihres Gelübdes entbunden und Santapau verlobt war, keinen Augenblick zögern würde, die Ergebenheit Urdaneta's dadurch zu belohnen, dass sie ihm einen Teil oder die ganze Summe restituieren werde, welche Juan Luco zum Schaden seines früheren Gebieters erworben hatte.

In das zauberhafte Bild fiel aber ein Schatten, Don Beltran fragte sich nicht ohne eine gewisse Unruhe, ob die Flucht Marcelas nicht einen Skandal hervorrufen würde, dessen sich Cabrera und die fanatischen Mönche, die Don Carlos umgaben, annehmen müssten; und würde in diesem Falle die kirchliche Autorität sich der Entlobung der Tochter Juan Luco's nicht widersetzen? Aber nachdem er die Frage von allen Seiten betrachtet hatte, schien Beltran überzeugt, dass Ähnliches nicht zu befürchten wäre. Vorerst konnte man nicht wissen, wer die Flucht Marcelos begünstigt hat, und selbst wenn man dahin gelangte, Nelet zu verdächtigen, war es immerhin gewiss, dass man es reiflich überlegen würde, einen der wichtigsten Offiziere Cabreras zu verfolgen oder zu beunruhigen. Alles wohl überlegt, kam er dann zur Überzeugung, dass die mitwirkende Schwester nur ein unbewusstes Werkzeug der geheimen Wünsche der Superiorin gewesen. Marcela musste alle Würdenträger des Klosters, wo sie gefangen war, in große Verlegenheit setzen, da sie stets besondere Rücksichten in der Behandlung beanspruchte, die ihr als Nonne von Sijena kraft der vom Tridentiner Konzil bestätigten Spezialprivilegien zukamen. Ihr theologisches Wissen und ihr stupendes Gedächtnis setzten sie in die Lage, ihre Forderungen mit den authentischen und verehrten Textstellen zu belegen und die überwachenden Schwestern und Superiorin somit aufs Stillschweigen zu beschränken, die gewiss zwanzigmal im Tage den Augenblick verfluchten, in welchem die wandernde Nonne die Schwelle des Klosters übertreten hatte. Der unabhängige Geist Marcelas, ihr entschlossenes Gehaben, ihr Widerstand gegen die strengen Klosterregeln waren ein schlechtes Beispiel den jüngeren Nonnen, und Don Beltran bildete sich nicht ohne Anschein von Berechtigung ein, dass die Oberin entzückt sein müsse, dass Marcela ihre lateinische Zitate und ihre Privilegien nun anderwärts hingetragen hatte. Er war also überzeugt, dass das Kloster über die Flucht Marcelas nur soweit Klage führen werde, wie viel notwendig sein wird, die eigene Verantwortung zu decken, dass man aber alle Schritte unterlassen werde, welche den Flüchtling, den wiederzusehen niemand Verlangen trug, zurückführen könnten. Und so kam es tatsächlich.

Nachdem er der Erzählung Nelet's zugehört und die obigen Reflexionen erwogen hatte, sagte Beltran zu seinem Schüler:

- Mein liebes Kind, ich bin sehr zufrieden; Du bist mit ebenso viel Takt als Geschicklichkeit vorgegangen, Du warst aufmerksam und ein wenig verachtend, dienstbereit, indem Du die beiden Greise Marcela zu Begleitern gabst, die über ihre Tugend wachen können; und vorsichtig, indem Du ihr befahlst, sich von Deiner Truppe nicht zu entfernen, wodurch wir sie immer bei der Hand haben und sie uns nicht entwischen kann.

- Ich bin bemüht, von Ihnen, der Sie diese Dinge so gut kennen, zu lernen. Ich war ein großer Frauenjäger, aber ich habe nur auf gewöhnliche Weise Eroberungen gemacht, brutal, mit den schlechten Manieren meiner ländlichen Erziehung. Aber Sie ... Wie sagten Sie doch, dass man die Männer nenne, deren liebste Beschäftigung es ist, Frauen zu betrügen?

- Don Juans.

- Also ich war so eine Art kleiner Don Juan niederer Gattung, ohne Feinheit, ohne schöne Sprache, grob und ziemlich gewöhnlich. Sie aber scheinen an den Höfen Don Juan gewesen zu sein.

Urdaneta lachte. Sie mussten aber ihr Gespräch unterbrechen, denn das Regiment Nelet's, das mit zwei anderen eine von Perteyaz befehligte Brigade bildete, eilte dem Serrador zur Hilfe, der sich bei der Belagerung von Burriana in schlechter Position befand. Sie kamen aber zu spät, denn

Serrador hatte schon zum Rückzug geblasen; so kam Nelet wieder zu Llangostera zurück, der nach Lucena und Albocacer marschierte und auf dem Wege alles zusammenlas: Menschen, Tiere, Lebensmittel und Fouragen. Alle diese Märsche langweilten Beltran, und Nelet konnte Marcela nur zweimal sehen. Kaum dass er das erste Mal einige Worte mit ihr wechseln konnte; aber das zweite Mal sprachen sie freier und dem Rate Beltran's folgend, wurde Nelet nun ausdrucksvoller, da er sah, dass seine affektierte Verachtung ganz ohne Erfolg blieb. Einige Tage später hörte Nelet, dass Marcela sich mit Alfajar in der Eremitage von Hortensie befinde, wo sie von den Strapazen ausruhen wolle. Er beschloss, den ersten freien Augenblick zu einem Besuche zu benutzen. In Folge einer wirklichen oder affektierten Gleichgültigkeit empfing ihn die Nonne, ohne Überraschung noch Freude zu zeigen. Sie schien traurig, eingenommen und selbst des Dienstes vergessen zu haben, denn als Nelet das Gespräch auf die Details ihrer Flucht führte, schien sie seinen Worten gar kein Interesse zu schenken, und auch die Schwierigkeiten, welche ihre Freunde zu bewältigen hatten, um ihre Flucht aus dem Kloster zu ermöglichen, waren weit davon, ihr den Ausdruck des Dankes zu entlocken, auf welchen Nelet mit Recht zählte.

- Ohne mich - sagte Nelet von Kummer niedergedrückt und bereit, der in ihm kochenden Erregung zu weichen - könntest Du noch immer in der Einsamkeit Deines Gefängnisses zu Nules sitzen. Du verdankst mir Deine Freiheit, Marcela, nur scheint Dir diese Freiheit, deren Du Dich in so ausgedehntem Maße erfreust, keinen Preis wert.

- Und wer ermächtigt Dich, zu sagen, dass ich die Freiheit als ein Gut betrachte? Antwortete Marcela traurig. Wagst Du es zu bestätigen, dass ich nicht eine der größten Sünden beging, als ich aus dem heiligen Hause, wo ich Schutz fand, entfloh nur mich an einer Schnur herabließ, wie eine schamlose Ballerina? Ich kann diese unschickliche Erinnerung nicht vergessen, und ich bitte Gott unablässig, mir die Sünde zu verzeihen, die ich beging, und die ich durch die härtesten Opfer, die ich mir auferlegen will, büßen werde.

- Also bereust Du heute, Marcela, was Du vor kaum wenigen Tagen so eifrig ersehntest? Fragte Nelet, ohne seinen zu Boden gesenkten Blick zu erheben. Wenn Du so sprichst, um mich zu quälen, Marcela, so bitte ich Dich, lass' genug sein des grausamen Spiels, das mich an Dich und an Gott zweifeln lässt.

- Ich will Dich nicht quälen, Nelet. Ich verdamme nur mich selbst zu den härtesten Züchtigungen, um für die Sünde meiner Flucht zu büßen.

Damit Gott mir verzeihe, damit er mir erlaube, Dir gut zu sein, damit er mir erlaube, Deine zärtlichen Worte ohne Sünde anzuhören, müssen wir, verstehst Du, Nelet, einige grausame Züchtigungen ertragen, und die Erste von allen ist, wir müssen aufhören, uns zu sehen, da unsere Begegnungen, unsere Unterhaltungen uns Versuchungen aussetzen, denen wir doch ausweichen müssen!

Sie sprach mit einem so sanften und traurigen Ernst, die Gründe, die sie anführte, schienen so gerecht und ihre Gesten und Worte stimmten so sehr überein, dass Nelet in seiner Verwirrung nichts antworten konnte.

– Aus allem, was ich Dir sagte, geht hervor, fuhr Marcela fort, indem sie sich erhob und Alfajar den Befehl gab, seine Werkzeuge und sein Gepäck zusammenzupacken; und das musst Du auch selbst einsehen, Nelet, dass es notwendig ist, dass wir aufhören, uns zu sehen, bis Gott in seiner Güte unsere Seelen und unser Gewissen beruhigt, damit wir uns ohne Verwirrung sprechen und freundschaftliche Worte wechseln können.

Nelet versuchte, sie vergebens von diesem Entschlusse abzubringen. Marcela ließ die traurige, aber zugleich leidenschaftliche Rede des Kommandanten ohne Antwort, und sie entfernte sich, indem sie ihn unentschlossen und trostlos zurückließ.

Santapau wusste nicht, was zu denken; es schien ihm, als würde hinter dem Widerstande Marcelas ein neues Gefühl sich bergen, das sie in der Angst, zu unterliegen, bekämpfen wollte. Warum wollte sie den Anblick Nelet's fliehen, wenn sie nicht fürchtete, dass das Vergnügen, ihn zu sehen, sie beherrschen würde? Die Gebete, welche sie an Gott richtete, dass er ihr erlaube, die Liebeserklärungen Nelet's ohne Sünde anzuhören, hatten nichts mehr gemein mit den heftigen Flüchen, die sie ihm an den Kopf schleuderte, als er ihr anlässlich ihrer ersten Begegnung von Liebe sprach. Die Bewegung dieser Zusammenkunft, die Ängstlichkeit, welche Marcela in ihm zurückließ, wirkten wahrscheinlich schlecht auf die gereizten Nerven Nelet's, denn als er mit seinen Truppen marschierte, um Cabrera zu Hilfe zu eilen, klagte er über heftige Kopfschmerzen, und er schien die Wiederholung einer jener Krisen zu fürchten, an welchen er den Dämonen Anteil zumutete, die ihn quälten. Da Cantavieja durch Verrat eingenommen ward, hielten die Truppen Nelet's in der Mitte des Weges, wo sie von Cabrera den Befehl erhielten, nach Cenia zu marschieren.

Es war von Gott bestimmt, dass Don Beltran und Nelet, ehe sie Cenia verließen, einem ebenso schmerzlichen Schauspiel beiwohnen mussten, wie das in Burjasot gewesen. Denn dorthin brachte man die Gefangenen von San Mateo und man schritt in aller Ruhe an ihre Hinrichtung. Die Ersten, die ankamen, wurden in verschiedene in die Berge gehöhlte Keller eingesperrt, und um die Lebensmittel zu sparen, ließ man sie hungern; dann aber wurden sie wieder, um an Munition zu sparen, durch Bajonettstöße hingerichtet. Achtunddreißig Offiziere und Unteroffiziere wurden auf diese Weise getötet, ohne einen Kadetten von zwölf Jahren zu rechnen, der an seinen Vater, den Exkommandanten der Festung von San Mateo, gefesselt, zur Richtstätte schritt. Das letzte Opfer, das wie ein Vieh auf dem Schlachthofe fiel, war eine portugiesische Marketenderin.

Santapau nahm an dieser Tragödie keinen Anteil, denn die Liebe hatte den Wilden sanft und menschlich gemacht; so ließ er sich, als er von dem geplanten Massaker erfuhr, krankmelden, und er war es auch wirklich an Leib und Seele. Ohne soviel zu klagen wie sein Freund, war auch Don Beltran nicht von guter Gesundheit. Beide freuten sich, als Nelet die Ordre erhielt, mit der Hälfte seiner Mannschaft nach Benifaze aufzubrechen. Don Beltran ward in einer zwischen dem Kloster und der Kirche gelegenen Passage untergebracht, von der aus er eine hübsche Aussicht auf die Ruinen einer von Don Jaime von Aragon gegründeten Abtei hatte, deren herrliche Schönheit er bewundern konnte, Nelet befand sich ebenfalls in dem Kloster gut aufgehoben, das seiner momentanen Geistesverfassung wunderbar entsprach. Schon am ersten Tage erholte er sich von der Krankheit, die er aus Cenia mitgebracht hatte; aber am zweiten Tage war er wieder die Beute einer schwarzen Laune und ein nervöses Zittern überkam ihn, welche ihm die Besuche der höllischen Wesen verkündeten, die sich an seine Fersen hefteten. Um nächsten Tag erzählte er seinem Professor der Liebeskunst, dass er sich nach den Strapazen sehr ermüdet zu Bett legte, aber nicht einschlafen konnte. In der Schlaflosigkeit hatte er Marcela oder zumindest einen Teil von Marcela gesehen. Aber so deutlich, lieber Urdaneta, so deutlich, wie ich Sie in diesem Augenblicke sehe.

- Zum Teufel! Und welchen Teil ihres Körpers hast Du gesehen? Darf man es wissen?

- Den Mund und die Zähne. Ist das nicht sonderbar? Und glauben Sie mir, es gibt in der Welt keine Zähne wie die ihrigen, weiß wie Milch und so regelmäßig und schön, dass man verrückt wird, wenn man sie betrachtet. Über und unter diesen Perlenreihen sah ich die Lippen und nichts weiter ...

– Gewiss lächelte sie. Das ist ein gutes Zeichen. Und Du hast diesen reizenden Mund nur einmal gesehen?

– Mehr als zwanzigmal und die letzte Nacht erschien er mir sieben- oder achtmal.

– Obgleich wir uns hier sehr wohl befinden, ist es doch ärgerlich, dass die militärischen Pflichten uns von der göttlichen Marcela entfernen.

Nelet gestand hierauf, dass er, ehe er Cenia verließ, in seinem Wunsche, sie zu sehen und mit ihr zu sprechen, daran gedacht hatte, sich mit ihr in Verbindung zu setzen, denn er empfand es schlimmer als den Tod, so lange von ihr entfernt zu sein. Er hatte das Glück, einem alten Hirten zu begegnen, der die Umgebung des Gebirges sehr genau kannte, und Marcela, die er als Heilige betrachtete, sehr ergeben war. Diesen beauftragte er, ihren Spuren zu folgen und ihn über ihren Aufenthalt auf dem Laufenden zu halten. Am zweiten Tage nach ihrer Ankunft in Benifaze brachte er beruhigende Nachrichten. Marcela weilte mit Vorliebe auf den höchsten Gipfeln des Gebirges oder in den am meisten verehrten Heiligtümern des Landes. Und als Don Beltran ihn fragte, ob sie ihm in Prosa oder in Versen geschrieben, antwortete Nelet, dass die Botschaften, die der alte Hirt ihm überbrachte, in einfacher Prosa gehalten waren. Marcela hatte ihn beauftragt, ihren beiden Freunden herzliche Grüße zu bestellen und ihnen zu versichern, dass sie in allen Gebeten ihnen eine gute Gesundheit und gute Gedanken erbitte. Und was besonders Nelet betraf, sandte sie ihm die Versicherung ihrer Dankbarkeit und das Versprechen, wohin er wollte zu eilen, sobald er ihr irgendetwas zu sagen hätte.

– Uh, ah, prächtig! Sie willigt ein, einer Rendezvousbitte zu entsprechen! Das geht gut, mein lieber Nelet, sehr gut. Es ist sehr zu bedauern, dass ich als Gefangener und Du als Soldat, der militärische Pflichten zu erfüllen hat, nicht hineilen können, wohin unsere Sehnsucht uns ruft.

– Ich denke auch daran, lieber Meister, antwortete Santapau nach kurzem Zögern. Ich bin dieser militärischen Sklaverei müde. Ich bin entschlossen, aus Krankheitsursachen meine Entlassung zu fordern und mit ihr zu gehen, und müsste ich selbst das Leben eines Büßers führen.

Sehr bewegt, gab ihm Urdaneta die Versicherung, dass er ein Gleiches tun würde, wenn er könnte; dass er sich mit Vergnügen den beiden Totengräbern anschlösse, welche die heilige Frau begleiten. Nelet fügte hinzu, dass er für seinen Verkehr mit Marcela noch einen anderen Boten gefunden habe. Das war eine arme Frau, namens Malaena, die auch etwas von einer Büßerin oder zumindest von einer Landstreicherin an sich hatte und mehr durch das Elend, die Arbeit und den Kummer gealtert war, denn infolge ihrer Jahre. Obgleich man sie in der Umgebung von Salvatorria als Hexe betrachtete und ihr mit Steinwürfen nachsetzte, war sie eine arme, heilige, sehr einfache, sehr harmlose und sehr treue Frau. Indem er sie als Botin wählte, erkannte er in ihr eine Art sehr diskreter und ergebener Brieftaube, und um sie sich zu gewinnen, schenkte er ihr eine Kutte, Kopftücher und neue Sandalen, die sie auf ihren Märschen in die Berge so sehr benötigte. Ihren Antrittsdienst leistete sie mit der Überbringung einer Liebesbotschaft, zu welcher Nelet alle Kraft zusammennahm, nachdem er Don Beltran um Rat fragte, der mehrere Korrekturen vornahm, welche das leidenschaftliche Feuer des unglücklichen jungen Mannes dämpften.

Die weiteren Ereignisse brachten Urdaneta wieder eine Reihe von traurigen Tagen, Nelet musste fort und Beltran stand heillose Angst aus, als er aus der Umgebung des Kampfplatzes die Salvenschüsse der Füsiladen hörte. Endlich kam Nelet an der Spitze eines kleinen Detachements aus San Mateo zurück, und seine erste Bewegung war, sich in seine Arme zu stürzen.

Don Beltran musste eine Anstrengung machen, um die Freudentränen zu verbergen, welche diese Begegnung ihm erpressen wollte, ehe er ihm seine Zärtlichkeit bewies, da das blasse, abgemagerte Gesicht seines Freundes eine schwere Krankheit oder eine Geistesverwirrung verriet. Der Kommandant wollte keine Erklärungen geben, er sparte diese für die Zeit auf, da sie sich in dem kleinen Dorfe befinden würden, wo sie die Nacht verbringen sollten.

Er sagte nur, dass er sich krank fühlte und Cabrera um die Erlaubnis gebeten habe, sich einige Tage erholen zu dürfen. Und da sein Professor in der Liebeskunst es bedauerte, nicht bei ihm bleiben zu können, sagte Nelet, dass sie Cabanero in Cati finden würden und dass der braune Aragonese, der Don Beltran für ihm früher erwiesene Dienste dankbar sei, diese Gelegenheit gerne wahrnehmen werde, um ihm seine Erkenntlichkeit zu beweisen, ohne seine militärischen Pflichten zu verletzen. Getröstet durch diesen Gedanken, fand der alte Edelmann seine Ruhe wieder und so gingen sie, über die jüngsten Ereignisse sprechend, zusammen nach Cati.

Die erste Sorge Nelet's war, als sie in Cati ankamen, Cabanero, der sich seit dem Vorabend dort befand, aufzusuchen und ihm von dem unglücklichen Edelmann zu erzählen, welcher das erste Paar Schuhe, das er tragen durfte, der Großmut des Carlistenchefs verdankte. Cabanero sagte, dass er ihn kenne, und zeigte sich sehr erstaunt, den edlen Herrn von soviel Unglück erfolgt zu sehen. Er lief zu ihm hin, küsste ihm die Hand und lauschte den Worten Beltran's, der ihm erzählte, wie er in Gefangenschaft geriet und nun als Geisel zurückgehalten werde, was noch die traurigste Situation sei, in welche ein Mann unter so beklagenswerten Verhältnissen geraten könnte. Cabanero, von Mitleid erfüllt, gab ihm das formelle Versprechen, bei dem Chef im Interesse seiner Freilassung Vorstellungen zu erheben, und lud ihn an seinen Tisch, der wohl arm, aber in gleicher Lage nicht zu verachten war. Was den kleinen Ausflug betraf, den Nelet mit Urdaneta unternehmen wollte, um ein Gelübde zu erfüllen, wollte er dem Gefangenen zwei Tage gewähren, gegen eine Garantie, die alle Geiseln und Schätze der Welt übersteigen.

– Mein Ehrenwort! Nicht wahr? Fragte Don Beltran, seine magere Hand ausstreckend. Ich gebe es Dir.

Der Aragonese antwortete mit Vertrauen, dass das Wort einer so bedeutenden Persönlichkeit hinreichend sei, um seine Verantwortung zu decken, und damit war die Sache erledigt.

5.

Zeitig früh am nächsten Morgen konnte man Manuel Santapau und den Marquis von Urdaneta, jeder einen derben Stock in der Hand, Cati zu Fuß verlassen sehen. Nelet war mit Pistolen und einem Säbel bewaffnet und überdies hatte er auch ein Paket mit sich, welches ihre Lebensmittel enthielt. Sie durchschritten eine Landschaft von grandioser Majestät und Schönheit, ohne auf ihrem Wege jemandem zu begegnen. Zu einer Erlengruppe gelangt, setzten sie sich nieder, um sich durch ein frugales Mahl zu stärken. Und hier, während sie sich auf dem Grase ausstreckten, inmitten einer freundlichen Stille, begann Nelet die Abenteuer zu erzählen, die ihm während seiner Reise zugestoßen waren und die er der Beurteilung seines Freundes zu unterbreiten wünschte.

Ohne viel Vorbereitungen sagte er Don Beltran, dass er einige entsetzliche, schlaflose Nächte zugebracht hatte; dass, nachdem er tagsüber gegen die Vorposten des Feindes gekämpft, er nachts von einem halben Dutzend Geister besessen wurde, die er erst für Engel hielt, dann aber als Dämonen erkannte, die ihn erst auf die Plattform des Schlosses von San Mateo schleppten, dann aber in ein Souterrain stürzten, das sich unter dem Wassersaal befindet ...

– Aber, Nelet, sagte Beltran, der begriff, dass sein junger Freund von einem heftigen Fieber heimgesucht gewesen und seine Halluzinationen für Wirklichkeit nahm; aber, Nelet, wenn das ein Traum ist, erzähle mir ihn als Traum, ohne ihm mehr Wichtigkeit beizumessen, als es Hirngespinsten zukommt.

- Ich erzähle, wie es mir passierte, wie ich es fühlte, und Sie werden dann sehen, ob es ein Traum war. Also ich irrte in dem Souterrain umher, das durch ein fahles Licht beleuchtet war, bis ich mich im Hintergrunde einer Höhle befand, deren Decke einer Kathedralenwölbung glich und wo Männer die Erde schaufelten. Ich sah, wie sie einen langen, schweren, erdfarbenen Gegenstand zutage förderten. Ich näherte mich ihnen und fragte: »Ist das eine Mumie?«, und sie antworteten: »Das ist die Mumie eines metallischen Toden, den wir auf Befehl unserer heiligen Herrin, zum Ruhme Gottes und der Religion erwecken.« Ohne mich um diese Auskunft zu kümmern, fragte ich nach dem Ausgange aus der Grotte, von wo ich nach Trabiguera käme. Sie zeigten mir einen in den Fels gehauenen Schacht, und nach sechsstündigem Marsch befand ich mich nicht in Trabiguera, sondern im Schlosse von Cervera del Maestre, zerschlagen, mit blutigen Füßen und wundem Körper. Wenn das ein Traum war, wie kommt es dann, dass ich in Calig einschlief und in Cervera erwachte.

Es war evident, dass der junge Krieger in einem heftigen Fieberanfalle ganz unbewusst einen großen Marsch absolvierte. Don Beltran wollte es ihm begreiflich machen und sagte:

- Bist Du dessen gewiss, dass Du nicht selbst nach Cervera gingst?

- Gewiss. Wie könnte ich es sonst erklären, wenn nicht durch überirdische Mächte, dass ich, als ich Cervera verließ, Malaena begegnete, die mich auf einem Stein sitzend erwartete. Wie konnte sie wissen, dass ich in Cervera sei, wo ich sie doch nach Calig bestellte?

Don Beltran verzichtete darauf, ihm zu erklären, dass Malaena in Calig erfahren haben konnte, dass die Kolonne nach Cervera ging, und dass es ihr, die die Wege so genau kannte, leicht gewesen war, auf Kreuzwegen früher dorthin zu gelangen. Er beschränkte sich darauf, zu antworten:

- Gewiss ist sie eine Hexe, wie man sagt; aber von Bedeutung ist eigentlich nur die Nachricht, welche sie Dir überbrachte.

- Sie sagte mir, dass ich, ohne es zu ahnen, Marcela in dem Schlosse bei Trabignera gesehen hatte. Sie war es, die mit den zwei Totengräbern die Erde über eine Grube aufschaufelte. Marcela sagte meinem Boten, dass, wenn ich sie sehen wollte, ich am Donnerstag, das ist heute, nach Vallibona kommen möge.

– Und darum befinden wir uns hier und darum gehen wir dort hinunter ... sehr gut ... sagte Don Beltran, ohne Nelet bemerken zu lassen, dass er die Richtigkeit des nächtlichen Marsches, den er unter dem Einfluss des Fiebers ohne dämonische Vermittlung zurückgelegt, selbst erwiesen hatte.

Ich sandte Malaena mit einer neuen Botschaft ab und erwarte heute ihre Antwort. Sie erwartet mich in Salvatoria, diesem kleinen, weißen Meierhof, den man von hier aus dort oben auf dem Gebirge sieht.

Sie setzten ihren Weg fort und Don Beltran wollte nochmals versuchen, Santapau von seinem Aberglauben zu heilen. Dieser aber sagte, dass er diesen Glauben von seiner Mutter habe, und dass nichts ihn veranlassen könnte, ihn aufzugeben. So näherten sie sich Salvatoria, und ehe sie es noch erreichten, sahen sie Malaena ihnen entgegenkommen. Nelet eilte ihr entgegen, um das Resultat ihres Botenganges zu erfahren, und Don Beltran benützte die Gelegenheit, um die Liebesbotin zu betrachten.

Sie war eine lebhafte, magere Frau; Gesicht und Hände von der Sonne verbrannt. Ihr Antlitz, dass einer vertrockneten Traubenbeere glich, war von zwei immer beweglichen Mäuschenaugen belebt.

Sie sprach nur den valencianischen Dialekt.

Nelet befahl ihr, vorauszugehen nach dem Ort, wo sie übernachten sollten, Holz aufzulesen, um Feuer zu machen, und aus dem Meierhofe auch Geflügel zu beschaffen. Das bewegliche Weib verschwand alsbald und die Reisenden gingen still dem Plateau zu, auf welchem sich eine kleine Grotte befand, in welcher sie die Nacht verbringen wollten. Nach einem frugalen Mahl streckten sie sich neben dem von Malaena vorbereiteten Feuer aus und nichts störte ihren friedlichen Schlaf.

Am Morgen begaben sie sich nach dem Sanktuarium, wo sie Marcela antreffen sollten. Um sieben Uhr morgens, als sie gerade die letzte Stufe, welche sie von der Spitze trennte, erklimmen wollten, sahen sie Marcela, von den beiden Greisen gefolgt, aus den Gebüschen herabsteigen. Diese blieben zurück und die Büßerin kam allein, mit einem blühenden Dornenzweig in der Hand ihnen entgegen. Als sie in Hörweite kam, grüßte sie die beiden Freunde mit sanftem, aber ernstem Lächeln und einer graziösen Handbewegung, worauf sie sich auf einen Felsstumpf setzte. Alle Drei betrachteten einander eine Weile, dann unterbrach Marcela die Stille. Ihre Stimme hatte ein wohlwollendes, fast zärtliches Timbre, ganz im Gegensatze zu der mystischen Exaltation, welche sie früher beherrscht hatte.

- Der Aufstieg war Ihnen zu steil, nicht wahr, Don Beltran? Setzen sie sich an meine Seite und Du, Nelet, mir gegenüber.

- Der steilste Aufstieg, erwiderte Don Beltran mit raffinierter Galanterie, erscheint leicht und sanft, wenn man die Hoffnung hat, Dich oben zu treffen.

- Das ist ein Kompliment, lieber Herr, und ich will nicht, dass Sie mir schmeicheln.

- Das ist die Wahrheit, sagte Nelet, der sich nicht mehr zurückhalten konnte. Das ist die Wahrheit, Marcela. Um Deinetwegen habe ich diesen Gipfel erklommen, um Deinetwegen würde ich noch weit höhere ersteigen. Je höher Du bist, umso größer wird meine Freude sein, Dich erreichen zu können. Muss der Mensch nicht immer höher streben, um das Göttliche zu erreichen?

- Jesus! Sagte die Nonne lächelnd aber sie sind ja heute beide verrückt.

- Halt! Sagte Don Beltran, wenn wir Dich auch als göttlich betrachten, wenn wir Dich auch so verehren, so verbergen wir doch nicht, dass wir Dich menschlich sehen wollten, ohne Deiner Göttlichkeit zu schaden. Denn nach meiner Ansicht muss das Göttliche dem Sterblichen sich mengen, um den besten Zustand zu schaffen, der in der Natur möglich ist.

- Halt, sag' ich nun auch, ich bin nicht göttlich, obgleich meine arme menschliche Schwäche nach Göttlichkeit sich sehnt.

Nelet wollte die Frage auf das Gebiet der Aufrichtigkeit und Einfachheit führen:

Ich weiß nicht, sagte er, ob das Gefühl, das mich hierher führt, göttlich oder menschlich ist; aber ich weiß, Marcela, dass es mich treibt. Dir bis ans Ende der Welt zu folgen. Was ich Dir in meinen Briefen gesagt, wiederhole ich nun in der Gegenwart und unter dem Schutze dieses guten Freundes: Ich liebe Dich, Gott hat in mir ein Feuer entzündet, das mich verzehrt. Wenn Du Dich meiner Liebe widersetzest, so würde ich glauben, dass die Hölle dieses Feuer über mich geschickt.

O, das nicht, sagte Marcela lebhaft. Die Liebe kommt immer von Gott. Es ist ein himmlisches Feuer, das Deine Seele verzehrt, Nelet. Aber Du darfst nicht beanspruchen, dass ich mein Gelübde breche, um Dir Deine Ruhe zu geben. Die Liebe, die in der Seele entsteht, findet ihr Heilmittel in der Seele, denn sie ist göttlich und sie kann durch göttliche Mittel gemildert und geheilt werden.

- Nein, sagte der Greis, Deine Wissenschaft möge mir entschuldigen, aber die Liebe als rein menschliches Gefühl kann ihre Heilung nur in der menschlichen Sphäre finden.

- Pardon, Don Beltran, lassen sie mich zu Ende kommen. Seneca sagte: »Der Liebeskranke lässt sich nicht durch die Vernunft bestimmen.« Gewiss ist die sehr starke Liebe sehr gefährlich, sie verursacht Unheil und Tod.«

- Aber ich, sagte Nelet lebhaft, ich liebe eine Frau, ein lebendes, schönes Wesen, das Gott mit allen Vollkommenheiten ausgestattet, und meine Vernunft ist mit meiner Liebe in Einklang.

- Lass' mich zu Ende kommen, Nelet ...

- Lass' sie, ja, lass' sie, sagte Don Beltran, der bemerkte, dass es Marcela wirklich Vergnügen bereite, über Liebe zu sprechen, nur dass sie ihren Wunsch unter kühler Gelahrtheit zu verbergen bemüht war.

- Wir haben es erwiesen, fuhr sie fort, dass die Liebe sich nicht durch die Vernunft leiten lässt. Und wollen wir nun das Wesen dieses Gefühles suchen, so finden wir, dass, was die Liebe eines Menschen erweckt, die Vollendung in der Natur ist.

- Sehr gut!

- Bewunderungswürdig!

- Nicht ich sage das, sondern Aristoteles. Da aber nur Gott die Vollendung selbst ist, kann man die menschliche Liebe durch die einzig wirkliche Liebe in Gott ersticken.

- Das ist sehr gelehrt, sagte Nelet, indem er sich ungeduldig erhob, um entschlossen das Gespräch auf das menschliche Gebiet zurückzuführen, aber mir kannst Du es nicht weismachen, dass die Liebe zu Gott die Liebe zu einer Frau vergessen machen kann. Nein! Man liebt Gott als Gott und die Frau als Frau. Ich bin Mann und Du bist Weib, warum sollen mir einander nicht lieben und glücklich sein? Wozu hat uns Gott erschaffen? Damit wir einander verabscheuen? Nein, Marcela, das ist Unsinn, was Seneca, Aristoteles und alle Heiligen auch immer sagen mögen. In Liebesdingen weiß ich ebenso viel wie sie, wenn nicht noch mehr. Wenn Du mir einen Grund angeben willst, warum Du mich nicht liebst, dann lasse Gott und alle Heiligen in ihrem Himmel, und spreche mit mir, wie ein Mensch zum Menschen. Sagen wir, dass ich Dir nicht gefalle, dass ich nicht nach Deinem Geschmack bin, und von diesem Argument, das weder weise noch lateinisch ist, werde ich schweigen, mich von meinen

Qualen verzehren lassen und vor Kummer sterben ... ja, Marcela, denn Deine Verachtung ist mein Todesurteil.

- Gut, sehr gut, Nelet, rief Don Beltran strahlend vor Befriedigung aus. So muss ein Mann sprechen, so liebe ich Dich.

- Wir sind gekommen, um Deine Antwort zu hören auf das, was ich Dir in Wort und Schrift mitgeteilt. Ehe ich Dich kannte, liebte ich Dich, ehe ich Dir begegnete, sah ich Dich. Meine Seele ist so voll von Dir, dass ich keinen Plan, keinen Gedanken habe, der sich nicht mit Dir beschäftigte. Also hast Du die Wahl, mich zu lieben oder mich um mein Leben zu bringen. Ich liebe Dich und auch Gott. Aber verlange nicht von mir, dass ich Gott allein liebe, ohne mich um menschliche Dinge zu kümmern, das wäre unmöglich.

Marcela kaute an dem Dornenzweig, ohne ihren Blick zu den beiden Männern zu erheben. Don Beltran näherte sich ihr, um ihr Gesicht zu betrachten, und als er glaubte, eine Verwirrung wahrzunehmen, nützte er den Augenblick. Er winkte Nelet zu schweigen, um sie einer Weile dieser feierlichen Einkehr in sich selbst zu überlassen.

- Du wirst nicht leugnen wollen, sagte Don Beltran, indem er eine Hand auf ihre Knie legte, dass der Mann, in dessen Herz Du ein so edles Feuer entzündetest. Deiner Zärtlichkeit würdig sei. Ritterlich in allen seinen Handlungen, wird er Dir der beste Lebensbegleiter sein, den Gott Dir zuschicken konnte. Leugnest Du es?

- Nein, Herr, erwiderte Marcela mit zu Boden gesenktem Blick, ich kann nicht leugnen, was wahr ist. Ich anerkenne seine guten Eigenschaften, und in Folge seiner Neigung und Beständigkeit achte ich ihn, aber mit jener Achtung, welche mein Gelübde mir erlaubt ...

- Es sei. Man muss erst den Anfang machen, mein Kind. Und jetzt füge ich hinzu, dass Gott es nicht übel nehmen würde, wenn Du Dein jetziges Leben gegen das, was man weltliches Leben nennt, verändertest. Gott hat die Welt erschaffen und die Menschheit, damit sie in ihr lebe. Und er hat die Liebe erschaffen, damit die Menschheit nicht aussterbe ...

- Und ich weiß nicht, sagte Nelet mit plumper Logik, ob es Gott gewesen, der die Klöster erschaffen und den Menschen geboten hätte, sich außerhalb der materiellen Existenz zu stellen. Denn schließlich ist diese Grundlage alles Lebens und auch der Gottesliebe. Denn um Gott zu lieben, muss man leben, und um zu leben, muss man geboren werden ...

- Wenn ich auch schweige, antwortete die Nonne, so mangelt es mir keineswegs an Argumenten, um Euch beiden zu antworten ...

- O, wir wissen wohl, dass es Dir an Syllogismen und Zitaten nicht gebricht, aber nun bitten wir Dich, alle Heiligen ruhig in Deinem Gedächtnis zu lassen und nur Dein Herz zu befragen. Was sagt dieses? Lehnst Du Nelet ab?

- Es sagt mir, ihn nicht zu verachten, sagte die Nonne, ohne Nelet zu betrachten, aber es verpflichtet mich, mein jetziges Leben gegen ein anderes nicht einzutauschen.

- Ich las in irgendeinem Buche, bemerkte Nelet, die höchste Buße sei die Ehe und die größte menschliche Tat: eine Familie zu erziehen. Wenn Du Dich entschließest, Marcela, in die Welt zurückzukehren, wo Du mich als liebenden, treuen Sklaven finden wirst, wirst Du es nie bereuen; und Du wirst sehen, dass Gott Dich noch mehr lieben und segnen werde, denn das Leben, das Du jetzt führst, ist nicht das einer vernünftigen Person, und Gott, unser Schöpfer, wünscht es sicherlich nicht.

- Glaubet nicht, erwiderte Marcela unruhig und verwirrt, ohne den Sprecher anzublicken und weiter an ihrem Dornenzweige nestelnd, glaubet nicht, dass ich nichts zu erwidern weiß, wenn ich auch schweige. Ich will aber nicht, dass die Motive, die mir durch den Kopf gehen, Nelet als Zeichen meiner Verachtung erscheinen. Nein, nein, es ist keine Verachtung und ... ich weiß nicht, wie ich mich ausdrücken soll ... Selbst wenn ich die Liebe zu der Religion aus meinem Herzen reißen wollte, selbst wenn ich darauf verzichten wollte, meinem Gelübde treu zu bleiben ... Ich könnte es nicht ... nein ich könnte es nicht ... Meine Frömmigkeit ist stärker als ich ... mich ihr ganz ergeben, beweist wahrlich keine Verachtung gegen Nelet ... Nein, ich weiß, was Nelet verdient, und ich werde Gott bitten, es ihn finden zu lassen, dass eine Würdigere als ich seine ehrlichen Wünsche erfülle. Es gibt bessere Frauen, ja viel bessere als ich, von größeren physischen und moralischen Vorzügen als ich, die durch ihre Erscheinung und ihre Tugenden ...

- Nein, nein. Niemand übertrifft Dich, rief Nelet heftig aus, indem er sich erhob und auf sie zueilte, als wollte er sie in seine Arme pressen; nein, es gleicht Dir keine. Marcela, zwei Buchstaben aus Deinem Munde entscheiden über das Glück und das Heil eines Menschen. Spreche sie aus. Ja sagen ist ebenso leicht wie Atmen. Ein »Nein« wäre mein Todesurteil, und Deine göttlichen Lippen können mich nicht verdammen!

Marcela erhob sich. Ihr Gesicht und ihr Ton zeigten eine Strenge, welche selbst dem am wenigsten klar Sehenden als Affektation erscheinen musste:

- Wenn Sie wollen, werden wir nach der Kirche gehen. Ich muss beten und Sie wohl auch, da Sie doch hierherkamen, um ein Gelübde zu leisten.

Ohne eine Antwort abzuwarten, ging sie, den Dornenzweig, der ihre graziöse Gestalt schmückte, auf der Schulter, gemessenen Schrittes der Anhöhe zu.

Nelet wollte ihr nacheilen, um das unterbrochene Gespräch weiterzuführen, Beltran hielt ihn aber kräftig zurück, und als er sah, dass die Nonne sich bereits entfernt hatte, sagte er:

- Tor! Du hast also nicht begriffen? Sie gehört uns, sie gehört Dir.

- Es schien mir, als wäre sie nicht empfindlich für irdische Liebe.

- Ruhig, Kind. In dem Augenblick, da sie ihre Philosophie und ihre klassischen Citrate über Bord warf, bemerkte ich, dass sie ganz verändert war. Diese Feinheiten waren nur eine sehr kunstvolle Koketterie, Sie ist ein Weib ... sie ist ein Weib ... und wir haben gesiegt.

- Weib! Wiederholte Nelet wie in einer Ekstase.

- Siehst Du nicht, wie sie geht? Siehst Du nicht, wie sie ihr Kleid hebt, wie sie den Dornenzweig trägt? Unsere unwiderstehliche Art, zu raisonieren, hat ihr eine starke Erschütterung bereitet. Betrachte Sie, mein Freund, und sage mir, ob sie nicht ein als Heilige verkleidetes Weib ist? Tatsache ist, dass sie wirklich schön ist. Ich sah sie jetzt aus der Nähe, und ich habe sie genau betrachtet ... Ihre Zähne sind ideal, und es wundert mich gar nicht, dass Du von ihnen träumest. Und die Augen! Nelet, umarme mich. Ich gratuliere Dir. Ich sehe sie aber nicht mehr. Ist sie schon weit? Wendet sie sich nicht um?

- Bis jetzt noch nicht.

- Ah, ah, ich sehe sie schon wieder. Sie entfernt sich. Aber, Nelet, ich halte jede Wette ... bis sie diesen großen schwarzen Fels erreicht hat ... Ist das kein schwarzer Fels?

- Das ist eine Eiche.

- Also ich wette, ehe sie die Eiche erreicht hat, wird sie sich umwenden und nach uns blicken, um zu sehen, ob wir ihr folgen. Rühre Dich nicht.

Der schlaue Alte hatte tatsächlich recht behalten. Die Nonne blieb stehen und bewegte ihren Zweig, als fragte sie: »Was macht Ihr eigentlich? Warum folgt Ihr mir nicht?«

Der langsame Gang Beltran's erlaubte ihnen nicht, rasch emporzuklimmen, und so kam ihnen Marcela weit voraus. Von Zeit zu Zeit blickte sie sich um und Nelet winkte ihr, zu warten. Sie blieb aber nicht stehen, und als sie das Sanktuarium erreichten, sahen sie Marcela mit ihren beiden Acolyten vor dem Altar in tiefer Andacht beten. Sie knieten nahe zum Eingange in einer gewissen Distanz von Marcela nieder, um ungestört sprechen zu können.

- Du siehst, sie ist ganz verändert und besänftigt, sagte Urdaneta, und Du darfst diese Veränderung nicht der Beständigkeit Deiner Liebeserklärungen zuschreiben. Das ist die Wirkung des Lebens im Freien, der Freiheit, des unausgesetzten Kontaktes mit der Natur, den Feldern, den Bergen, den finsteren Wäldern und den kristallhellen Quellen. O, jene, die ihre Bußanstalten in geschlossenen Gegenden errichten, die kennen das Menschenherz sehr gut. Die Gesellschaft ist eine große Liebesvermittlerin, die Natur aber eine noch größere. Obgleich Marcela sich noch mit ihrer pedantischen Wissenschaft verteidigen will, ist sie doch schon besiegt, von Liebesleid berührt. Ich erkenne es an ihrem Gang, an dem Timbre ihrer Stimme. Wie sehr sie auch die Theologin spielt, mich täuscht sie nicht. Um sie aber vollständig zu bezähmen, um ihr ein Ja zu entlocken, das mächtig ist, wie diese Kirche, heißt es geschickt vorgehen. Merke wohl auf alles, was ich Dir sagen werde, Nelet.

Nelet betete und auch der alte Edelmann bat die Jungfrau, sein schwaches Gesicht zu heilen und ihn aus seiner ungerechten Gefangenschaft zu befreien. Nach langem Harren hatte auch Marcela ihre Gebete beendet, und sie fasste Beltran an der Hand, um die beiden Reisenden an einen Ort zu führen, der zu den Füßen großer Eichen gelegen, durch das Mauerwerk der Eremitage geschützt war.

Sie hockten sich auf dem Grase nieder und nahmen ihre Unterredung wieder auf, welche Marcela mit folgenden Worten begann:

- Ich bat Gott und die Jungfrau mit der tiefsten Andacht, mich zu erleuchten. Mir ist mein religiöses Leben noch nicht lästig, noch empfinde ich auch nur den Schatten des Wunsches, ein anderes Leben zu beginnen. Ich bat Gott auch, die glühende Neigung Nelet's erkalten zu lassen, und ich hoffe ...

- Die wird Gott nicht erkalten lassen, rief der Verliebte aus. Im Gegenteil, mehr beleben wird er sie. Je mehr ich Dich sehe, Marcela, umso glühender liebe ich Dich. Ich bat Gott, Dir etwas von dem Feuer zu geben, das in mir im Überfluss vorhanden ist und dass er Dir Geschmack am Familienleben gebe.

- Gewiss, mein liebes Kind, würde Nelet Dich zu irgendeinem beschämenden oder unreinen Zugeständnis bewegen wollen, dann wären Deine Skrupeln sehr gerechtfertigt. Er schlägt Dir aber einen heiligen Bund vor dem Altar vor, und diesem Vorschlage schließe auch ich mich an. Welche Vorteile bietet Dir dieses Wanderleben? Wen beglückst Du mit Deiner Buße? Wäre es nicht christlicher und mildtätiger, einen ehrenwerten Mann vom Tode zu erretten, sein Martyrium in Glück, seine Hölle in ein Paradies zu verwandeln?

- Heiliger Gott, schrie Nelet wie närrisch, Don Beltran spricht wie das Evangelium selbst. Ich möchte Gott sehen, wie ich Euch sehe, um in seiner Gegenwart zu fragen: »Habe ich nicht recht und Marcela unrecht?«

- Beruhige Dich, Manuel, sagte Beltran, den dieser Übereifer beunruhigte. Ich sehe in den sanften Blicken dieses Engels, dass unsere Gründe in ihr Verständnis eingedrungen sind und dass Gott seine Hand auf ihren Willen legt und sagt: »Erhebe Dich, teure Tochter, und folge Deinem Gatten!«

Es folgte eine kleine Pause. Nelet, bleich wie der Tod, betrachtete den Boden und zog mit zitternden Händen an den längsten Strähnen seines Haarwuchses. Marcelas Gesicht glühte, ihr Atem war gepresst, ihr Kopf fiel in der Haltung der Schmerzensmutter zur Seite, und den Blick zur Erde gerichtet, sprach sie folgende Worte, ohne sich an philosophische Zitate anzulehnen:

- Ihr seid beide ohne Mitleid. Ihr verursachet mir grausames Leid. Ich möchte das Gute auf meiner Seite sehen und ich sehe das Böse. Meinetwegen und ohne dass ich daran Schuld trüge, leidet Nelet an der schmerzlichsten Krankheit, für welche es weder Trost noch Heilung gibt. Ich sehe es und kann nicht helfen. Könnte ich es, würde ich es ohne Zweifel tun. Darum bitte ich Euch, mich nicht zu quälen und mich weiterziehen zu lassen.

- Weiterziehen! Rief Nelet überrascht, mit blitzenden Augen aus. Weiterziehen und mich meinem Kummer überlassen? Willst Du mich vielleicht nicht mehr sehen? Um Gotteswillen, Marcela, sage das nicht. Nein, Du kannst es nicht wollen, dass ich zum wilden Tiere werde. Beleidige Gott nicht, indem Du sein Geschöpf zum Ungeheuer machst. Wenn Du schon gar keine andere Ursache findest, mich zu lieben, so tue es eines frommen Werkes willen, indem Du eine Seele rettest. Werde ich Dich denn niemals überzeugen?

- Wenn meine Anwesenheit dazu dient. Deine Seele zur Gottesliebe zu bewegen, werde ich kommen, so oft Du es wünschest und so oft nur eine Gelegenheit sich ergibt. Indem ich davon sprach, weiter zu ziehen, wollte ich keinesfalls mich für immer von Dir entfernen. Ich meinte nur, dass die Stunde gekommen sei, uns für heute zu trennen. Und ich verpflichte mich mit aller Aufrichtigkeit, die Zeit unserer Trennung dazu zu benutzen, über diese ernste Frage nachzudenken und Gott zu bitten, dass er mir helfe, sie zu lösen.

- Und ich versichere Dir, erklärte Santapau mit einer Stimme, die einen festen Entschluss verriet, dass, wenn Du für immer hättest Abschied nehmen wollen, würde ich, ehe Du noch einen Schritt getan hättest, mich in diesen Abgrund gestürzt haben.

- Mein liebes Kind, sagte Urdaneta, Marcela versprach Dir wieder zu kommen, und sie wird wieder kommen. Ich garantiere dafür. In einigen Tagen werden wir eine andere Zusammenkunft haben, an irgendeinem Ort, den wir bestimmen können.

- Und nicht Gott allein muss ich um Rat bitten, fügte die Nonne hinzu, ich muss mich auch mit meinem Bruder Franciscus verständigen. Ich muss ihn von dieser schrecklichen Neuigkeit in Kenntnis setzen. Vor allem muss ich einen Beichtvater aufsuchen, um ihm die tiefe Verwirrung darzulegen, in welche mich Eure verführerischen Worte stürzten. Dann werde ich meinen Bruder besuchen, worauf ich Sie durch Malaena verständigen werde, wo wir uns wieder treffen könnten.

- Und Du wirst über Tod und Leben entscheiden, erwiderte der Verliebte. Gut. Wenn Du mich töten musst, dann nur rasch zugreifen. Wenn ich leben darf, lasse mich es bald wissen, damit ich nicht länger ein Leben führe, das mich tötet.

Marcela erhob sich und sagte mit einer weiblichen Anmut, die Don Beltran als günstiges Zeichen deutete:

- Erlaubt Ihr mir, mich zurückzuziehen?

- So rasch? Murmelte Nelet.

- Ich irrte, meine Herren, sagte sie wieder mit anmutigem Ausdruck und schelmischem Lächeln, ich hätte nicht die Erlaubnis verlangen, sondern Sie bitten müssen, sich zurückzuziehen. Entschuldigen Sie mir, und damit niemand von uns verletzt werde, wollen wir uns zu gleicher Zeit nach verschiedenen Richtungen zurückziehen. Ich will nach Bel.

- Und wir in entgegengesetzter Richtung, wohin es Gott gefallen wird. Du siehst, Nelet ist nicht zufrieden damit, dass Du uns sobald Deinen göttlichen Anblick entziehst, aber ich werde ihn überreden, sich zufriedenzugeben. Sei unbesorgt. Er findet in mir einen Tröster für den Geist und einen Beruhiger für die Nerven.

- Ich beuge mich, sagte Nelet mit edlem und anmutigem Ton. Ich nehme die Trennung an, die Du so voll von echter Weiblichkeit vorgeschlagen hast. Ja, ich liebe Dich als Weib mehr denn als Heilige.

- Und ich freue mich, Dich so geduldig zu sehen, antwortete Marcela, indem sie ihrem Pfade zuschritt. Viel könnte ich über die Heiligkeit und den weiblichen Beruf sagen, aber dazu ist jetzt nicht der Augenblick da.

- Wirst Du lange zögern, mir es zu sagen?

- Gott wird den Zeitpunkt bestimmen; er allein kann die Gelegenheit herbeischaffen.

- Gut. Ich beuge mich wieder. Meine Sanftmut stammt nur von Deiner Güte. Du lächeltest, Marcela, und das genügt, dass ich mich nicht mehr kenne, dass ich viel besser geworden, als ich es jemals gewesen bin.

- Und jetzt, als ob ich es sehen würde, sagte die Nonne mit noch mehr Anmut und Lebhaftigkeit als früher. Ihr werdet langsam gehen und jeden Augenblick stehen bleiben, um zurückzuschauen.

- Und Du, wirst Du ein Gleiches tun? Fragte Nelet lebhaft.

- Wenn ich manches Mal den Kopf wenden werde, sagte sie ein Lächeln unterdrückend, so wird es geschehen, um die Torheit der Menschen zu betrachten, und damit Ihr nicht glauben sollt, dass es aus Verachtung unterbleibt. Gehen wir, Nelet und Don Beltran, und Gott geleite Euren Weg!

Sie trennten sich und nach zehn Schlitten rief Beltran aus:

- Ich konstatiere nur, dass nicht ich mich umwende, sondern dieser Schelm, der das Bedürfnis hat, Dich zu sehen.

- Adieu, erwiderte die Nonne.

- Nach kurzer Zeit sagten die beiden Reisenden:

- Blieb sie stehen, um uns nachzublicken?

- Ja, eben jetzt. Und ich finde nicht den Mut, sie in meine Arme zu pressen!

- Ruhe, mein Kind, Du hast Zeit. Und jetzt?

- Sie geht langsam, sie blickt zum Himmel. Ich sehe sie nicht mehr, sie verschwand hinter einer Baumgruppe. Welche Gestalt! Welch' himmlische Erscheinung! Ich werde wahnsinnig!

- Ruhe! Ich wiederhole Dir: Du hast Zeit. Du wirst sie bald in voller Reife sehen.

- Ah, da ist sie wieder.

- Wendet sie sich um?

- Ja, sie hat einen kleinen Zweig im Munde. Wie glücklich dieser Zweig!

- Du hast Zeit! Gehen wir, gehen wir?

- Nein, nein, dieses Weib ist nicht von dieser Welt.

- Ob von dieser oder von der anderen, sie gehört Dir.

Die beiden Reisenden kehrten nach Cati zurück; der Eine ein wenig getröstet, der andere befriedigt von der Wendung der Dinge, in welchen er als Berater fungierte. Don Beltran schien es, dass von dem Punkte, bei welchem Nelet mit Marcela angelangt war, bis zur Hochzeit nur ein ganz kleiner Weg mehr zurückzulegen sei. Und so stieg seine Verzweiflung auf die Spitze, als Santapau ihn am nächsten Morgen mit folgenden Worten aus dem Schlafe weckte:

- Mein armer Freund, das Schicksal oder in seinem Namen Don Ramon Cabrera hat beschlossen, dass wir uns trennen müssen. Er hat aus Salvatoria den Befehl erteilt, dass das 3. Regiment und drei Kompanien des 1, Regiments unverweilt zu ihm stoßen müssen. Mir scheint, es gilt meiner Geburtsstadt, und ich kann mich weder unter dem Vorwand einer Krankheit noch sonst irgendwie von dem verdammten Gehorsam, den ich meinen Chefs schulde, befreien. Aber ich bin müde, ja müde dieser Sklaverei und bei der ersten Gelegenheit nehme ich meinen Abschied. Liebe und Disziplin passen nicht zusammen. Ich habe Sie Llangostera sehr warm empfohlen, der in Rossele Fuß fassen wird, um den Hilfstruppen für Gandesa den Weg abzuschneiden. Also: Adieu! Was ich bedauere, ist, dass Malaena kommt und mich nicht finden wird. Aber ich verständigte sie, dass sie in diesem Falle sich mit Ihnen ins Einvernehmen setze ... Es genügt, ihr meinen Aufenthaltsort zu sagen. Sie hat eine gute Nase und wird meine Spur schon finden ... Ich habe keine Minute Zeit mehr. Adieu!

6.

Der arme Edelmann, Besitzer *in partibus* so vieler Güter und Schlösser, war sehr traurig, und sein einziger Trost war, dass er kurz nach dem Abmarsch Santapau's wie durch eine Gnade Gottes seinen alten Freund, den Kaplan Moses Putxet wieder fand, der zwei Tage vorher ankam, um sich der Division Llangostera anzuschließen. Obwohl der Kaplan die aufrichtige und freimütige Freundschaft Nelet's nicht ersetzen konnte, zerstreute er doch den Greis durch sein Geschwätz und umgab ihn mit kostbaren Aufmerksamkeiten. So ließ er ihm für den Marsch von Cati nach Rassele ein gutes Maultier satteln. Am 16, Mai morgens kam Don Beltran dort ganz gebrochen an, und die erste Bitte, die er an seinen Freund richtete, war, ihm eine Stelle anzuweisen, wo er sich erholen könnte. Putxet placierte ihn in einem Zimmer, welches neben der Sakristei der Pfarrkirche lag, zur größten Zufriedenheit des Greises, der ein so gutes Lager kaum erhofft hatte. Sein Wunsch war, dass man ihn auf Ehrenwort sich selbst überlasse, er würde nie die Flucht ergriffen und auf den ersten Ruf der Carlisten sich freiwillig gestellt haben. Aber wenn der Himmel ihm auch dieses gute Lager gewährt hatte, so zeigte er sich in den traurigen Tagen, die nun folgten, doch hart gegen ihn. Am 18. Morgens, als es noch dämmerte, wachte Don Beltran, ohne dass jemand ihn gerufen hätte, jäh, wie durch einen Schlag auf sein Herz erschüttert, auf.

- Wer ist da? Fragte er, ohne sich zu rühren, als er eine schwarze Gestalt bemerkte, die sich seinem Bette näherte.

- Ich bin's, mein lieber Don Beltran, antwortete Putxet, der es auch wirklich war.

Und er näherte sich ihm noch mehr.

- Ich wollte Sie nicht aufwecken, nur sehen, ob Sie schlafen ... es ist noch sehr früh ... schlafen Sie noch eine Stunde ... zwei ... wie viel Sie wollen.

- Was geschieht? Müssen wir aufbrechen?

- Nein, nein, jetzt ... nicht. Es ist ... ich bedauere sehr, dass ich Sie erschreckte ... Seien Sie beruhigt, Exzellenz ... ich verlasse Sie, damit Sie noch ein wenig schlafen können ...

- Ich werde nicht mehr schlafen können Caramba! Ihr Besuch zu so ungewöhnlicher Stunde, die Verwirrung, die ich an Ihnen bemerke, könnten ja den Schlaf selbst erwecken. Mein Herz sagt mir, dass Sie mir etwas mitzuteilen haben.

- Die Zeit ist noch nicht gekommen ... Soll man Ihnen Kaffee bereiten?

- Teufel! ... Sie wollen, ich soll schlafen und gleichzeitig Kaffee trinken ... Nun, Herr Putxet, was führt Sie hierher? Mit mir muss man nicht so viele Umstände machen.

- Es ist ... erwiderte der Kaplan, der in der Absicht, geschickt zu sein, immer trauriger und verwirrter wurde ... Ja, es ist besser, dass Sie erwachten und nun aufstehen ... Werden Sie nicht unruhig, verlieren Sie weder Ihren Mut noch Ihre Heiterkeit, lieber Herr ... Einem Menschen wie Sie, der so stark ist ... und die Dinge versteht, kann man es ja sagen ... Nein, nichts, lieber Herr, nichts ... Es ist ein großes Unglück geschehen ...

– Also machen sie doch schon ein Ende, feiger Mann, schwacher Mann, weibischer Mann ...

– Also hören Sie, starker, mutiger und großer Mann, hören Sie also, dass gestern in einem kleinen Dorfe namens Belen diese elenden Christinisten Don Alonzo de Almela, den Bruder des Grafen Cati, erschossen haben.

– Und zur Vergeltung dieses barbarischen Aktes wollen die großmütigen Carlisten nun Don Beltran von Urdaneta dasselbe antun, rief der Greis, indem er sich halb nackt auf seinem Bette aufrichtete. Gut, sehr gut! Ihr habt mich in der Hand, Mörder! Ich bin bereit zu sterben! Edelmann für Edelmann! So sagte der Chef der Henker ... Don Ramon Cabrera ... Und um mir das anzuzeigen, kamen Sie stotternd und fast weinend zu mir ... Warten Sie, bis ich angekleidet bin ... entschuldigen Sie, wenn es ein wenig lange dauert ... ich bin von Kindheit an gewohnt, mich der Hilfe eines Kammerdieners zu bedienen ... ich bin wenig geschickt in diesen Dingen ... Aber wenn Sie es eilig haben, mich zu expedieren, führen Sie mich halb nackt dahin ... der Tod wird darauf nicht achten. Der Mangel an Kleidern wird mich nicht weniger mutig, Euch nicht weniger abscheulich und feige machen!

– Aber es hat ja keine Eile, sagte der Kaplan, indem er ihn umarmte, bis neun Uhr ist ja noch Zeit genug ... Und da Sie eines Kammerdieners bedürfen, erlauben Sie meiner Ergebenheit, Ihnen zu helfen.

– Danke, ich hatte es nicht so gemeint, sagte Don Beltran, indem er sich auf das Bett setzte, wahrend der Kaplan seine Kleider herbeibrachte und sich anschickte, ihn anzukleiden. Und da meine Henker mir noch diese Frist gewähren, nehmen Sie zur Kenntnis, dass ich den Kaffee, den Sie mir anboten, nicht ablehne.

– Ich werde sofort anordnen, dass man ihn bereite. Nun ja, das fehlte noch! Es wäre eine unverzeihliche Rücksichtslosigkeit, Sie der Nahrung berauben zu wollen.

– Sehr gut, mein Lieber, ich bin Ihnen sehr verpflichtet. Wie geschickt Sie mich ankleiden! Es scheint. Sie haben in Ihrem ganzen Leben nichts Anderes gemacht.

– Ich war Page Sr. Exzellenz des Don Victor Saëz, Bischof von Tortosa.

Saëz, der Minister des Absolutismus! Derjenige, der Ferdinand VII. half, eine Menge Spanier dem Henker zu übergeben! Sehr gut, mein Lieber, sehr gut. Und da sie die besondere Güte haben, mir als Kammerdiener zu dienen, erlaube ich mir, von Ihrer Ergebenheit die Dienste zu erbitten, die einem Manne wie ich notwendig sind ... Achten Sie auf dieses Bein ... Und aufmerksam, denn es ist rheumatisch! ... Jetzt das Gilet! ... Es ist von Don Ramon und hat mir gute Dienste geleistet ... Nicht so rasch! Ich erinnere Sie an das Wort unseres großen Tyrannen, des Henkers, Ferdinands des Ersehnten ... Sie wissen, das Wort stammt von ihm: »Kleide mich langsam an, ich hab's eilig.« Und jetzt haben Sie die Freundlichkeit, den Kaffee zu verlangen, – Sie werden ihn sofort haben ... Gott weiß, wie schwer es mir war. Ihnen diese Mitteilung zu machen. Gestern rief mich Llangostera, der nebstbei bemerkt sehr niedergeschlagen ist, weil er diese harte Pflicht erfüllen muss ...

– Der Arme. Ich bedauere ihn ...

– Aber die Pflicht ...

– Gewiss, gewiss, die Pflicht ... Dieser wilde Krieg hat die Gewissen zerstört und sie begleiten Verbrechen mit heiligen Worten, die erfunden worden sind, um Tugenden auszudrücken. Ihr mordet im Namen der Gerechtigkeit ... Das ist genau soviel, als würdet Ihr den Teufel auf den Altar Gottes stellen ... Nun, aber nur rasch ...

– Llangostera bat mich, es zu übernehmen und mit dem größten Schmerz nahm ich diesen traurigen Auftrag an ... Ich war einigermaßen schon durch die Freundschaft, mit welcher Sie mich beehren, zu dieser Mission berufen ...

– Die Ehre ist meinerseits. Seien Sie nicht so bescheiden.

– Und er beauftragte mich gleichzeitig. Sie vorzubereiten, falls Sie mich wählen wollten unter den vier Kaplänen, die heute in Rossele sind ...

– Bitte, halten Sie sich für gewählt, Lieber ... Das ist mir gleichgültig.

– Meine trostlose Freundschaft, erwiderte der Kaplan, der eine hübsche rhetorische Wendung suchte, wird einen Trost finden in dem Vorzug, den solch ein edler Herr mir zugesteht ...

– Meine Beichte wird nicht lange sein, sagte Don Beltran, der in dem Gemache auf- und niederschritt, und wenn Sie wollen, sofort ...

– Ich werde Ihnen erst Kaffee geben lassen. Es ist nicht unschicklich, da es keine Kommunion geben wird, und auch nicht durch meine Schuld. Der Dorfpfarrer hat uns den Streich gespielt, die Kirche zu verlassen, um sich zu den Royalisten einreihen zu lassen. Er war wie besessen, seit die Liberalen seinen Neffen getötet haben.

Der Kaplan hatte es nicht notwendig, seinen Freund zu verlassen, um den Kaffee zu bestellen, denn ein Offizier, der sich für Don Beltran interessierte und ihn bedauerte, gab Befehl, dass man ihm dieses Getränk serviere. Der Greis dankte den Leuten, die den Kaffee brachten, und zeigte sich sehr gerührt. Als er den Kaffee verzehrt hatte - ein glücklicher Zufall wollte es, dass das Getränk auch gut war - kam Don Beltran auf seine Beichte zurück und sagte mit fester Stimme:

- Ja, mein Gewissen ist sich seiner Licht- und Schattenseiten vollauf bewusst, und es zögert nicht, diese kundzugeben.

- In mir gibt es keine zweifelhafte, rätselhafte, dunkle Fälle. Ich bin einfach und bestimmt. In dieser kritischen Stunde belebt sich mein Gedächtnis und nichts wird der Vergessenheit anheim bleiben. Was Gott weiß, sage ich ohne Furcht, in aller Aufrichtigkeit dem Priester, der mir beisteht, und allen Menschen, die es hören wollen, denn Don Beltran's Leben ist wie sein Charakter deutlich und durchsichtig, und es wäre eine lächerliche Schwäche, verbergen zu wollen, was in Aragon ohnehin alle Welt weiß. Ich bin ein in Aragon allbekannter oder besser ein populärer Mann.

Und als er bemerkte, dass die Offiziere und Soldaten im Nebengemach von der Neugierde bewegt sich zur Türe drängten, fuhr er fort:

- Treten Sie ein, und wenn Sie wollen, hören Sie zu. Die Sünden, die mein Mund gestehen soll, sind nicht derart, dass sie Schrecken erregen, indem ich meine Fehler gestehe, kann ich hinzufügen: Dass derjenige, der nicht gleiche begangen hätte, den ersten Stein auf mich werfen soll. Nicht als würde ich sie nicht tadelnswert finden, im Gegenteil. Jetzt in dieser Stunde der Gewissenserleichterung sehe ich, wie sehr ich die göttliche Vorsehung beleidigte, und welch' schlechten Gebrauch ich von den Eigenschaften machte, mit welchen sie mich bedacht hat. Ich hatte immer religiöse Gefühle, ich glaubte blindlings, was die Kirche uns lehrt; aber sei es aus Vergesslichkeit, sei es aus Faulheit, habe ich die Pflichten, die sie uns vorschreibt, wenig beachtet. Daran habe ich schwer gefehlt, weniger aus Mangel an Gottesfurcht, als in Folge der weltlichen Beschäftigung und der frivolen Vergnügungen, in welchen die höhere Gesellschaft ihre Sinne betäubt. Ich habe das Vergnügen immer eifriger gesucht als die Enthaltsamkeit, und ich habe die Annehmlichkeiten des Lebens den Entbehrungen vorgezogen, ohne aber bis zur Trunkenheit und Ausschweifung mich zu versteigen; nicht weil dies Sünden waren, sondern weil ich sie unschön und geschmacklos fand. Ich war eitel, Freund des Prunkes und der Schmeicheleien, und war immer bestrebt, mein eigenes Ich über das meines Nächsten zu setzen ... Doch füge ich hinzu, dass ich niemals gegen Andere gemein handelte, dass ich mich nie von der Würde entfernte, welche mein Name und mein Rang mir auferlegten. Ich war immer Edelmann: höflich den Gleichgestellten gegenüber, gütig und freundschaftlich zu den Niedereren. Meine größte Sünde - eine unerschöpfliche Quelle in einem Leben voll zahlloser Irrtümer - war meine Torheit - ich muss es Torheit nennen, allen Frauen, die mir auf meinen Wegen begegneten, gefallen zu wollen. Meine größte Freude zu allen Zeiten war der Umgang mit Damen von vornehmer oder geringer Abkunft, denn ich nenne Damen alles, was in der großen weiblichen Menge liebenswürdig ist. Dieser Torheit habe ich alles geopfert, aber auch in der Liebe habe im keine hässliche Tat begangen, welche der gesellschaftliche Kodex verwerfen würde. Es ist wahr, dass diesen Kodex Männer zugunsten der Verliebten schufen, und dass die Rechte, die er gewährt, mit den Vorschriften des Dekalogs nichts zu schaffen haben. Also habe ich gesündigt, schwer gesündigt. Und indem ich es erkläre, anerkenne ich alles Böse, was ich verursachte. Und ich füge hinzu, dass ich den Liebesmanövern nicht der Gewissensbisse wegen entsagte, sondern einfach in Folge der natürlichen Schwäche, welche das Alter mit sich bringt, die mich gezwungen hat, meine lasterhaften Gewohnheiten aufzugeben. Ich klage mich an, ich erkenne meine Irrtümer und ich empfehle mich der Barmherzigkeit Gottes.

Ich klage mich auch der Sorglosigkeit an, mit welcher ich meine Güter verwaltet und verwendet habe. Gott gibt uns den Reichtum, damit wir weisen und mildtätigen Gebrauch von ihm machen und ihn unseren Kindern übergeben, damit auch sie ihn gut verwenden. Ich war ein wirkliches Fass ohne Boden, aber - da man alles sagen muss, das Gute wie das Schlechte - meine grenzenlose Großmut erreichte in gewissem Maße meine Verschwendungssucht. Ich ließ meine Umgebung und alle, die mich um Hilfe baten, an meinem Vermögen teilnehmen. Ich habe viel Elend erleichtert, viel Tränen getrocknet; keiner meiner Diener konnte gegen mich Klage führen. Wenn der Prozess vor das Tribunal kommt, das über meine Seele zu Gericht sitzt, werden zahllose Zeugen zu meinen Gunsten aussagen. Mein Hauptfehler war meine Liebe für die wichtigste Triebfeder unseres materiellen Daseins, fürs Geld. Das Geld, das die Philosophen, wie man sagt, verachten, das die Religion verdammt, dessen wir aber in der Gesellschaft, in welcher wir leben, nicht entbehren können, ohne Wilde oder Eremiten zu werden. Ich habe das Geld geliebt, es mir aber immer nur auf gesetzliche Weise verschafft, wie verderblich diese für mich auch gewesen sein mag, und ich habe auch nicht das Gewicht eines einzigen Maravedi auf dem Gewissen, von dem man sagen könnte, ich hätte ihn einem Anderen genommen. Ich war ein Sünder und in meiner Todesstunde bekenne ich, dass ich ein verhärteter Sünder war. Sie haben gehört, meine Herren. Ich habe vor Ihnen das Gewissen Don Beltran's von Urdaneta bloßgelegt, den man in Aragonien Don Beltran den Prächtigen nannte. Ich habe keinen meiner Fehler verheimlicht, und wenn ich etwas vergaß, so möge es Gott gefallen, dass es zu meinen Gunsten spräche. So bin ich gewesen, so bin ich. In aller Demut bedaure ich, gegen die göttlichen Gesetze verstoßen zu haben, ich klage mich dessen vor Allen und vor meinem Beichtvater und Freunde an, ich empfehle meine Seele Gott, im Vertrauen auf die ewige Gerechtigkeit und seine unendliche Barmherzigkeit.

Alle, die den unglücklichen aragonischen Edelmann sahen und hörten, bewunderten seine Aufrichtigkeit und seine Geistesgegenwart. Und aus der Gruppe von Offizieren und Soldaten, die sich zur Türe drängten, löste sich ein Leutnant los, der sich dem Greise näherte, dessen Hand küsste und sagte:

- Herr, wenn Sie im Himmel sein werden, gewähren Sie die Gnade Ihrer Erinnerung Ihrem ergebenen Diener Ricadio Pulpis, der dieselben Sünden wie Sie auf dem Gewissen hat, ohne sich Ihrer Tugenden berühmen zu können.

- Sehr gut, liebes Kind, erwiderte Don Beltran, indem er ihn in seine Arme presste. Mein Unglück und mein elendes Ende mögen Dir als Spiegel dienen, damit Du Dich selbst erkennst und zur Besserung gelangest.

Putxet, der untröstlich war, sprach seine niedergeschmetterte Stimmung in folgenden Worten aus:

- Ich sagte Llangostera und ich wiederholte es, dass der heutige Tag für Hinrichtungen nicht geeignet sei. Denken Sie doch: Pfingstsonntag. Ein Tag, an welchem die Kirche das Ausströmen des Heiligen Geistes in der Gestalt feuriger Flammen feiert. Und wo wir ein so erhabenes, so herrliches Fest feiern, will er ein Blutopfer haben! Und wenn es auch gestattet und geheiligt wird durch die Kriegsgesetze - verdammte Gesetze! - Nein, das darf nicht sein! Ich protestiere. Ich muss darauf bestehen, dass man bis morgen warte. Mir scheint, da ich doch der geistliche Leiter des Regiments bin, habe ich das Recht zu fordern, dass man mir Gehör schenke. Wir sind nicht zu dem Zwecke da immer rasch, rasch, rasch die Beichte abzunehmen. Um meinen Bemerkungen nicht Rechnung tragen zu müssen, versetzt man mich in die Unmöglichkeit eine Messe zu lesen

... Es mangelt uns das Notwendige ... Eine solche Nachlässigkeit ist unstatthaft ... Patronen fehlen gewiss nicht! ... Was zum Krieg gehört, ist in Hülle und Fülle vorhanden ... Was zur Kirche gehört, nicht. So geht es bei uns zu.

– Ereifere Dich nicht, Freund Putxet, bemerkte Don Beltran, der sich niedersetzte, um nachzudenken, und quäle Dich nicht wegen meiner Hinrichtung. Das ist nicht von Bedeutung, ob heute oder morgen. Wenn heute ein großer Festtag ist, was tut's? Gott weiß, dass Ihr ein wenig außer Rand und Band seid und Eure Angelegenheiten nicht nach dem Kalender richten könnet. Darüber ist man einig, dass in Kriegszeiten alles erlaubt ist. Und wenn sich heute eine gute Gelegenheit ergäbe, eine Schlacht zu liefern, würdet Ihr sie vorüberstreichen lassen, weil heute Pfingsten ist. Nein. Und würdet Ihr nicht trotz des Festes eine Menge Christen töten? Wenn es zulässig ist, den himmlischen Vater »Gott der Schlachten« zu nennen, wie es die Feldkapläne in ihren Predigten und die Generale in ihren Manifesten tun; wenn Gott, wie Ihr sagt, der höchste Feldherr ist, dann wird er auch Nachsicht üben, wenn ihr an einem hohen Festtage die Kriegsgesetze anwendet. Was mich betrifft, ich wünsche keinen Aufschub, denn in diesem Augenblick bin ich resigniert und fast ruhig, und ich stehe nicht dafür ein, dass ich diese Resignation und diese Ruhe vierundzwanzig Stunden lang bewahren kann ... Übrigens, wir sind Männer, und der Gedanke, eines gewalttätigen Todes nach vielen Vorbereitungen und Zeremonien zu sterben ... ängstigt wohl ... gewiss. Tötet mich rasch und stellet meinen Mut nicht auf die Probe.

Der hartnäckige Kaplan ergab sich nicht, und auf seiner Idee beharrend, sagte er zu dem unglücklichen Edelmann:

– Ich will bei dem Chef noch einen Versuch machen ... Ich kehre sofort zurück ... Im Vorbeigehen werde ich den Befehl geben, dass man Ihnen Rühreier serviere ... Ich sah Paradeisäpfel, und wenn Sie wollen ...

– Ausgezeichnet, mein Lieber, wie es Ihnen gefällt, ich danke für alles. Tun Sie, was Ihnen beliebt. Ich habe keinen Willen mehr. Ich will mich überreden, dass ich nicht mehr am Leben sei.

Als er allein blieb, versank der arme Verurteilte in traurige Reflexionen. Er suchte die Motive seines tragischen Abenteuers, denn in einem Falle solcher und noch viel weniger tragischen Art lieben es alle Menschen den Ursprung, den Anfang des Unglücks zu erforschen, das sie bedrückt.

– Gewiss, sagte sich Don Beltran, schickt mir Gott den Tod in einer so schrecklichen Form, um mich für die ungeheuren Sünden der letzten Tage zu bestrafen. Ich habe Nelet unterstützt, als er die Nonne Marcela verführen wollte und obgleich ich gleich vom ersten Augenblick an die Ehe als Form und Ziel der Verführung erklärte, ist es doch nicht weniger ernst und heiligtumschänderisch, eine Nonne zum Bruche ihres Gelübdes zu bewegen. Und was noch schlimmer ist, dass ich dem Verliebten Lehren gab und ihm Verhaltungsmaßregeln vorschrieb nach den Regeln, welche ich aus den Erfahrungen meines früheren sündhaften Lebens abgeleitet habe. Ah, ich habe wohl verdient, was mir passierte! Ich erkenne Deine Hand, Gott der Gerechtigkeit!

– Ich habe sehr schlecht daran getan, mich mit der Torheit des armen Nelet zu beschäftigen! Wer hat mir gesagt, der Liebesvermittler zwischen einem Aufständischen und einer Nonne zu sein? Was habe ich davon, wenn eine Maske und ein Überspannter heiraten oder nicht? Aber in dem Hintergrunde meiner Absichten sehe ich das verdammte Interesse, den Wunsch, eine Hilfsquelle zu verschaffen! Ein anderes Motiv hatte meine hässliche Intervention in dieser Affaire durchaus nicht. Und dass die wandernde Nonne, dank den infamen Verhaltungsmaßregeln, welche ich Nelet vorgeschrieben hatte, sich wirklich veränderte, dass das Gift der Liebe nun wirklich ihre Adern durchdringt, daran ist nicht zu zweifeln. Durch meine Schuld und dank meiner perfiden Kunst wird sie nun wirklich ihr Gelübde brechen. Ein hässliches Interesse hat mich bewegt, der Gedanke, dass sie nach ihrer Heirat den Wunsch ihres Vaters mir gegenüber erfüllen werde. Bös waren meine Gedanken und bös meine Tat, und um meine Verkehrtheit zu strafen, erlaubte es Gott, dass diese Schurken mich vor ihre Gewehre stellen.

Putxet kam und unterbrach die Reflexionen mit der Mitteilung, dass Llangostera, nachdem der Kaplan erklärt hatte, die Angelegenheit vor den Generalvikar zu bringen, die Hinrichtung auf den nächsten Tag verschoben hatte. Urdaneta wusste nicht, ob er dieser Nachricht sich erfreuen oder ihretwegen betrübt sein solle. Wenn er Vergnügen darüber empfand, so war es jedenfalls ein trauriges. Zum Frühstück, das er mit dem Kaplan und dem Leutnant Pulpis einnahm, brachte er nur geringe Esslust mit. Am Abend stieg seine Traurigkeit auf die höchste Stufe und die Anwesenheit seiner Wächter brachte ihn in eine gereizte Stimmung. Da sie ihn nicht allein lassen wollten, warf er sich auf sein Lager, als ob er die Absicht gehabt hätte, zu schlafen, aber in Wirklichkeit gedachte er der Vergangenheit, seiner Familie und seines Heims in Cientruenigo.

– Ah, wenn Rodrigo und Johanna Teresa mich in dieser Lage sähen, wie viele Tränen würden sie vergießen. Gewiss ... Sie lieben mich, wenn es auch Zwistigkeiten gab, wenn mir uns auch um Torheiten zankten, die von hier aus betrachtet nur Lachen und Verachtung verdienen. Mein Gott! Wie strafst Du mich am Ende meiner Tage. Mir ist, als wäre ich schon in der Ewigkeit, von wo man die Dinge dieser Welt in ihrer natürlichen Winzigkeit erblickt. Sie lieben mich, ja sie lieben mich! Und auch ich liebe meinen Enkel und seine Mutter, die die Gattin meines Sohnes ist. Jetzt verzeihe ich ihr von ganzem Herzen die Widerwärtigkeiten, die ich in meiner Dummheit als schwere Beleidigungen auffasste. Und wenn sie erfahren werden, wie Don Beltran der Prächtige geendet hat, werden sie auch mir den Kummer verzeihen, den ich ihnen verursachte, meine bösen Worte, meine böswilligen Handlungen. Sie werden für mich beten und Gott bitten, mich aufzunehmen, und sie werden für mein Seelenheil religiöse Stiftungen gründen. Ich sehe schon den ganzen Klerus von Cientruenigo tagelang mit Messen und Responsorien beschäftigt. Aber meine Reue ist stark.

Auch seiner Tochter und seinem Schwiegersohn de Villarcano verzieh er die Beleidigungen, die er angeblich erlitt. In seinen Gedanken umarmte er seine Enkel und mit vielen Tränen und Seufzern nahm er Abschied von ihnen. Dann bevölkerten seine Freunde einer nach dem anderen in einer langsamen und melancholischen Prozession sein Gedächtnis. Er erinnerte sich des armen Mero und Salomens, und wünschte ihnen ein glückliches, gesundes Leben.

Die erste Hälfte der Nacht verbrachte er in großer Unruhe; stundenlang sprach er, ohne zu ermüden, bald um Episoden aus seinem Leben zu erzählen, bald gab er Putxet Instruktionen, damit dieser in Alcaniz sein Pferd und sein Gepäck auffinde, um diese mit der Nachricht von seinem Tode nach Cientruenigo zu senden. Er gab den Wunsch kund, seinem Enkel und seiner Tochter zu schreiben, da aber sein Kopf schmerzte und seine Hand zitterte, konnte er nur fünf bis sechs Zeilen zu Papier bringen, in welchen er seine Unschuld beteuerte und sein tragisches Ende erzählte. Er erklärte, als christlicher Edelmann zu sterben, das Übel, das er angerichtet, zu bereuen und ohne Ausnahme Allen zu verzeihen, selbst seinen Mördern.

– Ich möchte, dass wir schon jetzt ein Ende machen. Die Stunden, die mir noch zu leben bleiben, drücken mich wie Jahrhunderte.

Als er seine Beichte in frommer Andacht wiederholt hatte, riet ihm Putxet zu schlafen. Aber Don Beltran widersetzte sich dem Schlaf, und so sprachen sie bis zum Morgen. Als er die Stunde näher rücken fühlte, rief der Verurteilte die Offiziere zu sich, um sich von ihnen zu verabschieden. Sie stellten sich in einen Kreis um den Tisch und hörten bewegt der ebenso einfachen als inhaltvollen Erklärung zu, die der Greis an sie richtete:

- Meine Freunde, ich bin Euch dankbar für die zarte Sympathie, die Ihr mir unter diesen Umständen erwiesen habt. Ihr seid Ehrenmänner, ich bin es auch, und als solcher will ich sterben, und als solche werdet Ihr Euch bis zu dem letzten Augenblick benehmen. Ihr werdet mir das Leben rasch nehmen, ohne mich einem nutzlosen Martyrium auszusetzen. Und wenn das Vorrecht des Alters mich ermächtigt, Euch einen Rat zu geben, lasst mich davon profitieren und räumet meinen Worten die Autorität ein, welche der nahe Tod gibt.

Und dann sprach er mit einer Geistesruhe, mit einer Überlegenheit, welche die traurige Situation noch erhebender gestaltete, von Spanien, dem Vaterlande beider Kriegsparteien, das durch den schrecklichen Kampf unfehlbar seinem Ruin entgegengeführt würde. Er ermahnte sie, seiner Fehler zu gedenken und den Irrtümern auszuweichen, die er begangen hatte; dann entschuldigte er seine Schwatzhaftigkeit und sagte:

- Die Stunde ist da, machen wir rasch ein Ende. Erfüllet Eure Pflicht mich zu töten, und ich erfülle die Meinige, die darin besteht, in Frieden mit Gott und den Menschen ruhig und mutig zu sterben.

Einer nach dem Anderen kam, um ihn zu umarmen. Schon waren einige Minuten über die für die Hinrichtung festgesetzte Stunde verstrichen, und Don Beltran rief von einer nervösen Unruhe erfasst aus:

- Aber was tun wir da, meine Herren, wir verlieren eine kostbare Zeit.

Die Sonne brach durchs Fenster herein und verkündete einen herrlichen Frühlingstag. Urdaneta, der an dem Fenster stand, konnte einen Seufzer nicht unterdrücken und seinen Blick auf die grüne, lachende Landschaft werfend, sah er einige Ziegen und einen alten gefesselten Esel:

- Armes Tier, sagte er, Ihr würdet ihm einen Dienst erweisen, wenn Ihr ihn mir opfern wolltet, aber er wäre nicht einverstanden ... Natürlich ... Obgleich alt und zahnlos, liebt er doch noch das grüne Gras ... Feinschmecker! ... Also gehen wir!

Pulpis trat ein und sagte, der Chef hätte einen Boten geschickt, mit dem Auftrage, zu warten ... Gewiss wollte auch er von Don Beltran Abschied nehmen.

- Also, sagte dieser mit ängstlichem Erstaunen, er komme doch endlich! Kommt er schon?

Zwei Minuten einer grausamen Erwartung verstrichen bis zur Ankunft Llangostera's. Wenn sein Geistlichengesicht etwas verriet, so waren es nur Zeichen einer großen Ergebenheit und Wachsamkeit für den Dienst.

- Setzen Sie sich, sagte er zu dem Verurteilten, ohne irgendeinen Gruß. Wir haben es nicht eilig. Wie hat man Sie mit Speisen versehen?

- Ich? Speisen? Und wozu? Ich speise nie zu so früher Stunde.

- Gut. Man wird Ihnen etwas bringen. Es gibt noch Lammbraten von gestern Abend.

- Danke. Ich speise nie zu dieser Stunde.

- Aber. Es gibt einen neuen Aufschub. Verzeihen Sie, ich weiß, dass das sehr peinlich ist.

- Ja, Herr, das sage ich selbst, wenn ich noch einen Tag zu leben habe, sagte Don Beltran, indem er die Sonne und die Landschaft betrachtete.

- Einen Tag? Ich weiß nicht, wie viele Tage es sein werden. Dieser Don Ramon ruht niemals und er lässt auch die Anderen nicht ruhen. Vor einer Stunde ist hier die Truppe des Erzpriesters angekommen. Ich erhielt durch seine Vermittlung diese Depesche, worin er mir nach einer Menge von Dingen, die mit dieser Sache nichts zu schaffen haben, sagt ...

- Mich ein wenig länger zu quälen?

- Nein, mein Herr. Dass wir Sie nicht erschießen und noch heute nach Gandesa schicken sollen. Er möchte Sie über einige Dinge ausfragen, die Sie allein kennen.

- Ich? ... Dinge kennen? ... Träume ich?

- Strengen Sie Ihr Gehirn nicht an. Sie werden in zwei Stunden mit zwei Kompanien des 3. Regiments und den Pferden, die ich hier habe, nach Gandesa aufbrechen. Don Ramon will Sie über politische Dinge befragen ... was da unten ... am Hofe vorgeht?

- Am himmlischen Hofe?

- Nein, etwas tiefer. Also Sie werden abmarschieren.

- Gut, sagte Don Beltran und erhob sich wie ein Kind, dass das Bedürfnis fühlt, umherzutollen. Gehen wir nach Gandesa und sprechen wir über Höfe, über alles, was Don Ramon nur immer will. Ich weiß zwar nichts, aber vielleicht kann ich ihm Dinge von großem Interesse sagen ... was weiß ich? ... Herr Llangostera, wenn das eine Art Gnade ist, möge Gott sie Ihnen vergelten, denn Sie haben gewiss Teil daran ...

- Ich nicht. Wenn dieser Befehl nicht gekommen wäre, würden Sie sich schon des Paradieses erfreuen können. Also meine Glückwünsche ...

- Danke, Leben Sie tausend Jahre, Herr Llangostera. Und jetzt erinnere ich mich Ihres freundlichen Anerbietens und bitte um den Lammbraten. Ich fühle einen gierigen Appetit.

- Gut, stillen Sie ihn. Aber vergessen Sie nicht, um acht Uhr Abmarsch.

Kaum hatte der Chef der Aufständischen die Schwelle überschritten, als Putxet sich auf seinen Freund stürzte, ihn so in seine Arme presste, dass er ihn zu erdrücken drohte.

- Mir, mir, mein edler Herr, verdanken Sie Ihr Heil ... ohne die entsetzliche Schlacht, die ich gestern des Pfingstfestes wegen lieferte, würde der Gegenbefehl Don Ramon's Sie im Grabe getroffen haben. Und ich tat es. Sie können es mir glauben - nicht allein des Pfingstfestes wegen, sondern weil mein Herz mir sagte, dass ein Tag gewonnen, auch der Mensch gerettet sei. Ich hatte eine Ahnung ... Ich wusste, dass Cabrera sich seit einigen Tagen mit Geschichten abquält, die man ihm vom Lager des Königs brachte.

- Aber ich bin über die dortigen Vorgänge ebenso wenig informiert, wie über die Ereignisse, die sich auf dem Monde abspielen.

- Aber gehen Sie, das ist unmöglich, Don Ramon hat nicht ohne Grund an Sie gedacht, und er rechnet darauf, dass Sie ihn informieren werden.

- Ich schwöre ...

- Aber für alle Fälle, wenn Sie nichts wissen, erfinden Sie. In meinen Augen sind Sie schon begnadigt und bald werden Sie auch freigelassen werden!

- Wie Gott will, Freund Putxet.

7.

Den ganzen Tag und einen Teil der Nacht benützten sie, um die Höhe von Beceïte zu übersetzen. Bei Tagesanbruch stießen mehrere Abteilungen zu ihnen und unter der Leitung guter Führer vorsichtig vorwärtsschreitend, konnten sie den christinischen Streitkräften, die in dieser Gegend operierten, ausweichen. Gegen Abend erfuhren sie, dass Don Ramon, von Rogueras angegriffen, die Belagerung von Gandesa aufgegeben und sich nach Bet zurückgezogen hatte. Sie begaben sich in forcierten Märschen nach dieser Richtung, und um Mitternacht erreichten sie ihre Genossen, die an den Ufern des Rio Seco kampierten. Es war eine drückende Temperatur, die glühende Erde atmete keine Frische aus. Cabrera befand sich in einem schlechten Zelt, wach, unruhig, unter dem Einflusse einer galligen Erregung, die alle zittern machte, die ihm dienstlich nahe kamen. Sobald er die Ankunft der nach Rossele entsandten Truppen erfuhr, befahl er Don Beltran de Urdaneta vorzuführen. Er gönnte ihm keinen Augenblick der Ruhe, so sehr brannte er vor Ungeduld, mit ihm zu sprechen. Der gute Aragonose kam matt vor Hunger und Schlaf in das Zelt, und nachdem er ihn begrüßt, bat er den Leoparden, sich im Zelte ausstrecken zu dürfen, da er sich nicht mehr aufrecht halten könne. Und ehe er noch die Erlaubnis erhielt, warf er sich auf den Fußboden nieder. In dem Zelte waren zwei Feldstühle. Auf dem einen war der General, der trotz der Hitze fror, in seinem weißen Mantel gehüllt ausgestreckt, auf dem anderen, der zu einem Tisch umgestaltet war, befanden sich verschiedene Papiere, ein Tintenfass und eine Lampe.

Der Sekretär saß, die Beine nach türkischer Sitte übereinandergeschlagen, auf dem Fußboden.

- Machen Sie sich's bequem, sagte Cabrera zu dem Greis. Hier halten wir nichts auf Etikette, und ich will es machen wie Sie, denn meine Nieren schmerzen, dass ich nicht sitzen kann.

Er gab seinem Sekretär einen Wink, sich zu entfernen, und er streckte sich Don Beltran gegenüber aus, indem er einige Decken als Kopfkissen benützte. Er war kein Freund des Zeitverlustes. Die Minuten waren ihm kostbar und unnütze Worte verabscheute er. Ohne seinen Gefangenen über seine Reise oder über seine Qualen in Rossele zu befragen, überging er gleich auf den Gegenstand, der ihn zweifelsohne sehr beunruhigte:

- Also, Herr von Urdaneta, Sie werden meine Fragen klar und deutlich und hauptsächlich aufrichtig beantworten. Glauben Sie nicht, mich täuschen zu können, denn niemanden ist es noch gelungen, Ramon Cabrera zu täuschen, und trachten Sie keiner meiner Fragen zu entgehen, denn Sie würden es bereuen. Was Sie mir verheimlichen wollen, werde ich bald erfahren, und Sie werden für Ihr Stillschweigen Rede stehen. Wenn Sie lügen, werde ich es sofort wissen, denn Gott gab mir die Gabe, zwischen Lüge und Wahrheit aus der bloßen Stimme des Sprechenden unterscheiden zu können.

- Wenn irgendetwas, was Sie mir zu sagen haben, eine delikate Seite berührt, wird es unter uns bleiben; ich verstehe zu schweigen wie niemand, aber wie niemand sonst weiß ich auch zuzuhören und zu erfahren.

– Lassen Sie mich also wissen, worum es sich handelt, General, antwortete Don Beltran, denn bei Gott, ich habe keine Ahnung, welche Angelegenheit, von der ich Kenntnis haben sollte, Sie interessieren könnte.

– Wir werden sehen. Bemühen Sie sich deutlich und besonders exakt zu antworten. Im Februar dieses Jahres berührten Sie auf dem Wege nach Caspi und Alcaniz Fuentes del Ebro. In dem Gasthofe des Viscarrués haben Sie mit einem Italiener, mit Ihrem Freunde Rapella gespeist und lange gesprochen. Er war auf dem Wege nach Borso und kam aus dem Norden, aus dem königlichen Lager.

Nachdem Don Beltran die ersten Mitheilungen des Leoparden mit Kopfnicken bestätigte, sagte er in einem aufrichtigen Tone, dass er mit Rapella sprach, dass dieser aber nicht sein Freund sei, sondern, dass er ihn zu Fuentes del Ebro zum ersten Mal in seinem Leben sah; dass er tatsächlich aus bloßer Neugierde und ohne jedes positive Interesse ihm sein Geheimnis entlocken wollte, um eine Erklärung zu haben für sein ewiges Hin- und Herwandern zwischen den beiden Bourbonenhöfen, dass er aber nichts erfahren konnte als die absolute, unverbrüchliche Diskretion des Sizilianers.

Cabrera empfing diese Erklärung ungläubig und erwiderte in spitzem Tone:

– Ich sehe, dass Sie aus derselben Schule sind. Die Diplomaten sind immer nichtsnutz und Sie, Sie wollen mir nicht nützen.

– Ich sagte Ihnen, General, dass ich ihm kein einziges Wort entlocken konnte; aber ich sagte nicht, dass ich die Natur seiner Geschäfte nicht kenne.

– Also, wenn Sie sie kennen ...

– General, Sie hätten mit der Frage beginnen müssen: »Urdaneta, was wissen Sie über diese Sache?«, nicht aber mich inquisitorisch verhören müssen, wie einen feindlichen Spion.

– Sie haben recht, sagte Cabrera, indem er sich vor der noblen Haltung des Aragonesen beugte. Entschuldigen Sie, dass ich den Unterschied nicht wusste. Die Gewohnheit, mit Gesindel zu verkehren ... Sie sind ein Gentleman, und was Sie über diese Angelegenheit wissen, werden Sie mir wie ein Freund dem Freunde mitteilen.

– Ich bin dazu bereit. Ich diene keiner Seite, ich verkaufe keine Geheimnisse, ich werde Ihnen sagen, was ich weiß, was für mich von keinem Interesse ist, und vielleicht auch nicht für Sie.

Als genauer und eleganter Erzähler und Meister in der Kunst, die einfachsten Dinge auszuschmücken, erzählte Don Beltran alles, was er wusste und dachte. Es war nicht bloß eine Schilderung von Tatsachen, aber auch eine wohlinformierte Dissertation über die Geheimnisse der Politik, über Dinge, die nur selten in die Öffentlichkeit gelangen. Auf seiner Reise von Guardia nach Villarcano hatte er die Bekanntschaft eines sehr sympathischen jungen Mannes gemacht, der früher mit Rapella reiste, und dank der Mitheilungen dieses jungen Mannes war es ihm ein Leichtes, den Charakter Rapella's und die Art der Intrigen, an welchen dieser Teil hatte, zu ergründen. Der Sizilianer war in die Diplomatik der Geheimkabinette sehr eingeweiht und auch in die politischen Kombinationen, die außerhalb der Ministerien entstanden. Urdaneta schilderte den Hof des Don Carlos, indem er wiederholte, was man ihm gesagt hatte. Er sprach von der Freundschaft, welche den Sizilianer mit dem Infanten Don Sebastian verband. Sein Freund kannte wohl nicht das Resultat der Konferenzen, welche dieser Gesandte *in partibus* mit Don Carlos hatte, aber er vermutete, die Basis der Friedensverhandlungen wäre eine durch eine Heirat beabsichtigte Versöhnung der beiden Bourbonenzweige gewesen. Da diese aber nicht zustande kam, weil eine Heirat zwischen Königin Christine und dem Sohn des Don Carlos nicht möglich war, blieb dieses Projekt ein bloßer Traum. Darum suchte man nun andere Möglichkeiten, um den Frieden und eine Verbrüderung der beiden Armeen heimzuführen.

Cabrera sprang erregt und zornig auf:

– Ja! Ich verbrüdere mich nicht. Nein ... ich nicht ... Eine Vermittlung! Nein, ich schwöre es! Sie kennen Cabrera nicht ... Nicht um eine Handvoll Gold, noch um einen Rang noch um Karrierevorteile lasse ich die Schande einer Auslieferung an die Christinisten über mich ergehen. Wenn Don Carlos nachgibt, möge er es mit sich ausmachen ... Er bleibe in seinem Haus ... ich werde in dem Meinigen bleiben! Ich will nicht! ... Nein, ich will nicht!! Prinzenheirat! ... Vermählt sich das Licht mit der Finsternis! ... Vermählt sich die Gerechtigkeit mit dem Unrecht? ... Vernunft mit Unverstand? Wenn sie heiraten, mögen sie ihr Brot zusammen verzehren ... Ich verheirate mich mit niemandem ... Don Ramon Cabrera heiratet nicht ... nein!

Der General setzte sich auf seinen Feldstuhl und glättete mechanisch die Papiere, die zerstreut umherlagen. Das qualmige Licht der Lampe fiel auf ihn. Don Beltran, ohne seine gleichmütige, nachlässige Haltung zu verändern, fuhr fort, dem Chef der Aufständischen die Informationen zu erteilen, die diesen so sehr zu interessieren schienen.

- Ich halte Sie für einen echten Gentleman, sagte Don Ramon nach einiger Überlegung mit gewisser Freundlichkeit, und ich bin überzeugt, dass Sie mir alles sagten, was Sie wussten. Ihre Meinungen scheinen mir sehr begründet.

Der Leopard fügte noch manches hinzu, aber Don Beltran, dessen Kopf schon seit einiger Zeit nickte, fiel in einen tiefen Schlaf, aus dem er aber seiner unbequemen Lage wegen erwachte.

- Schlafen Sie nur, mein Freund, sagte der General mitleidig. Sie bedürfen wohl der Ruhe. Ich beneide Sie um Ihre Schlafsucht.

- Ich glaube, er ist ein vollkommener Intrigant, schrie Don Beltran sich erhebend ... Ah ... Pardon, General, mir schien, als fragten Sie mich um meine Meinung über Rapella.

- - Das ist auch meine Ansicht, sagte der Leopard lächelnd.

Dann versank er wieder in seine Nachdenklichkeit, um nach einem kurzen Augenblick zu sagen:

- Schlafen Sie nur ganz ruhig, Don Beltran, hier sind mir keiner Etikette unterworfen. Nehmen Sie diese Decken und benützen Sie sie als Kopfkissen.

- Danke, lieber Nelet ... will sagen, Don Ramon. Sie sehen, ich kann nicht mehr ... Danke ...

Cabrera, der sich von den Gedanken, die ihn bewegten, nicht befreien konnte, schritt in seinen Mantel gehüllt noch lange im Zelte auf und ab. Er ward in seinen Reflexionen durch das Stöhnen des alten Edelmannes gestört, Urdaneta träumte, dass man ihn zum Richtplatze führte, dass man ihn niederknien ließ und ihm die Augen verband. Und im Schlafe stammelte er:

- Aufs Herz, meine Kinder! Zielet auf mein Herz, lasset mich nicht leiden!

Als er erwachte und sich von seinem Traume Rechenschaft gab, bat er den General um Entschuldigung und fügte hinzu:

- Achten Sie nicht auf mich. Wenn ich Sie geniere, will ich hinausgehen schlafen ins Hotel »zum schönen Stern«.

- Nein, nein, bleiben Sie nur hier. Und um Sie zu beruhigen, sage ich Ihnen, dass das Urteil, welches Sie als Geisel straft, aufgehoben ist.

- Ich weiß nicht, wie ich meine Dankbarkeit für Ihre Großmut ausdrücken soll? Also bin ich frei?

- Frei? Nein. Sie bleiben noch einige Zeit mein Gefangener. Möglicherweise werde ich Ihrer Kenntnisse des politischen und diplomatischen Lebens in Madrid bedürfen. Haben Sie nur Geduld und jetzt schlafen Sie in meinem Zelt so lange, als Ihr Körper es erfordert.

- O und er bedarf sehr vielen Schlafes, General, nach der vielen Schlaflosigkeit der vergangenen Tage und in meinem Alter ...

Gestärkt durch die Beruhigung, die die letzten Worte Cabrera's ihm einflößten, fiel Beltran in einen so festen Schlaf, dass er erst spät am Tage erwachte; sein erster Blick fiel auf Cabrera, der in seinen weißen Mantel gehüllt auf dem Erdboden liegend schlief. Seine Mütze bedeckte seine Augen, um ihn gegen das Licht zu schützen. Der Sekretär schrieb in recht unbequemer Stellung auf dem Feldstuhl, und ein Adjutant, der auf der Erde hockend Cigaretten drehte, winkte Beltran, sich stille zu verhalten, um den Schlaf des Generals, der erst bei Tagesanbruch einschlief, nicht zu stören. Kurz darauf kam eine Ordonnanz und flüsterte Beltran ins Ohr, dass ein ihm befreundeter Oberst ihn schon seit dem Morgen erwarte. Der Greis schlich sich infolge seiner Schwäche fast auf allen Vieren aus dem Zelte und bemerkte draußen Nelet, der mit gesenkten Schultern, den Kopf in die Hände vergraben, ein Bild des Trübsinns und der Verzweiflung, auf einem Steine saß. Nachdem er ihm auf die Schulter geklopft, begab sich der Greis nach einem benachbarten Zelte, aus welchem ein durchdringender Küchengeruch strömte. Dort hatte er das Glück, dem Leutnant Pulpis zu begegnen, der die Wache hatte, und er bat ihn um Nahrung und sei es auch nur Brot und Zwiebel. Er erhielt bald kräftigere und bessere Speisen und er verschlang sie, während er mit Santapau sprach, der sich ihm, von dem lebhaften Wunsche geleitet, mit ihm zu sprechen, näherte.

- Mein Sohn, ich finde Dich sehr verändert. Bist Du verwundet? Hast Du vor den Mauern von Gandese in den letzten Tagen Dein Blut verloren? Oder ist Dir etwa ein anderes Unglück zugestoßen, vielleicht eine neue Schlacht mit den Kindern der Hölle?

- Nein, diese fürchte ich nicht mehr. Von der Dämonenkrankheit bin ich vollkommen geheilt, antwortete Nelet seufzend und in Trauer versunken. Ein Arzt aus meinem Dorfe hat mich mittelst eines bitteren Trankes von diesem Wurme vollkommen geheilt. Wie der Arzt sagte, fliehen mich die Teufel jetzt, um in den Körpern meiner Freunde Unterkunft zu suchen.

- Gewiss ist es so, erwiderte Urdaneta, indem er philosophisch fortfuhr, sich zu kräftigen. Aber weshalb bist Du so trübsinnig?

- Das ist keine teuflische Melancholie, aber eine des Gewissens, und sie ist so ernst, so tief, dass wenig gefehlt hätte, und ich hätte gestern Abend meinem Leben ein Ende bereitet. Ich habe die Ausführung dieses Planes hinausgeschoben, um mit Ihnen zu sprechen und Sie um Rat zu fragen über den Vorfall, der mich wie ein Blitz getroffen und der zu jenen schrecklichen Fällen gehört, die man nicht enträtseln kann.

- Weißt Du, ob ich nicht die Lösung finde? Lass' mich ein wenig von diesem Ziegenragout essen, das mir den Körper und den Geist kräftigt, um Dir dann raten zu können. Greif zu, mein Sohn. Wer den Körper nährt, kräftigt auch den geistigsten Teil unseres Wesens: das Gewissen.

- Der Appetit des Gewissens wird nur durch unser eigenes Fleisch gestillt, dieses müssen wir ihm zum Opfer bringen ...

- Erzähle mir, erzähle rasch, damit ich die Ursache Deiner Verzweiflung kennenlerne ...

- Sättigen Sie sich und entfernen wir uns von hier; suchen wir einen Ort, wo uns niemand sehen noch hören kann. Von einem menschlichen Wesen gesehen oder gehört zu werden, versetzt mich in eine Wut, dass ich der ganzen Welt Taubstummheit wünsche. Gott allein sollte sehen und nur die Stürme, die seine Stimme sind, sollten gehört werden.

- Mein Sohn, Du bist poetisch, aber Deine Metaphern sind düster. Die Bilder, die Du gebrauchst, sind alt und darum verpönt. Ich habe mein Frühstück, das der Hunger mich ausgezeichnet finden ließ, beendet. Gehen wir, wohin Du willst.

Nelet führte ihn in einen entfernten Winkel, wo man Pferde beschlug, und inmitten des Wieherns, dessen Geräusch ihm angenehmer dünkte, als die Stimme der Menschen, schilderte er das Ereignis, das ihn in so tiefe Verwirrung brachte.

- Wir haben diese unglückliche Schlacht von Gandese verloren, sagte er, weil damals, als der Angriff am heftigsten war, unsere Soldaten, die Sumpfwasser getrunken hatten, an schrecklichen Schmerzen litten und unter furchtbaren Zuckungen starben. Mein Regiment litt am meisten an dieser Krankheit. Meine Soldaten glaubten, der Feind hätte das Wasser vergiftet. Sie wurden von einer Panik ergriffen. Der Arzt und ich, mir waren bemüht, ihnen zu erklären, dass die Vergiftung durch solch stehende Sümpfe eine ganz natürliche sei. Schließlich mussten wir zurückweichen und Cabrera ließ zum Rückzug blasen.

Auf dem Rückzuge begegnete ich anfangs keiner christinistischen Streitmacht. Aber nach einem Marsch von anderthalb Meilen überraschten wir ungefähr zwanzig feindliche Soldaten, die Aufklärungsdienst hatten. Sie marschierten mit so wenig Vorsicht und kannten das Terrain so wenig, dass sie ohne die Möglichkeit einer Rettung in unsere Hände fallen mussten. Einige warfen ihre Waffen von sich und versuchten zu entfliehen, aber meine besten Schützen machten sich auf ihre Fährte.

Zwei wurden erschossen, die Anderen ergaben sich wie Lämmer und baten um Erbarmen, »Was tun wir, Oberst? Füsilieren mir sie oder nicht? Wir glauben, diese Leute haben das Wasser vergiftet.« Ich erfüllte ihren Wunsch, denn auch ich fühlte mich ein wenig vergiftet. Ein verzehrendes Feuer durchdrang meine Eingeweide. Um die Patronen zu ersparen, arbeiteten meine Leute mit ihren Bajonetten. Ich weiß nicht, wie es kam, aber an diesem Tage war ich von einer wahren Mordwut ergriffen. Nicht Dämonen plagten mich, aber eine Art Bitterkeit reizte mich, machte mich wild. Am Morgen hatte ich den Trank eingenommen, von welchem ich mit Ihnen sprach. Die Fliegen, die mein Pferd anlockte, machten mich wahnsinnig mit ihren Stichen. Überdies rann der vergiftete Schweiß in Strömen von mir und die Fliegen, die ihm nahe kamen, fielen tot zu Boden. Aber sie waren so zahlreich, dass ich vom Pferde steigen musste. Während meine Soldaten die Gefangenen hinrichteten, schlenderte ich zwischen Lebenden und Toten umher und selbst halb tot, gewahrte ich unter einem Baume einen verwundeten Christinisten.

Ich weiß nicht, wie mir die wahnsinnige Idee kam, ihn mit meinem Degen zu durchbohren; ich hielt ihn für eine Fliege oder für den Vater aller Fliegen.

Kaum zog ich meinen Degen aus seiner linken Seite heraus, kam mir ein Gedanke, wenn man das Gedanken nennen kann ... Was sah ich in dem Gesicht und in den Augen dieses Mannes? Was war es, dass ich einen Schrei ausstieß, einen Schrei voll Wut und Schmerz:

- Bist Du gar Franciscus Luco?

- Ich fragte ihn zweimal und zweimal antwortete er mir mit Kopfnicken ... so ... Er sagte Ja mit dem Kopf und auch mit den Augen, aber er sprach kein Wort, denn er war tot.

- Dass Gott uns helfe! Rief Urdaneta aus, indem er vor Kummer tief aufseufzte.

- Sagen Sie nun: Kann es einen Trost für mich geben, nachdem ich den Bruder derjenigen, die ich anbete, auf so wild barbarische Weise getötet habe? Muss ich nicht wünschen, dass die Erde sich unter meinen Füßen öffnete und mich verschlinge? Was soll nun Manuel Santapau weiter auf dieser Welt?

- Ah, ah, nicht so rasch ... nicht die Kaltblütigkeit verlieren ... es ist auch noch ein Irrtum möglich ... Möglicherweise hatte dieser Mann nicht die Absicht, Dir zu antworten. Es kann eine unwillkürliche Muskelbewegung sein, wie sie so häufig sind in den letzten Minuten ...

- Und die Ähnlichkeit mit seiner Schwester? Es war dasselbe Gesicht. Seine Augen schienen mir die von Marcela zu sein.

- Das beweist noch immer nichts. Das kann eine zufällige Ähnlichkeit sein oder vielleicht war die Ähnlichkeit nur in Deinem von der Schlacht, durch die Unruhe, durch den Trunk erhitzten Gehirn. Und was schließlich Deine Verantwortlichkeit betrifft, handelt es sich doch um eine unvorhergesehene, plötzliche Sache, um einen Schlachtenvorfall. Die Gelegenheit, die Kriegsgesetze, denen Du Dich nicht entziehen kannst, da Du doch Cabrera untergeordnet bist, entschuldigen Dich in einem gewissen Maße.

- Nein, nein, mein Gewissen kann es nicht glauben; es ist sehr starr, sehr anspruchsvoll, sehr skrupulös geworden. Es ist natürlich, dass mein Meister und Freund mich trösten will, aber für mich gibt es keinen Trost. Ich habe einen wirklichen Brudermord begangen. Was ist nun die Sehnsucht, mich selbst zu töten, Anderes als das Bedürfnis, vor mir selbst zu fliehen, infolge des Abscheues, den ich mir selbst einflöße.

- Ruhe, Bedächtigkeit und Überlegung, sagte der Meister der Liebeskunst, der selbst keinen Rat wusste, aber seine Verlegenheit und seinen Ärger verbergen wollte. Deine Gewissenskrankheit scheint mir niederschmetternd, aber es wird Mittel geben, sie zu heilen, ich verspreche es Dir, ich hafte dafür. Du musst mir versprechen, unter der Herrschaft des Zornes keinen Entschluss zu fassen, mich in allen Dingen um Rat zu fragen, denn da ich in diesen Dingen erfahren bin, muss ich auch die Mittel besitzen, selbst die schwersten Fälle der Gewissensbisse zu behandeln. Vertraue Dich meiner Sorge an. Stütze Dich auf die Autorität, welche die traurige Wissenschaft des Alters mir verleiht.

Und da der schlaue Alte dann noch den Gedanken aussprach, dass Marcela wohl noch keine Kenntnis hätte, dass er der Mörder ihres Bruders sei, ließ Nelet ab von seiner düsteren Traurigkeit, um sich ganz dem Zorn zu überlassen:

- Glauben Sie denn, dass ich ihr ins Gesicht schauen könnte, ohne das Geheimnis meiner Sünde zu verraten? In meinem Gewissenszustande bin ich unfähig zu heucheln, denn ich glaube, dass in meinen Augen das Verbrechen, das ich beging, sich widerspiegelt! Marcela könnte in meinen Augen das Bild ihres sterbenden Bruders sehen, wie er mit dem Kopf nickt, um mir »Ja« zu sagen. Wenn Sie mir raten, ihr die Wahrheit zu verheimlichen, wären Sie nicht mehr der echte Gentleman, für den ich Sie hielt, nein, Sie wären es nicht mehr!!

- Ich verzeihe Dir die Zweifel an meinen edlen Gefühlen, denn Du bist krank, mein lieber Nelet. Gestehe, beichte Deine Sünde immerhin, aber vor dem Beichtstuhl. Ich sehe aber nicht ein, warum gerade Marcela Dein Beichtvater sein muss ...

- Ja, sie ist es, sie muss es sein, ich will, dass sie es sei! Schrie Nelet.

- Schreie nicht, um Gotteswillen.

- Entweder werde ich mich töten, um zu schweigen, oder werde ich leben, um zu beichten.

- Nun, da die Frage zu diesem schrecklichen Dilemma führt, rate ich Dir zu leben und zu beichten.

- Aber ihr. Dieses Feuer, das nun mein Gewissen erfüllt, das mir Körper und Seele verzehrt, kann nur durch die Wahrheit beruhigt werden. Dann mag mit mir geschehen, was Gott will.

In der Hoffnung, ihn zu beruhigen, tat Beltran, als stimme er Santapau zu. Er dachte, die Ruhe, der Schlaf, die militärischen Pflichten, der Verkehr mit den Kameraden würden ihn bald zu dem gewohnten Leben zurückführen und das Gleichgewicht seines Geistes wieder herstellen. Er suchte ihn zu zerstreuen, indem er von verschiedenen Angelegenheiten sprach und in ziemlich pittoresker Weise die Szenen seiner unterbrochenen Hinrichtung schilderte und ihn verständigte, mit welch unglaublichem Wohlwollen Cabrera ihn aus seiner Geiselpflicht befreite, und dass er hoffe, seine Freiheit bald wieder zu erlangen.

Diese Worte hatten die Kraft, den armen Nelet ein wenig zu beleben.

- Freiheit! Rief er aus. Ich will auch frei sein: frei oder tot.

Inmitten dieser Unterhaltung wurden sie plötzlich durch dem Befehl zum Abmarsch unterbrochen, welchen Cabrera in dem Augenblick erteilte, da jedermann das Vergnügen der so sehr verdienten Ruhe genoss. Es hieß laufen und kämpfen! Wohin man ging? Cabrera hatte nicht die Gewohnheit, es zu sagen, er zeigte den Truppen den Weg, indem er an ihrer Spitze ritt, Don Beltran bestieg ein Pferd, das sein Freund Putxet ihm verschaffte, und zwischen diesem, der unaufhörlich sprach, und Santapau, der stumm geworden zu sein schien, zog er auf einem unbequemen und staubigen Pfad seines Weges. Und der arme Mann war mehr als müde nach den vielen Anstrengungen. Seine alten Beine forderten gebieterisch Ruhe und sie schienen nach der Art Nelet's, aber in anderem Sinne die Freiheit oder den Tod zu verlangen. Bisher hatte er, dank seiner kräftigen Konstitution, seiner fröhlichen Gemütsart und seiner Abenteuerlust die Strapazen und Entbehrungen des Krieges noch ertragen können; und wenn die physische Müdigkeit unerträglich schien, schweifte seine Einbildungskraft nach seiner Jugend zurück, und sie gab ihm neuen Mut. Zu seinem Glück oder zu seinem Unglück - denn der Fall ist zweifelhaft - konnte er trotz seines vorgerückten Alters seinen Gesichtskreis noch immer nicht einengen.

Im Verlaufe des Marsches bemerkte der alte Edelmann zu seinem tiefen Kummer, dass Nelet, ohne von seiner moralischen Krankheit zu genesen, nun auch körperlich immer mehr niedergedrückt schien. Am Nachmittage konstatierte er an seinem Freunde einen kräftigen Fieberanfall, und als sie nachts in Arenys de Lledo eintrafen, fiel der Oberst vom Pferde. Man richtete ihn auf, ohne dass er sich bewegen konnte, und man lehnte ihn an eine Mauer, während Urdaneta, bekümmert, seinen Freund in dieser Lage zu sehen, sich entschloss, dem General mitzuteilen, dass der Oberst unfähig sei, den Marsch fortzusetzen. Cabrera empfing ihn in sehr schlechter Laune in dem Pfarrhause, das er bewohnte, und seine düstere Miene zeigte, dass Beltran für seine Bitte keine schlechtere Gelegenheit hätte wählen können. Der mutige Aragonese ließ sich aber durch das Stirnrunzeln nicht einschüchtern und bat nicht nur, dass Santapau seiner schweren Krankheit wegen beurlaubt werde, und dass er bis zu seiner Genesung in seinem Heimatsorte, wo er Angehörige besaß, verweilen dürfe, sondern er erbat die Erlaubnis, den Oberst zu begleiten, um ihn pflegen zu können.

Cabrera schritt wie ein wildes Tier im Käfig, mit blitzenden Augen in seinem Zimmer auf und ab, und unser guter Alter glaubte, er würde die Fensterscheiben zerschmettern, und ihn hinausweisen, ohne seine Bitte zu gewähren. Und doch kam es nicht so. Wie ein beschäftigter Mensch, der alle Kleinigkeiten missachtet, um seine Aufmerksamkeit für die wichtigen Dinge zu konzentrieren, erklärte Cabrera, dass sowohl er, Don Beltran, als auch der Oberst sich entfernen könnten, wohin sie wollten ... wohin immer ... mit oder ohne Gottes Hilfe ... denn weder der Eine noch der Andere würden ihm in welcher Beziehung immer fehlen.

– Was Sie betrifft Herr Urdaneta, sagte er, sich vor ihm aufpflanzend, Sie sind frei und Sie können Ihre Güter in Aragonien wieder aufsuchen. Die Aristokraten können mir selbst als Geiseln keine Dienste leisten, und als Gefangene ziehe ich jene vor, die arbeiten und die Waffen ergreifen. Damit will ich Ihnen keine Verachtung bekunden. Was Santapau anlangt, möge er sich mir vorstellen, sobald er geheilt sein wird, und falls er nicht gesundet, möge er sterben. Gott verzeihe ihm ... Sie können sich zurückziehen ... Es ist möglich, dass mir uns niemals wiedersehen werden, erstens, weil Sie schon alt sind und dann, weil ich, obgleich noch jung, sehr bald sterben werde ... an einem Wuthanfall.

8.

Dankbar und zufrieden zog sich der Gebieter von Albalata zurück, und indem er den General verließ, dachte er nur an die Notwendigkeit, Nelet eine Unterkunft zu verschaffen. Vorerst suchte er nach den Verwandten, die Nelet in Lledo besaß, doch konnte er sie nicht auffinden und niemand wusste es zu sagen, wohin sie geflüchtet waren. Es gab kein anderes Mittel, als sich in einem Hause einzurichten, wo man ihnen gegen Bezahlung eine entsprechende Gastfreundschaft bot. Don Beltran wählte mit Rücksicht auf seine gesunde und luftige Lage einen Meierhof am Eingange des Dorfes. Der Besitzer war ein alter Katalane, dem zwei hübsche Töchter zur Seite standen. Beide waren höflich, ein wenig kokett, was die Familie in den Augen Don Beltran's anziehend erscheinen ließ. Sie gaben dem Kranken ein Zimmer im oberen Stockwerke des Hauses mit einem annehmbaren Bett, und Don Beltran bezog ein anstoßendes Gemach, auf dessen Plafond Pflanzen und Kräuter zum Trocknen hingen. Die Wohnung schien ihm passend, obgleich das Lager von einer Härte war, dass er vermeinte auf Pfirsichkernen zu liegen, und er hätte hier sehr glücklich leben können, würde die Krankheit seines Freundes ihm nicht eine schwere Besorgnis verursacht haben.

Nelet verbrachte die erste Nacht in einem Zustande, der seinen Meister ein sehr ernster schien. Er hatte ein starkes, mit Delirien verbundenes Fieber. Am nächsten Tag zeigten sich am ganzen Körper Ausschläge, wie von unzähligen Bienenstichen hervorgerufen, Don Beltran wich nicht von seinem Bette, er wachte Tag und Nacht und pflegte ihn mit der größten Aufmerksamkeit im Vereine mit dem dienstbereiten Hauswirt und seinen beiden Töchtern, die in diesen Dingen sehr erfahren waren. In dem Dorfe gab es keinen Arzt, nicht einmal einen Bader. Don Beltran und Chimeta (dies der Name des älteren hübscheren und intelligenteren der beiden jungen Mädchen) hielten lange und zahlreiche Beratungen ab und verschrieben den Kranken, was ihnen gut dünkte. Ruhe, Reinlichkeit, viel warmes und gezuckertes Wasser waren die einzigen therapeutischen Mittel, die sie während der acht Tage der Gefahr, wo der Gesichtsausschlag beunruhigend war, zur Anwendung brachten. Der Hauswirt versicherte, dass der Ausschlag keineswegs als Blatternkrankheit zu betrachten sei, denn solche Fälle hätte er in seiner Familie schon genug behandelt. Seiner Meinung nach war die Krankheit eine Folge des erhitzten Blutes, eines Wuthanfalles, der sich nicht Luft machen konnte.

Auf die acht gefahrvollen Tage folgten acht andere, in welchen der Ausschlag nachließ und die Haut sich allmählich erneuerte; das Fieber verschwand und der Kranke vermochte, wenn auch mit Widerstreben einige Nahrung zu sich zu nehmen. Wenn Chimeta das Krankenlager verließ und Don Beltran allein bei dem Patienten blieb, konnte er sich nicht der Traurigkeit erwehren, die ihm übermannte. Wohl hatte er die Freiheit wieder erlangt - das war ein unschätzbares Gut -, aber die Angelegenheit, die ihn nach Teruel führte, blieb unerledigt. Er glaubte kein Unrecht zu tun, wenn er wünschte, was ihm gesetzlich zukam, und ohne sich von den Empfindungen zu entfernen, welche die beängstigenden Tage von Rossele in seiner Seele erweckt hatten, würde er es doch bitter beklagt haben, hatte er nach Cientruenigo mit leeren Händen zurückkehren müssen.

Seine Hoffnungen verflüchtigten sich. Nelet schien geistesgestört zu bleiben. Er raisonierte nicht mehr, und was er sprach, entbehrte des Zusammenhanges. Und dann sprach er auch nicht mehr von der Nonne. Beltran, der von dem Aufenthaltsorte Marcelas keine Kenntnis hatte, wünschte die Liebesbotin, die alte Malaena, herbei. Und dieser Wunsch erfüllte ihn so sehr, dass er sich immer wiederholte: »Sie wird kommen, sie muss kommen!« Und als hätte sie dieser Suggestion gehorcht, kam die Frau mit dem Mausgesichte eines Morgens wirklich. Zwanzig Tage waren vergangen, seit Santapau auf dem Krankenbette lag, und seine Intelligenz kam nur schwerfällig zum Durchbruch, kaum, dass es ihm gelang, seine Gedanken zu sammeln.

Don Beltran empfing die Botin im Garten und seine Zufriedenheit wuchs noch, als er vernahm, dass Marcela nicht weit entfernt sei. Nachdem sie den Tod ihres Bruders erfahren hatte, begab sie sich nach Gandese, um den Resten Franciscus' ein würdiges Grab zu besorgen. Beltran wollte nicht, dass Malaena sich vor Nelet zeige, der nicht in der Lage war, heftige Gemütsbewegungen zu ertragen, die seine Heilung schädlich beeinflusst hätten. So ließ er ihr ein Mahl zubereiten und er installierte sie in dem Stalle unter Reinlichkeits- und Nahrungsverhältnissen, welche der Liebesbotin bis dahin unbekannt waren.

Und während er für ihr Wohl sorgte, bestürmte Don Beltran Malaena mit Fragen, da er nicht nur den Seelenzustand, aber auch die Zukunftspläne der Büßerin kennenlernen wollte.

Malaena ließ in ihrer barocken Sprache verstehen, dass Marcela von der Krankheit Nelet's und von der Todesgefahr, in welcher er schwebte, Kenntnis habe und sich äußerst betrübt zeige; sie hatte viel Tränen vergossen und in allen Gebeten bat sie für das Leben des tapferen Offiziers, der sich ihr gegenüber so großmütig benommen hatte. Sie war überzeugt, dass Nelet die grausame Krankheit überwinden werde, und die Art, wie Marcela sich ausdrückte, ließ keinen Zweifel über die zärtlichen Gefühle, die sie für den Obersten hegte, zu dem sie sich nun umsomehr hingezogen fühlte, als der Tod ihres Bruders sie zur alleinigen Erbin der von ihrem Vater vergrabenen Güter machte, und sie nun eines neuen Schutzes bedurfte, um das Vermögen ihres Vaters zu retten und seinen letzten Willen erfüllen zu können.

Die Malaena erzählte ferner, dass sie Marcela zum letzten Male in der Richtung von Monte Caro gesehen habe.

- Sie und die beiden Alten trugen eine schwere Vase, so schwer, dass sie alle Drei mit vereinten Kräften sie tragen mussten.

- Kamen sie aus dem Schlosse oder gingen sie hinein? Fragte Don Beltran mit geheuchelter Gleichgültigkeit.

- Sie gingen nach dem Schlosse, sagte die Alte im valencianischen Dialekte. Ich weiß aber nicht, ob sie hineingingen oder weitergingen, denn die heilige Dame gab mir Brot und Käse und befahl mir, mich zurückzuziehen. Und ich ging weiter, ohne mich umzublicken.

Diese Nachrichten schienen dem edlen Greis wie eine weiße, verführerische Hand, die in seiner Seele die Geldgier erregte, diese Schlange, die seit dem Pfingsttage in seinem Innern eingeschlummert war. Um sein Gewissen zu beruhigen, bemühte er sich, sich selbst zu beweisen, dass sein eigenes Gut zu wünschen und dessen Wiederverstattung zu erstreben keine Torheit sei, sondern eine gerechte Absicht. Zwischen Wunsch und Furcht pendelnd, kam er um den Schlaf. Da er sah, dass der Zustand Nelet's sich bedeutend gebessert hatte, verständigte er ihn von der Ankunft Malaena's und von dem Gespräch, das er mit ihr hatte. Der Kranke war sehr erregt und gewann seine gewohnte Schwatzhaftigkeit wieder.

Aber schon nach den ersten Worten konnte Don Beltran gewahr werden, dass die Gewissenskrankheit ihn noch immer quälte. Der Professor zögerte nicht, sie mit Eifer zu bekämpfen und sagte:

- Überlasse das mir, denn Du bist nicht in der Lage, eine so ernste Sache zu erledigen. Ich werde alles ordnen, was ein günstiges Resultat herbeiführen kann und was Deine Ehre erfordert. Deine Skrupel werden sich verflüchtigen und Marcela wird Dein Weib werden. Man muss in allem Maß halten, selbst in der Tugend. Und wenn Du in der Lage sein wirst, zu gehen, werden wir uns auf den Weg machen, um die göttliche Frau aufzusuchen. Santapau war damit einverstanden, und sie beschlossen, noch zwei Tage zu warten, bis Nelet sich kräftigte, denn da sie weder Pferde hatten, noch die Mittel, welche zu kaufen, mussten sie den beschwerlichen Weg zu Fuß zurücklegen.

Als der für den Abmarsch anberaumte Tag herangebrochen war, machten sie sich auf den Weg. Beltran war wirklich traurig, als er sich von der schönen Chimeta verabschiedete, die durch ihre Anmut und ihre Heiterkeit auf das Herz des Greises einen tiefen Eindruck gemacht und sich platonisch in einem seiner besten Herzwinkel eingenistet hatte. Mit feuchten Augen sagte der aragonische Edelmann ihr Lebewohl, und obgleich ihre Hände von der Arbeit rau und ein wenig formlos waren, wollte er sie küssen. Er wünschte ihr einen guten Verlobten, der einen guten Gatten abgeben könnte, und erinnerte sie an die Ratschläge, die er ihr über das Verhalten den Männern gegenüber gab. Sie, ihre Schwester und auch ihr Vater sahen die Gäste betrübt scheiden und wünschten ihnen Gesundheit und gute Erfolge. Von Malaena begleitet, wählten sie die Wege, die nach Horta führten, wo sie ihre erste Tagreise beenden wollten. Sie hatten das Aussehen zweier armer Gaukler, die von einem Hund im Unterrocke begleitet waren, oder noch besser, von einem vierfüßigen Affen, der durch Kapriolen und Grimassen die Mildtätigkeit der Dorfbewohner herausfordern sollte. Sie marschierten langsam, manches Mal schwiegen sie lange Strecken hindurch, manchmal wieder unterhielten sie sehnsüchtige Gespräche. Aus Angst, Christinistin zu begegnen, sandten sie Malaena voraus, damit sie das Nahen verdächtiger Erscheinungen signalisieren könne. Während der Ruhepause in einem Gasthofe zu Horta entschloss sich Nelet, die intimen Gedanken, die sein Gehirn erfüllten, die sehr seltsam waren, und auch die Visionen, die ihn seit Beginn seiner Krankheit heimsuchten, zu schildern. Unter den letzteren war eine - sie erfüllte ihn unausgesetzt -, welche jeden Anderen hätte erbleichen machen.

- Die ich Ihnen schildern will - sagte Santapau, indem er sich nach der schlechten Mahlzeit neben seinen Freund ausstreckte, sah ich ganz deutlich in Lledo in der ersten Nacht meiner Krankheit; dann verschwand sie und vermischte sich mit anderen Bildern. Aber sobald ich wieder gesundete, sah ich sie wieder deutlich mit einer Klarheit, die von Nacht zu Nacht zunahm und einen Punkt erreichte, dass ich das Bild nun auch am Tage mit offenen Augen vor mir sehe.

- Erzähle mir rasch, ich brenne vor Neugierde. Ich zweifle nicht, dass diese Vision in Verbindung ist mit dem Gegenstand und dem Unternehmen, das Dein Leben erfüllt, und dass das Bild Marcelas der Mittelpunkt aller Sphären und Kreise sei, welche Dir in Deinen Delirien erschienen ...

- Also hören Sie. Sobald ich von der Vision ergriffen bin, fühle ich, dass ich die Nonne von Sijena zu Pferd verfolge.

- Und sie? Ist sie zu Fuß?

- Ich weiß nicht. Ich weiß nur, dass sie vor mir ist, ich errate es, ich fühle es. Ich schreie und sie hört mich nicht.

- Und Du reitest und reitest und spornst das Pferd ...

- Ich bediene mich keiner Sporen, weil ich der Kleider und selbst des Fleisches entblößt bin. Ich bin ein Skelett. Mein Pferd ist auch ein Skelett, das Skelett eines Pferdes wohlverstanden ... Ich habe keinen Sporn als mein Fersenbein und das Pferd hat keinen Leib, dem ich die Sporen geben könnte. Aber das ist gar nicht notwendig, denn es rennt, rennt, ohne dass ich es anfeuerte, und seine vier Beine verursachen ein regelmäßiges Geräusch, das mir an die Ohren schlägt. Trab! Trab! Immer gleichmäßig.

- Du musst viel leiden, wenn Du einem Phantom nachjagst, ohne es zu erreichen.

- Mehr noch als unter der wilden Jagd nach dem Phantom leide ich unter dem Trab-Trab des Pferdes; und diese vier Skelettbeine schütteln mich manchmal, als wären sie aus Eisen. Und wissen Sie, wohin mich diese schreckliche Galoppad führt! Durch ein Feld, das üppig scheint, und auf dem doch weder Baum noch Pflanze, noch Gras wächst. Es ist von kleinen Lebewesen belebt, welche den Erdboden bedecken. Was für Lebewesen? Werden Sie fragen. Kinder, wie man sie auf der Erde sieht? Ja, Kinder im Alter von ein bis zwei Jahren. Wie schön und anmutig sind sie. Sie lachen wie ein Bébé, das ins Licht blickt; sie lassen ein süßes Vogelgezwitscher vernehmen. Und durch dieses Kinderfeld treibt mich der Galopp auf der Jagd nach Marcela. Mein Pferd zerstampft sie, vernichtet sie zu Tausenden, aber umso zahlreicher erstehen sie von Neuem und zwitschern und leben ...

- Mein Sohn! Nie hat eine seltsamere Mission einen Christen gequält; nur kann ich den Zusammenhang zwischen diesem Kinderfeld und Deinem Kummer nicht feststellen, mein armer Nelet.

- Ich ja auch nicht, aber Tatsache ist, dass diese Halluzination mich nicht verlässt, und ich gestehe Ihnen, dass ich diese unendliche Kindermenge liebe, als ob sie mein eigen wäre.

Nach diesem seltsamen Bekenntnis schwieg Nelet und gleich darauf waren die beiden Reisenden in einen festen Schlaf versunken. Am nächsten Morgen, der regnerisch anhub, setzten sie ihre Reise fort, indem sie sich unter die Bäume stellten, wenn der Regen zu sehr goss. Der aufgeweichte Boden machte den Fußmarsch sehr beschwerlich, bald mussten sie unter einer Mauer, bald unter einem Felsen Schutz suchen, und dann wieder eilen, um bald einen bewohnten Ort zu erreichen. Trostlos über diese Angelegenheiten und den schlechten Zustand, in welchem sie ihre Reise erledigten, sagte Santapau, als sie unter einer elenden Strohhütte Schutz fanden, zu seinem Freunde:

- Weder Sie noch ich können uns erniedrigen und unsere Reise wie elende Landstreicher fortsetzen: von allem entblößt, schlecht gekleidet und unsere Zeit, unsere Gesundheit und unsere Geduld vergeudend. Wir müssen Pferde, Kleider und Geld haben. Da wir nahe zu Cherte sind, wo ich Verwandte, Freunde und ein Gut besitze, dessen zweihundert Dukaten betragende Rente ich in diesem Jahre noch nicht aufnahm, werden wir dorthin gehen, oder ich gehe allein, wenn Sie nicht disponiert sind. Ich bleibe nicht länger, als notwendig ist, alles Geld, das möglich ist, zusammenzuraffen und ein Paar Pferde zu verschaffen, oder Maultiere, oder gar Esel.

Dieser Wunsch schien Beltran bewunderungswürdig, doch verzichtete er darauf, Nelet zu begleiten. Er war zerschlagen, abgespannt, alle Glieder seines Körpers schmerzten ihn. Sie vereinbarten, dass Nelet bei Tagesanbruch sich auf den Weg mache. Er war mit den Wegen wohlvertraut, und er glaubte, ohne sonderliche Eile in drei Stunden wieder zurück zu sein. Don Beltran sollte in der Strohhütte bleiben und sich von dem Unwohlsein erholen, welches er sich durch den Marsch im Regen zugezogen hatte. Nelet machte sich am frühen Morgen in Begleitung einiger Marktweiber auf den Weg und der alte Edelmann machte sich's auf einem Strohlager bequem und gab sich dann wieder den Gewissensbissen hin. Einen moralischen Stich fühlte er in seinem Herzen, wenn er daran dachte, dass er eine Braut Christi ihrem heiligen Beruf abwendig machen wollte, und dazu kam noch sein Plan, Marcela verheimlichen zu wollen, dass ihr Anbeter und Verlobter der Mörder ihres Bruders war.

Aus den drei Stunden waren aber allmählich drei Tage geworden, und Don Beltran, der vor Ungeduld außer sich geriet, überließ sich noch mehr seinen düsteren Betrachtungen. Exaltierten Geistes rief er nach Malaena, die zurückgeblieben war, um ihn zu betreuen.

- Malaena, komm', ich fürchte mich nicht vor Dir! Du schienst mir eine alte Hexe, wie jene, welche den Kindern Furcht einflößen. Aber ach! Jetzt sehe ich, dass die alte Hexe eigentlich in meinem Innern ist: mein Gewissen. Nun hat mich Gott aber erleuchtet und ich werde zur Tugend zurückkehren. Wenn ich sterben muss, werde ich sterben. Ich will aber keine Sünden mehr begehen und keine bösen Gedanken mehr hegen. Möge wer es will dem Golde nachjagen! Ich will keinen Schritt mehr dafür tun. Keine Verheimlichungen vor Marcela mehr! Ob die Tage, die ich noch zu leben habe, kurz oder lange dauern, von nun ab soll nur die Wahrheit meine Schritte lenken.

In diesem Augenblick vernahm er das Geräusch von Menschen und Tieren. Es war Nelet, der aus Cherte zurückkehrte. Das Vergnügen, das Don Beltran empfand, als er seinen Freund umarmte, stand gar nicht im Verhältnisse zu der kurzen Dauer von des Letzteren Abwesenheit. Er sah Nelet stärker und schwungvoller denn je; er fand ihn vollkommen hergestellt und das Gesicht von den hässlichen Wunden befreit. Freilich war dies eine Illusion des armen Alten, der eben das sah, was er sehen wollte. Santapau hingegen fand seinen Meister gebrochener, gebeugter und wankender denn je.

Nachdem sie die Vorräte, welche der Pächter Nelet's mitgebracht, verzehrt hatten, sagte Nelet:

- Ich blieb drei Tage, da die Verhältnisse in Cherte ganz verändert sind. Eine Menge von Freunden und Bekannten, die ich traf, machten es mir unmöglich, meine Geschäfte in kürzerer Zeit zu erledigen.

- Ich hörte, dass in dieser Gegend sehr viele Truppen beider Armeen herumstreifen. Was geht vor ?

- Ja, es gibt viele Truppen beider Parteien in der Umgebung. Entfernen wir uns rasch, ehe meine Kameraden, die jetzt viel zahlreicher sind denn je, uns erreichen.

- Gewiss, Du hast recht. Aber sage, hörtest Du nichts von einem gewissen Rapella, der zwischen den beiden Parteien als Vermittler fungiert und der ein Arrangement auf Grundlage einer Heirat anstrebt? Ist er nicht bei dem König?

- Ich hörte etwas von diesem Italiener und auch noch von einigen fremden Abenteurern, welche Don Carlos umgeben. Ich schenkte aber der Sache keine Beachtung und kann Ihnen so keine Auskunft geben.

Nelet wollte schon am nächsten Morgen aufbrechen, um Marcela aufzusuchen. In Cherte erfuhr er, dass sie aus Gandese zurückkehrte, wo sie die Überreste ihres unglücklichen Bruders in einer würdigen Ruhestätte beisetzte. Dem Kaplan des ersten Regiments von Toriosa, mit dem sie eines Morgens in der Nähe von Rio Seco zusammentraf, sagte sie, sie hätte die Absicht, nach Arenna de Lledo zu gehen, um einen Kranken zu besuchen. Also hatte sie die Absicht, zu ihren Freunden zu gehen, wie diese wieder sie suchten. Der Sicherheit wegen beschloss Nelet, die Botin noch in der Nacht mit genauen Angaben über ihre Reiseroute, ihre Aufenthaltsorte und Raststationen Marcela entgegenzusenden.

Einverstanden mit dem Plan und erstaunt über die Geschicklichkeit, mit welcher Nelet die Dispositionen traf, glaubte Don Beltran den Moment gekommen, wo er Nelet ohne viel Umschweife seinen Seelenzustand enthüllen konnte.

- Während Deiner Abwesenheit, mein Sohn, habe ich immer an Deine Angelegenheit mit Marcela gedacht, die nun durch den unglücklichen Fall mit dem armen Franciscus nur noch mehr kompliziert wurde, und da ich einen Ausweg suchte, hat Deine Gewissenskrankheit auch mich überkommen, Gott hat mich erleuchtet. Ich widerrufe meinen Rat, wonach wir Deine Schuld Marcela verheimlichen sollen. Denn gewinnen wir dadurch auch irdische Güter, so würden wir uns doch des ewigen Heils entäußern. Nein, nein, Nelet, Du hattest recht und ich Unrecht. Du warst die Wahrheit und ich die Lüge. Du warst ritterlich, ich verächtlich. Jetzt sage ich mit Dir: die Wahrheit zu verheimlichen oder nur entstellen, wäre eine große Sünde; ich bin nun ganz Deiner Ansicht.

- Ich glaube, teurer Freund, erwiderte Nelet ernst, diese Willensübereinstimmung ist eine sehr glückliche Sache. Heute wie gestern betrachte ich es als eine Treulosigkeit, wollte ich Marcela meine Schuld verheimlichen. Da ich aber nicht den Mut besitze, ihr dieses Geständnis abzulegen, wäre es gut, wenn Sie ihr davon Mitteilung machten, und mein Schicksal wird von ihrer Entscheidung abhängen.

- Das scheint mir sehr richtig. Ich werde ihr den Hergang erzählen. Und sie wird Dir verzeihen in der Einsicht, dass Du das Opfer eines Augenblicks der Erregung wurdest. Welcher Erfolg, mein Sohn! Ich fühle es in meinem Herzen, dass es so kommen wird, denn die Wahrheit führt immer zum Heil.

- Mir verzeihen! Schrie Nelet. O, wenn das möglich wäre, aber ich zweifle daran. Ich sehe nicht mehr den Kopf Franciscus Luco's, der »Ja« sagt, jetzt wendet er sich von links nach rechts und winkt »Nein! Nein!« Und das will bedeuten: »Für Dich gibt es keine Verzeihung!«

- Genug von den Visionen, mein Sohn! Deine Halluzinationen sind ansteckend und nun träume ich auch allnächtlich von dem Pferde, das einem Phantom nachjagt. Aber die Kinder, die ich zerstampfe, erstehen nicht mehr zum Leben.

- Nun, auch die Meinigen lachten nicht mehr in der vergangenen Nacht, sie weinten. Ich überlasse es Ihnen, was wir nun beginnen sollen. Gehen Sie zur Ruhe. Ich werde Sie rufen, wenn es Zeit ist abzureisen. Ich will nicht mehr schlafen, ich denke nur an Marcela, die uns sucht und mit der wir zusammentreffen werden.

Alles kam, wie Santapau es geplant hatte. Vor Tagesanbruch reisten sie ab, und sie verfolgten stillschweigend ihren Weg, Santapau fragte sich immer nur: »Wird sie mir verzeihen?«

Urdaneta versuchte es, ihn zu beruhigen. Er riet ihm, nicht so ängstlich zu sein und der Begegnung mit männlichem Mut entgegenzusehen. Da er aber an ihm Zeichen einer wirklichen Furcht bemerkte, sagte er:

- Wenn Du Dich nicht beherrschen kannst und darauf bestehst, dass ich zuerst mit ihr spreche und ihren Seelenzustand erforsche, dann kehre nach Horta zurück und lass' mich die Büßerin und ihre zwei Begleiter hier erwarten. Aber habe die Güte, mich an einen Ort zu führen, wo ich mich niedersetzen kann; denn ich bin sehr schwach und ich hätte Mühe, mich hier fortzubringen.

Nelet führte ihn zu einer geschützten Stelle, wo er bequem sitzen konnte, und da er seine Angst von Minute zu Minute wachsen fühlte, verschwand er mit den Worten:

- Ich glaube, ich höre sie; es ist, als würde sie aus einem Brunnen emporsteigen. Ich gehe nach dem Dorfe, wo ich das Urteil erwarte. Adieu!

Don Beltran blieb allein inmitten der Ruinen, was für den Greis nicht sehr lustig war. Die Morgenfrische machte sich fühlbar und zwang ihn, sich fest in den Mantel zu hüllen, den Nelet ihm gegeben hatte. So verbrachte er nahezu eine Stunde, bald betend, bald sich gleich Nelet ängstigend. Jeden Augenblick vermeinte er ein leichtes Geräusch zu vernehmen, als würde die Kutte der Büßerin das Geröll streifen.

– Nein, sagte er sich, ich vernehme kein Geräusch. Ich werde erst den Kopf, dann die Schultern sehen, und ohne ein Geräusch zu verursachen, wird sie plötzlich vor mir stehen.

Die Sonne stieg höher und bald hörte er die Stimmen. Die eine, sonor und sanft, war die einer Frau, die anderen rau und zitternd verrieten die Anwesenheit der beiden Greise. Das war sie! Ja, das war Marcela, von den beiden Totengräbern begleitet, mit denen sie in der Höhlung einer Ringmauer erschien.

– Ich bin's, liebes Kind, schrie der Greis freudig und seine Angst vergessend aus.

Flink wie eine Gämse sprang Marcela herab und küsste die Hand des Edelmannes, der wieder die ihre küsste. Dann fragte sie:

– Und Nelet?

– Sei unbesorgt, liebes Kind, antwortete Don Beltran, verstimmt darüber, dass er eine Notlüge gebrauchen müsse; es geht ihm gut, er ist aber noch schwach, und so erlaubte ich ihm nicht, vor Sonnenaufgang aufzustehen. Ich ließ ihn in Horta zurück, und dort werden wir ihn aufsuchen, sobald wir uns ausgeruht haben werden. Da aber diese Stelle für unsere Begegnung bestimmt war, kam ich hierher, um das Rendezvous nicht zu verpassen.

– Sie hätten Malaena schicken und sich diese frühe Reise ersparen sollen, die Ihnen schaden kann. In Ihrem Alter, lieber Herr, darf man mit der Gesundheit nicht spielen.

– Das ist wahr, ja ... aber wir wollten die Alte nicht schicken ... weil ... stammelte Don Beltran, der wieder zu einer Notlüge seine Zuflucht nehmen musste. Malaena ist gestern erkrankt, die viele Nahrung, die sie verschlang, ist ihr schlecht bekommen. Die Arme!! ... Aber setzen wir uns und plaudern wir ein wenig, ehe wir ins Dorf hinabgehen, setz' Dich hierher zu mir ... nahe zu mir ... so ... Wir sahen Dich nicht seit Vallirana. Nun ist's Zeit, dass Du eine Entscheidung triffst; der arme Nelet erwartet sie. Hast Du die Sache ernst erwogen?

– Sie werden überrascht sein, erwiderte Marcela zögernd. Sie werden mich vielleicht des Leichtsinns beschuldigen ... aber das ist es nicht ... Nein ... Und wenn Sie mir zuhören wollen ... Aber ich kann mich nicht ausdrücken ... Nun, Sie wissen, dass die Gründe meiner zwei Freunde mich rührten ... der Wandel und die Beständigkeit des armen Nelet.

– Ah, welches Glück ... ich hoffte in der Tat ...

– Und ich bin überzeugt, dass der Wille Gottes nicht unbeteiligt ist an meiner Sinnesänderung. Ich glaube, die Stimme Gottes veranlasst mich, Nelet zu lieben und mein Leben zu ändern. Ich halte die Ehe für eine heilige Institution; ihre strenge Gesetze führen uns zu einem nützlichen Leben ...

– Gewiss. Hast Du den Fall Deinem Beichtvater unterbreitet?

– Ja, und er sagte mir, dass ich, wenn ich einen Teil meines väterlichen Erbes religiösen Stiftungen widme, ich ein neues Leben beginnen könnte. Der Dispens aus Rom wird nicht schwer zu erhalten sein.

– Und hast Du Deinen Bruder Franciscus befragt? Weißt Du, sein Tod hat mein Herz verwundet. Jetzt bist Du die einzige Erbin Juan Luco's und diesen Umstand musst Du mit in Rechnung ziehen. War es Dir noch möglich, Deinen Bruder um seinen Rat zu befragen?

– Ja. Und mein armer Bruder, der sowohl die Gegenwart, als auch die Zukunft in Betracht zog, riet mir, ein neues Leben zu beginnen, da wir darauf sehen müssen, das Erbe unseres Vaters zu erhalten, zu sammeln, was zerstreut ist, um einem Verlust zu entgehen. Und er befand sich in der gleichen Lage, da er in Faliel ein hübsches junges Mädchen kennenlernte, und da er dachte, dies sei ein Fingerzeig Gottes, seinen Beruf zu ändern. So hatte er die Absicht, das Klosterleben aufzugeben und das junge Mädchen zu heiraten. Ein Drittel unseres Vermögens sollte religiösen Stiftungen anheimfallen und von unseren zwei Dritteln wollten wir die moralische Verpflichtungen erfüllen, die unser Vater seinem großen Freunde und Protektor Don Beltran gegenüber hatte.

– Sprach er so? O Vorsehung! Rief der Greis aus. Sehr gut, mein Kind, sehr gut. Aber nun weiter: Wusste Franciscus von Deiner Neigung zu Nelet?

– Ja, denn ich sprach davon. Er meinte, wenn Nelet mir gefiele, könnte ich ihm folgen, da er den Ruf eines tapferen, wackeren Mannes besitzt, obgleich er ein wenig allzu leicht der Wut sich ergibt.

– Das sagte er? Bist Du dessen sicher?

Der Greis begann hierauf mit neuen Lobpreisungen der Allmacht Gottes. Er wusste nicht, wie er diese Unterredung beenden sollte. Endlich zog er sich mit einer Frage aus der Verlegenheit:

– Wie viel Tage vor seinem Tode sprachst Du mit Deinem Bruder?

- Zwei Tage. Dann folgte der Arme seiner Truppe und am Abend nach der Schlacht von Gandese wurde er mit zwanzig Kameraden gefangen genommen und auf elende, feige Weise ermordet.

- O, welches Unglück! Da Du aber sein trauriges Ende zweifelsohne von seinen Kameraden erfuhrst, die entkommen konnten, weißt Du wohl auch, wer seine Hinrichtung kommandiert hatte?

- Man sagte, ein Hauptmann stand an der Spitze der Henker, und dieser selbst durchbohrte meinen Bruder mit seinem Degen.

- Weißt Du, wie dies geschah?

- Nein, ich weiß es nicht.

- Und würdest Du dem Mörder verzeihen, wenn er Dir bekannt wäre?

- Als Christin ja, aber nur als Christin. Wüssten Sie vielleicht, Don Beltran, wer es war?

Hier ergab sich die schreckliche Gelegenheit zur Enthüllung der Wahrheit, der Alte fand aber nicht den Mut, seinen Gedanken laut werden zu lassen. Er war nur Mensch, diesen Mut konnte aber nur ein Heiliger finden. Er hatte die Absicht, gut zu sein, Tugenden zu üben, aber ein Heiliger war er nicht, nein, das war er nicht.

- Wissen Sie es, fragte Marcela erschreckt durch sein Stillschweigen.

Und Don Beltran, der sich von der christlichen Vollkommenheit hundert Meilen entfernt fühlte, sagte nur:

- Nein, liebes Kind, ich weiß nichts.

In diesem Augenblick erschien Santapau auf der Höhe der Mauer. Er sprang herab und schrie:

- Ja, ja, Don Beltran weiß es, er hat aber nicht den Mut, es zu sagen.

Beim Anblick Nelet's, dessen Erregung und dessen verzerrtes Gesicht Angst einflößen konnten, erhob sich Marcela brüsk und wie ein aufgescheuchter Vogel floh sie entsetzt ins Weite.

- Komm', Marcela, komm', fliehe nicht, rief Nelet ihr nach.

- Wie wagst Du es, so zu kommen? Stammelte die Büßerin verwirrt. Warum kommst Du in einem Zustand, wo Du eher einem Dämon denn einem Menschen ähnlich bist?

- Weil ein Dämon aus der Hölle Franciscus Luco elend ermordet hat! Und dieser Dämon bin ich! ... Unser Freund hat nicht den Mut, es zu sagen! Ich aber besitze den Mut ... ich ja!

Marcela führte ihre Hand entsetzt an die Schläfen und wandte den Kopf ab. Dann sank sie auf die Knie.

- Erhebe Dich, sagte Nelet, indem er sich ihr näherte. Ich muss mich erniedrigen. Und voll Demut sage ich Dir, dass ich Deine Verzeihung nicht verdiene, ich erflehe sie aber, ich will sie. Ich war blind, rasend, ... die Wut Blut zu sehen, alles zu zerstören, die Feinde hinzurichten ...

- Verzeihung! Verzeihung! Bat auch Beltran, der sich auf die Knie warf und wie ein Kind schluchzte.

- Ungeheuer! Sagte Marcela, gebeugt vor Schmerz. Ungeheuer! Als Christin verzeihe ich Dir, aber fliehe bis ans Ende der Erde! Dorthin, wo ich Dich niemals sehen kann. Du bist für immer verdammt und ich will es nicht sein. Dein Blick ist Unheil, ich will Dich nicht sehen, noch die gleiche Luft mit Dir einatmen.

- Friede, Friede, meine Kinder, wiederholte Urdaneta mit erhobenen Händen, seid Christen! Sprecht nicht von Verdammnis. Rettet Euch durch die Verzeihung! Retten wir uns alle!

Marcela floh und hinter ihr rannte, die Steine wild übersetzend, Nelet her.

- Nähere Dich mir nicht, sagte die Nonne, bleibe allein verdammt. Ich will nicht mit Dir zugrunde gehen.

Von einer wahnsinnigen Wut erfasst, schrie Nelet:

- Allein! Nein, ich hab' die Einsamkeit satt. Du bleibst bei mir ... und für immer.

Und als er sah, wie das unglückliche Mädchen gleich einem gehetzten Wild hinter den Steinen Zuflucht suchte, verfolgte er es bis dorthin, und ehe die Alten ihrer Herrin und Freundin zu Hilfe eilen konnten, erschoss er sie. Die Detonation erschütterte die Höhlen der Ruinen, als würden sie zusammenstürzen wollen. Machtlos, das Gesicht zur Erde gekehrt, fand Beltran kaum die Kraft zu fragen:

- Nelet, was tust Du?

Nach einer entsetzlichen Pause hörte der Greis die Antwort, einen zweiten Schuss, nicht weniger geräuschvoll, nicht weniger düster als der erste war.

Die armen Greise, welche das Entsetzen und ihre eigene senile Schwäche lähmten, konnten das Unglück nicht verhindern. Nach dem ersten Schuss fiel Alfajar zu Boden, Zaida, der Mutigere, wollte mit erhobener

Hacke sich auf Nelet stürzen, um seine Herrin zu rächen. Der Schuldige aber übte mit eigener Hand Gerechtigkeit.

Nach einer langen Pause näherte sich Zaida Don Beltran und fragte:

- Herr, leben wir, oder sind wir tot?

- Ich weiß nicht, mein Freund. Und Du, lebst Du? Reiche mir Deine Hand, ich will versuchen, mich zu erheben. Ach, die Jugend geht zugrunde! Sie zerstört sich selbst ... und wir traurigen Ruinen, wir atmen noch. Und warum? Ach! ...

- Herr, unsere Pflicht ist nun, zwei Gräber zu graben.

- Nein, mein Freund, nur eines, aber sehr schön muss es sein, und dann begraben wir die zwei armen Kinder.

Die drei Greise verbrachten den ganzen Tag auf dem Schreckensorte. Und als der Abend nahte, und sie betrübt und schluchzend von dannen zogen, hörten sie aus der Ferne Trompeten und Trommeln. Je mehr sie sich Lledo näherten, umso intensiver wurde der Kriegslärm. Und als die Sonne unterging, unterschied Zaida, der das beste Gesicht hatte, am östlichen Saume des Rio Seco Soldaten, die auf den Wegkrümmungen in Schlangenwindungen heranmarschierten. Es war die Avantgarde der königlichen Expedition, die, von Cabrera geführt, nach der Grenze von Aragon marschierte.

Ende.

CPSIA information can be obtained
at www.ICGtesting.com
Printed in the USA
BVHW081727111022
649158BV00008B/1074